哲学社会科学规划后期资助项目

走进

《白鹿原》

ZOUJIN
《BAILUYUAN》

黄立华◎著

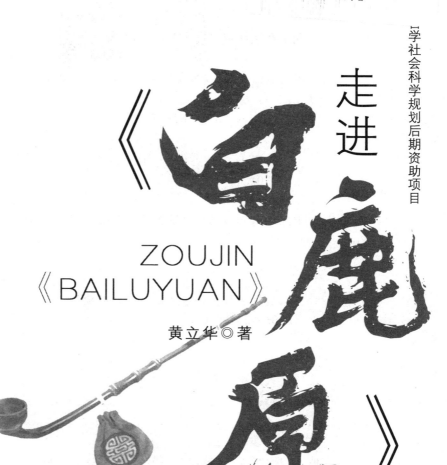

时代出版传媒股份有限公司
安徽文艺出版社

图书在版编目（ＣＩＰ）数据

走进《白鹿原》/黄立华著.—合肥：安徽文艺出版社,2023.5
（2024.11 重印）
ISBN 978-7-5396-7678-4

Ⅰ.①走… Ⅱ.①黄… Ⅲ.①《白鹿原》—小说研究
Ⅳ.①I207.425

中国国家版本馆 CIP 数据核字(2023)第 004193 号

安徽省哲学社会科学规划后期资助项目
（AHSKHQ2019D008）

出 版 人：姚　巍
责任编辑：柯　谐　　　　　　　　　装帧设计：徐　睿
··
出版发行：安徽文艺出版社　　www.awpub.com
地　　　址：合肥市翡翠路 1118 号　　邮政编码：230071
营 销 部：(0551)63533889
印　　制：三河市兴国印务有限公司
··
开本：710×1010　1/16　印张：12.75　字数：180 千字
版次：2023 年 5 月第 1 版
印次：2024 年 11 月第 2 次印刷
定价：51.00 元
··

目 录 Contents

引　论

　　陈忠实的《白鹿原》自问世以来,迄今已超过四分之一个世纪,从问世到现在,它的思想性和艺术魅力一直长盛不衰,始终是读者心中最受欢迎的当代长篇小说之一。关于它的评论和研究也一直非常活跃,围绕它的思想性和艺术成就,论者们展开了热烈和丰富的讨论,也产生了诸多激烈的争议。陈忠实先生已经离世,但他的《白鹿原》注定会传世。作为中国当代文学优秀的长篇小说杰作,它为中国当代文学宝库提供了白嘉轩、朱先生、鹿三、黑娃、白灵、白孝文、田小娥等诸多性格鲜明而又生动的人物,同时提供了不同于小说篇名《白鹿原》的"白鹿原"的文化符号。今天我们怀念陈忠实,首先要做的就是认真阅读他的作品,发掘其中的思想性和艺术内涵,总结他创作上的成功经验,并为中国当代文学的创作提供有益的营养和借鉴。

一

　　雷达先生在《废墟上的精灵——〈白鹿原〉论》里写道:"《白鹿原》是一个整体性的世界,自足的世界,饱满丰富的世界,更是一个观照我们民族灵魂的世界。"[1]我们在读过《白鹿原》以后,首先感觉到的是,它具有十分丰厚的文化内涵和历史容量,这使得它足以构成整体、自足和饱满的世界;其次也能感觉到它在历史的动荡和文化的撞击中既展示出社会群体的现实状况和生活愿景,又探究不同层次的不同个体的独特心理和行为选择,从而达到了"观照我们民族灵魂"的深度。

在中国民族历史发展的长河里,宗族社会一直是一个极其重要的单元,它上接民族国家,下连家庭个人,既有服从国家整体意志的一面,又有自身特殊的传统和约束,从而成为整个中国社会沟通上下、结构全局的关键环节,中国文化的众多基本特征和中国民族灵魂的众多特质与之都有密切的关联。在以往的中国现当代小说中,尽管宗族社会也曾被注意和描写,但并未被作为一个独立和重要的单元列为考察社会演变和发展的因素,在涉及社会变革的文本中,人们更多的是从阶级和政治集团的角度去塑造人物形象。这一点是由中国现当代文学的整体话语所决定的,它主要是一种旨在倡导新的革命的输入性话语,并非立足于中国社会的传统实际。民国以后,作为传统因素的宗法制度和秩序日渐受到新兴权力机制的冲击和挤压,同时也是新的无产阶级革命要加以否定的对象,但它并不是革命的主要对立物,也不是推进革命的主要参照系,因此它处于一种表面上被否定而实际上被忽略的状态,这就造成了它在现当代文学话语中被同样忽略的情形。

《白鹿原》的特别之处在于,它从一种文化的角度来审视中国人的民族性格和灵魂世界,它围绕着宗族社会这个最具有传统文化特征的机体在近现代历史面临动荡和转轨而出现的挑战和衰微来展示传统文化的走向和命运,同时探讨不同的人在此环境下所呈现的坚守、沉沦、挣扎和自新。作品显示了阔大的历史背景和本真的人物生存状态。这一方面得益于作者创作《白鹿原》的年代,正值国内"文化热"的兴起,在经历了近一个世纪的剧烈的对内对外政治斗争之后,人们得以冷静下来思考整个民族的过往和未来,强烈感受到文化传统在国人生活中的极其重要的存在与作用;另一方面也得益于作者几十年在乡村与底层民众的朝夕相处,经历了20世纪50年代的土地改革和80年代的分田到户等一系列乡村的变化,对影响农民生活的各种因素了然于心,他的脑子里已不再只是当下的各色人等,而是从这些人身上想到他们的父辈、祖辈,甚至更早的祖先,想到他们在同一块土地上所曾经历的一切,他们身上有哪些基因仍然存活在今天的后代身上,又有哪些也许不该消失的东西已经默默消失。正如有论者指出的:"《白鹿原》的一个重要时间性经验,就是恢复乡土中国'宗族'概念的社会记忆,以儒学与宗族文化的结合,表现中国文化在当代世界格局中的'主体地位'。"[2]

　　小说以 19 世纪和 20 世纪之交到新中国成立这半个世纪的时间为背景,以关中白鹿原这片地域为主要场所,着重描写了一个由白、鹿两姓构成的宗族群体的命运变迁,其中重点呈现了朱先生、白嘉轩、鹿子霖、鹿三、冷先生、仙草和白孝文、鹿兆鹏、白灵、黑娃、田小娥等两代人的形象和性格,其中朱先生、冷先生和田小娥虽非白、鹿两姓,却与白、鹿两姓有着各种亲缘上的关系,实际上也与这个宗族群体关系密切。这个宗族社会有着中国传统宗族社会所具有的一系列重要特征,包括族长的确立与承袭、以族长为代表的宗族对其成员的自治性管理和约束,通过宗族祠堂树立对宗族的依顺和礼敬,合全族之力应对各种天灾人祸,保持本宗族所固有的某些民情风俗,等等。在相当长的时间里,我们的乡村社会就是在这样的状态下存在着的,这种建立于农耕文明基础之上并与之相适应的社会模式在近现代的社会的变革中却受到了严峻的挑战。正如有论者指出的"民族国家的兴起,'国家'与宗族之间已经逸出'家国同构'的传统框架"[3],因此,这种挑战的出现自有其必然性和合理性,但应对挑战或说反挑战同样有其必然性。谈论这种挑战或反挑战的孰是孰非,严格来说并不是文学家的主要任务,而是历史家和理论家的事情。文学家当然也要有历史是非,但他们的主要任务是写出这种博弈中的人物,从这些人物身上让读者读到对历史的认识和对人生的启示。小说《白鹿原》无疑做到了这一点。

　　小说中的朱先生、白嘉轩、鹿三、仙草、白孝武是属于维护传统宗法体制的阵营,而鹿子霖则显示出对此的游离,鹿兆鹏、鹿兆海、白灵、白孝文以及黑娃则表现了不同程度和性质的反叛。正是这些维护、游离和反叛,形成了小说中跌宕起伏的人生故事,展示了人物内在性格和命运的多彩独特。

　　朱先生作为宗族特别是白嘉轩的精神领袖,是宗法文化的理论化身。正是在白嘉轩处于因城里"反正"而出现困惑的时候,朱先生拿出了他所制定的《乡约》文本,指点着白嘉轩今后的方向。他还帮助白嘉轩完善了以造塔镇住田小娥阴魂的构想。尽管朱先生并不显得顽固和迂腐，不少时候还体现出为人处世上的灵活与人性化，但他在总体上显然是认同并且维护宗法社会的伦理与秩序的，他有诸多让人传扬的言论举止，其实也是立足于这个基本的立场的。对他来说，近现代社会出现的革命是模糊的，虽然他并没有表现出他的反对，但他留下的困惑和担忧自有其应有的分量。

白嘉轩是朱先生文化理想的实际践行者，他以他一生的顽强和坚韧来守护着宗族社会的理想与原则。小说的深刻之处在于写出了作为族长的白嘉轩为什么有如此担当和付出，一方面他生长在宗法社会的时代，正是这种社会理想和原则哺育成长的产物，另一方面更重要的是他自身与这种制度之间有着最密切的关系。他出生在具有族长继承权的白姓长门之家，这是宗族世袭制度给他天生的特权。在父亲老族长死后，他顺利继任族长。由于连娶的六房女人相继死去造成的家道中落和无子嗣，他在族长的位置上坐得并不踏实。尽管他通过种植鸦片富了家业、娶了第七房女人仙草并生了几个儿子改变了这种局面，其中却有一个不得不说的细节，就是他利用计谋换得鹿子霖的风水宝地，得到了象征宗族祥瑞的白鹿的滋润，其中既体现了白嘉轩的"人为"，也让他觉得是"天意"。自觉有了"天意"眷顾的白嘉轩此后在族长位置上不仅做得风生水起，而且总在关键时刻为宗族的秩序和利益显出中流砥柱的力量。他推行《乡约》、整修祠堂、组织"交农事件"、废黜儿子的族长继承权、不认女儿、平静应对农运带来的一系列动荡、带领族人抵御干旱、坚持不替田小娥修庙而是造塔等等，不仅显示出了独特的担当和勇气，而且为之付出忍辱负重的自我牺牲，他的责任心和执行力都达到了常人难以企及的程度。这里面既体现了传统文化所陶冶的个人魅力，也是他作为宗族社会的代表为维护这种社会秩序所特别为之的举动。白嘉轩作为族长，不同于宗族之内的任何一个别的个体，他所努力的一切其实与他个人有着更直接的联系，而维护宗法社会的既有秩序，他所得的回报显然也高于其他任何人，这实际上也正是封建文化的一个内在的秘密。鹿子霖之所以要另起炉灶，游离于宗法秩序之外，原因正在这里。

鹿子霖也是族里的能人,他家和白家在白鹿原一样,都有不小的影响力。起先他和白嘉轩联手在族里做了不少事情,但他很快发现这一切增加的都是白嘉轩的荣光,而与他并不相干,这是因为他并不具有像白嘉轩一样成为族长的特权。鹿家的家风教导后人要想方设法出人头地,其实正是骨子里对族长世袭既无奈又不满的体现。民国以后乡村治理模式的变动正好给鹿子霖提供了机会,他出任了白鹿村的"乡约",于是这个"乡约"跟白嘉轩的《乡约》形成了分庭抗礼的局面。白嘉轩以《乡约》文本为武器,鹿子霖以"乡约"官职为背景;白嘉轩以祠堂为阵地,鹿子霖则以保障所为阵地。二人明争暗斗、彼此较量,以此形成小说中一条基本的故事线索。由于鹿子霖的个人私欲极其膨胀,糟糕的人设使读者只将他与人品低劣相联系,因而不免忽略了他出任"乡约"的更深层和更复杂的原因。要真正了解白嘉轩,我们就必须首先了解鹿子霖,这不仅仅是一个简单的个人品德的对比问题,而是涉及传统社会体制和秩序下人的选择和命运的深层次的问题。他其实是一个传统文化的脱轨者,但又不具备任何实质性的新的思想因素,只是为了要实现出人头地的目的,才借现代社会的时势之力去获取机会。

与朱先生、白嘉轩、鹿三等传统文化的坚守者和鹿子霖这样的脱轨者有所不同,他们的下一辈白孝文、白灵、鹿兆鹏、鹿兆海、黑娃和田小娥呈现出比较复杂的倾向。

白孝文是白嘉轩的长子,是被寄予厚望的族长继承人,为此他始终按照父亲为他设计的人生模式而活着,甚至没有想过除此之外他还能怎样活着,可以说,他的所有言行都严格遵循着成为一个未来的族长的方向。但这一切的表面性和脆弱性被深谙人心又急于报复白嘉轩的鹿子霖给捅破了,他唆使田小娥勾引了白孝文,也从此彻底改变了后者的人生轨迹。此后的白孝文走着一条自私、投机和虚伪的道路,将人性之恶展示得淋漓尽致,他让我们看到一个具有灵魂深度的人物的精神演变。

白灵一落生就让人疼爱,她的聪明和灵气让人觉得不同寻常,然而她最大的不同寻常却是从小就不愿按部就班地照着大人的吩咐行事。进城念书以后,她更是很快受到新的社会思想的召唤,并且对旧的宗法传统显示出对立和反抗。她在白色恐怖下参加革命,选择志同道合的鹿兆鹏为自己的伴侣,充满激情地献身于自己热爱的事业,最终死于自己队伍里的错误整肃。其悲剧的结局让人叹息,同时更让人思索和难忘。

黑娃是宗法文化的反抗者,这种反抗的动力来自孤傲和倔强的性格。尽管他起初并不知道他的所作所为对宗法秩序构成了反抗,他只是凭着本能照着自己的意志行事。他娶田小娥、参加农运砸祠堂、沦为土匪等一系列匪夷所思的行为,给人留下桀骜不驯的深刻印象。他闯荡半生后又拜在朱先生的门下,继之回归祠堂,终于还是在传统文化里找到慰藉,也给了白嘉轩莫大的鼓舞。

提到黑娃,就会让人想到田小娥。这是一个让人又有同情又有不屑的人物。她有争取自己的幸福而反抗命运的一面,但同时又缺少应有的自尊和自爱。如果说她爱上黑娃还多少让人同情,被鹿子霖侵占也是迫不得已,但她勾引白孝文并进而导致后者名誉扫地且败光家产则绝非出于自身处境之必要,虽说有鹿子霖谋划于前,白孝文自己堕落于后,但田小娥的行为仍然为人不齿,她被公公鹿三杀害后,引来瘟疫以表冤屈多少也使其分量打了折扣。这个人物其实体现了作者的某种矛盾心理,反映了传统文化、婚姻自由、女性权利等观念在作者内心的相互碰撞。

小说里的鹿兆鹏是一个很成熟的革命者,只可惜作者对这种成熟的经过并没有做出充分的交代。他对传统的宗法文化抱有彻底决裂和否定的态度,而且体现得十分自觉和坚定,这一点与黑娃出自本能的反抗形成对照。正如前面已经提到,鹿兆鹏和白灵投身于新的社会制度和理想的追求,旧的宗法社会伦理和秩序自是处在被否定之列,而并不主要表现为直接的反抗,所以他们跟作为族长的白嘉轩之间倒不像黑娃那样冲突,我们所看到的鹿子霖与鹿兆鹏、白嘉轩与白灵之间的对立主要是作为父子(女)之间的。

从上述人物的性格和命运来看,他们生活在一个传统的宗法制度分崩离析而新的制度尚在追求之中的时代,守旧、趋新,脱轨的堕落、本能的反抗,各自本于自身的文化心理而在白鹿原上演绎着他们的人生。守旧者自有一份悲情的担当,趋新者不乏神圣的豪迈,脱轨者映现出生存的茫然,而反抗者也放射出真实的人性之光。故事虽然发生在过去,却让人仿佛觉得又正在当下,其中贯穿的人性的压抑与摆脱压抑的渴望以极其复杂的纠结呈现在读者面前,它真正触及了我们民族灵魂的某些内涵,这是《白鹿原》摆脱单一的政治视角而从文化的角度去观照人、发现人得到的结果。也正是基于这一点,小说对历史的书写也改变了以往那种"先入为主"的定式,采取了较为客观的真相还原,重新挖掘了以往有意无意忽略和隐藏在表层之下的生活内容,从而使文本显现出难得的厚重,给读者带来了新鲜的审美体验,更加凸显了它独特的思想魅力。

二

作为一个坚持了多年的现实主义创作的作家,现实主义的基本方法仍然体现在陈忠实《白鹿原》的写作当中,同时他还借鉴和运用了国外魔幻现实主义等新的手法以及源于民间的某些带有神秘色彩的文学表现手段。作者始终以"寻找属于自己的句子"作为创作追求,力求写出带有鲜明个性特色的艺术世界。作者运用"文化心理结构"这样不同于以往"典型环境下的典型人物"的塑造手段来刻画人物,使得以往农村题材或家族题材小说中出现过的诸多乡土文学人物在《白鹿原》中能别开生面,显示出性格的丰厚和心理的深刻,具有耐得住读者细心品味的文化内涵。无论是作为传统文化"人格神"的朱先生的所作所为,还是白嘉轩与鹿子霖之间的明争暗斗,还是白嘉轩与宗族内下一代的恩恩怨怨,或是下一代白孝文、鹿兆鹏、黑娃和白灵等的人生起伏和坎坷,都是在一种新旧文化转换替代的大背景下予以展开的,都将这些人物的性格形成与特定的文化背景和影响相联系,而最终他们的不同结局也为读者审视近代以来中国社会的动荡、政治的博弈与文化的变迁以及给人的命运带来的变化提供了全新的视角,也必然会对曾经面对过的诸多严峻问题产生新的认识和理解。

在艺术表现上,作者所选取的几个富有特色的意象也给读者留下了深刻印象,对表达作品的思想内涵产生了积极的效果,成为整个小说中让人难忘的亮点,其中的白鹿、鏊子尤为突出。

小说取名《白鹿原》,"白鹿"意象在小说中贯穿始终。它代表着作者心中的理想和期盼,它的洁白和温顺象征着生活的和谐与美好,人人都渴望沾得它的瑞气;同时它又似乎是人的命运的某种寓示,充满某种神秘和玄幻,与实际的生活大相径庭。这一意象的存在,为小说中人物的真实活动提供了一层充满想象的色彩和对应,使文本的内涵空间更具艺术的张力。小说中与之天然相近的两个人物分别是朱先生和白灵,而通过人为努力得到白鹿祥瑞的是白嘉轩,其中所寄寓的作者的意念值得玩味。

"鏊子"是朱先生用来比喻原上田福贤、鹿子霖与黑娃的农会之间的斗来斗去的词语。朱先生不懂得阶级斗争和社会革命,但他忧患于民族内部的苦难,渴望以"仁义"凝聚民心,这虽然与当时时代潮流不免背离,但毕竟流露的是一个期盼"为万世开太平"的智者的心声。白嘉轩正是基于这一态度,确立了他在时代演变中的文化立场。如何评价这一比喻和态度是一回事,但充分认识到这一点在小说中的提示意义是另一回事。

另外小说中白灵和鹿兆海通过掷铜圆的方法来决定各自加入国与共的哪个党派,表面上看似乎将政治选择视同儿戏,但考虑到行为发生时的具体历史情境和两个当事人的思想实际,这种描写并不草率,反而为之后随着思想上的不断成熟而做出的选择做足了铺垫。这种前所未见的写法其实收到了更好的效果,体现了作者敢于创新的精神自信。

小说结构谨严,故事绵密。作者在叙述上多处采用倒叙、补叙等手法,以保持整体叙述的流畅和紧凑。小说结尾,白嘉轩面对成为县长的儿子和已失去理智的鹿子霖,脑中想到的是小说开头他处心积虑地与鹿子霖换来"风水宝地"的情节,既有得意,又有忏悔之意,似乎给人的感觉既是想让一切回到开始,又认可所有的现实即为合理。小说似从终点回到了原点,又仿佛是一切都只能是另外的开始。这个结尾不仅起到了对开篇的呼应,也指向了更开放的意义空间,十分耐人寻味。

三

前面已经提到,《白鹿原》问世以后,虽然受到读者的持续好评,但同样也引起过不少的争议。对一些具体的争议,我们大可以本着见仁见智的态度由评论者们慢慢去讨论。但也有人认为《白鹿原》基本没有什么独特的艺术价值,或者从各种角度竭力贬低小说的艺术成就。某位论者就断言"《白鹿原》绝不是作者天才运作精心独创的文学经典,而是一部杜撰历史与发泄情欲的拼凑故事,其内容的荒谬性与形式的模仿性,既反映了作者本人艺术想象的幼稚,也反映了当代文坛麻木不仁的无知"[4]。这不仅是指陈忠实的创作无能,还附带连累了整个当代文坛。但只要真正了解中国当代文学创作和《白鹿原》小说的人断不会被这种"惊人"之语唬住,因为它既不符合小说的实际,也无法说明长期以来读者对它的喜爱。

笔者的老师丁帆先生在《白鹿原》出版以后的较长一段时间内,对这部小说评价不高,特别是对作者所"期许"的"史诗"追求不以为然,不久之前却主动撰文谈到自己的"失察"。他写道:"我们的文学评论家和文学史家(尤其是像我当年这样草率判断的评论者)都忽略了一部完全可以彪炳史册的巨著《白鹿原》,或者说是低估了它在文学史上的地位,这种轻忽当然就是对优秀作品的亵渎,同时也是造成失重的滥觞。像《白鹿原》这样的作品一定是要在共和国文学史上立专章来评析的,因为它的分量远远超越了当代许许多多的作家作品,成为二十世纪末长篇小说的一座里程碑。"[5]他对自己没有能够让陈忠实在生前看到他的自我批判和反省感到遗憾,这一方面体现了丁帆先生作为一名学者的真诚和勇气,另一方面体现了《白鹿原》经历时间检验之后的价值。

总之,一直喜欢《白鹿原》和像丁帆先生这样经历了一段时间之后终于意识到《白鹿原》的价值的读者和评论家,都将继续不断地去认识和发掘小说的艺术成就,这不仅是对这部作品负责,更是对整个中国当代文学负责。

笔者自《白鹿原》问世以后,一直是小说的忠实读者,类似有人酷爱《红楼梦》而被称为"红迷",笔者因为爱读、爱谈论、爱跟学生们讨论,也曾写过评论的文章而被人称为"白迷"。从开始读《白鹿原》到现在二十多年过去了,每读一次,笔者都有新的感受和发现。把这些感受积累起来,就形成了眼下的这部书稿。它不同于其他从单一的角度解读和评论《白鹿原》的书稿。笔者觉得在小说问世以来,能被发现的单一角度几乎都已被评论家们做过,当然以后或许还有更新的角度被人们发现和挖掘出来,但目前似乎任一单独的角度都不足以再对这部小说做出全新而充分的阐述,况且那种从某一角度切入的方法也难免常常会出现牵强和夸张的偏见,在突出某一点或某一方面的同时会掩盖甚至歪曲小说本身丰富的多样性意义和启示。笔者虽然仍然期待有论者能够做出那种从某一角度入手、见解独特而深刻的论述,但同时更希望能够不拘一格地保留对小说阅读产生的更大量、更原生态的体验和感受,其中自然也蕴藏着进一步单独论述的元素和生长点。基于此种原因,笔者将逐章阅读小说的体会和感受,以"论札"的形式,不拘长短、不论体式、不分题旨大小,在某些地方也不分内容前后,随感而发。本书稿的部分内容也引用了笔者之前论述《白鹿原》的文章观点。文中凡引用和评述他人谈论小说的见解和观点,均在每章之后一一注明,其中有赞同,有保留,也有商榷,读者自可明察。

注释:

[1]雷达:《废墟上的精灵——〈白鹿原〉论》,《文学评论》,1993 年第 6 期。

[2]房伟:《传统的发明与现代性焦虑——重读〈白鹿原〉》,《天津社会科学》,2016 年第 4 期。

[3]袁红涛:《宗族村落与民族国家:重读〈白鹿原〉》,《文学评论》,2009

年第 6 期。

[4]宋剑华:《〈白鹿原〉:一部值得重新论证的文学"经典"》,《中国文学研究》,2010 年第 1 期。

[5]丁帆:《〈白鹿原〉评论的自我批判与修正——当代文学的"史诗性"问题的重释》,《文艺争鸣》,2018 年第 5 期。

第一章

本章故事梗概：白嘉轩前六房女人结婚之后都很快死去，父亲在他第三房女人死后突然暴病死去，留下的遗嘱是"不孝有三，无后为大"。尽管母亲一再坚持"女人不过是糊窗子的纸"，白嘉轩还是对自己的未来感到灰心，冷先生劝他去找找阴阳先生。

● "白嘉轩后来引以为豪的是一生里娶过七房女人。"小说第一句话是有点噱头的，有评论家已经指出这是模仿了马尔克斯《百年孤独》的开头。也许有读者会以为这部作品有很多这样的模仿，其实并不如此。事实上，这句话本身也不太属实，白嘉轩自己后来引以为豪的事情似乎也不是娶了七房女人。如果真是这样，白嘉轩也不会成为后来的白嘉轩了。但也许这句话太有吸引力了，也太适合做一篇小说的开头了，因此作者便索性布了这个烟雾，用了一个时髦的开头。评论家蔡葵就说这第一句话就把他吸引住了。[1]有同样感受的读者肯定也不少。雷达先生认为这个开头"既有生殖崇拜的影子，又在渲染这位人格神强大的雄性的能量，有意疏离其社会性，强化其文化性"[2]。生殖崇拜和雄性能量一般来说都是比较能够引起读者兴趣的话题，尤其在 20 世纪 90 年代的文学语境里，这两者相比之前小说常见的话题都具有一定的新鲜感和大众性，以此吸引读者的关注也多少留下了那个时代文学风尚的痕迹。雷达所说的"疏离社会性"和"强化文化性"的角度对理解全书也有一种总体提示的意义。

"娶了七房女人"给读者的第一印象当是与男主人的"性"有关，这确实不错。事实上却不止于"性"，"性"后面的繁殖、传宗和延续才是真正的落脚点。由"性"开头，抓住了读者，进去以后，堂庑渐大，小说要表达的世界才逐渐呈现出来。有论者指出："小说《白鹿原》的开头绝不是孤立的开头，而是一个宏大结构原点，既涵盖了全书的历史哲学和民族秘史，又隐藏着全书的结构逻辑和叙事策略。"[3] 随着接下来阅读的展开，笔者以为确实能逐步体会到这一点。

●本章写白嘉轩前四房女人之新婚及死去，都是第三人称的视角，显然表明她们在白嘉轩心中没有留下刻骨铭心的记忆，完成的无非是一个数目的意义，但如何避免雷同，这对作者也是考验，因为毕竟后面还要写三个，而其中的第七个非浓墨重彩不可。第一个只是简单的概述，没有细节，突出的是"十六岁少年"的慌乱。第二、第三和第四个开始有了细节，但相互有所不同。不过也有共同的地方，就是没有后来三个那样对新婚男人——白嘉轩的恐惧，因此与一般人的新婚之夜并无区别，可以说，还不是真正属于白嘉轩的故事。

小说在连续的死亡描写中开始，并且并非因为战争、瘟疫及屠杀，而是一个普通人家的"正常性"现象，这也体现了作品的与众不同，至少在可读性方面体现出了吸引读者的特点。评论家陈晓明认为"死亡在小说的叙事中起到开篇引导、铺垫和转折的作用。没有死亡就没有新生，就没有历史的开始和展开。死亡如此重要的决定性构成了小说的背景和支点，当然也是断裂、陷落与幽暗——它总是与美丽、美好相关，在美丽鲜亮的另一面，总有幽暗和死亡如期而至"[4]。他从死亡引导新生的角度来考察小说中为何出现那么多的死亡描写，其中最突出的就是白嘉轩父亲白秉德的死，引来白嘉轩通过换地获得新生。但小说中还有一系列的死亡，除了白嘉轩和冷先生之外，老一辈的像朱先生、鹿三、鹿子霖、仙草、赵白氏、田福贤和年轻一辈的黑娃、白灵、鹿兆海、田小娥都相继死了，其中的原因和意涵就比较复杂了。

当第四个女人死后，当事人白嘉轩开始害怕，村里人也开始有了议论，这更为后来到"七"的数字做了铺垫。值得注意的是，白嘉轩父亲白秉德却不为所动，只有一句话"再卖一匹骡驹"，言下之意也就是再用一头骡驹换回一个女人,加上之后第五个女人死后母亲对他说的"女人不过是糊窗子的纸,破了烂了揭掉了再糊一层新的",这就成了白嘉轩从父母长辈那里继承的关于女人的定义。甚至前面"四个女人相继死亡他都不能亲眼看见她们咽下最后一口气,他被母亲拖到鹿三的牲畜棚里,身上披一块红布,防止鬼魂附体",一个未给家族留下后代的女人就是如此的结局。这个传统观念在白嘉轩此后一生中影响深远,当然这个观念是附着在"不孝有三,无后为大"之下的,虽然作为一个杰出的族长,他会为此增添延伸若干内容,但基本态度没有实质上的改变。小说中写到的白嘉轩从父亲身上继承的另一个东西是善待自己的长工,能与用过的长工结为交谊甚笃的朋友,这一点在白嘉轩与鹿三的关系中可以看出。小说强调的这两点,都是待人的,体现了浓厚的文化观念,突出了这种文化观念通过家族传承的特征。

●作为一个外乡人,冷先生在小说中的地位、作用很重要,作者常常从他的角度来对白鹿原上的是是非非进行观察和评价,虽然他并不完全超脱事外,但至少比其他人更冷静客观。在其正式登台之前,作者用一段文字写他的为人和做派,正是要为他的这种角色形成铺垫。一句"他永远镇定自若、成竹在胸"以及在乡人中的好名声确立了他在原上的分量,此后有关他的文字读者不可不予重视。

● 白秉德喊冷先生"冷侄儿",这跟后面冷先生与白嘉轩同辈相处是一致的,包括成为儿女亲家。但前面介绍冷先生时,说他四十多岁年纪,似乎偏大了些。因为白秉德此时正"过了五十大关",而白嘉轩在父亲死后,娶了第五个女人,半年后女人死了,他也还只有二十几岁。这样就年龄看,冷先生似乎应该比白嘉轩大一辈更合情理。但若那样,后面的情节就又两样了。虽然民间的辈分称谓并不严格依照年龄,但非血缘的敬称往往还是考虑年龄因素的,所以这里冷先生的年龄不知是作者为了后面情节的需要有意为之,还是由于疏忽。

●小说写白秉德从暴病到死去,略去了他对儿子白嘉轩的临终交代,却在后面通过白嘉轩的回忆视角予以重现,这突出了白嘉轩经历的诸多亲人死亡中"父亲的死亡给他留下了永久性的记忆",因为父亲的死亡经过同时是他与父亲两代的精神交接,尤其是"不孝有三,无后为大"的遗嘱在白嘉轩心目中成为最刻骨铭心的记忆。关于白嘉轩父亲白秉德的文字虽然不算多,却是十分重要的,这个重要体现在他的临终遗嘱"你绝了后才是大逆不道"作为一种遗传基因深深烙进白嘉轩的心灵,建立在血缘基础上的家族——宗族立场是作为他的全部活动的出发点和归宿,这是我们理解白嘉轩全部故事的文化背景和前提。因此,白秉德的"父亲"身份超越了具体的、实在的"这一个",而同时具有象征的、抽象的意义,他不仅是白嘉轩肉身意义上的父亲,更是他安身立命的精神源头,这也是白嘉轩一生将"先人"看得重于一切并以此制定所有规则的原因。

●小说写白嘉轩父亲死后,母亲为他张罗娶亲,他惊异地发现:"母亲办事的干练和果决已经超过父亲,更少一些瞻前顾后的忧虑,表现出认定一条路只顾往前走而不左顾右盼的专注和果断。"这其实是在写母亲性格对白嘉轩的影响,后来的白嘉轩也基本是这样的行事风格。前面是父亲临死前的"言传",这里是母亲的"身教",在白嘉轩人生成长的重要关头发生着重要的作用。还有一层意思是传统文化中的乡村妇女在有夫和成年已婚的儿子的情况下,她们的做事能力常常是被掩盖着的,反倒是在类似白嘉轩这种父亲已死而自己尚未成家的情况下能偶尔展示出来。后面写鹿子霖家里男人坐监、儿子一死一走,只剩下鹿贺氏时,她却表现得异常敢想敢干,也是突出了这一点。而更多的女性的主动性才干在所谓正常的环境里普遍则是处于广泛地被压抑的状态,这个由男人们主宰的世界注定是要让女人们充当既"在场"又"缺席"的角色的,只有像田小娥和白灵这样的"出轨者"才会对此公然冒犯,这是后话。

●小说中对白嘉轩父亲白秉德去世时间的选择颇有讲究,这个时间是白嘉轩已经娶了四房女人,但都很快死去,没有留下子嗣,因此他一方面必得再娶,另一方面又充满了担心,这让他处于一个惶恐的状态之中。母亲白赵氏的果断和担当为他渡过难关提供了帮助,但更重要的还在于小说要显示他究竟如何去开辟属于自己的"族长时代"。虽然父亲去世,他的遗嘱和影响还在,母亲也能够帮助他,但白嘉轩自身的因素显然更为重要,他的一切皆要依照父亲的主张和安排去做已经结束,他要在既受宗族文化和传统的制约又要独立面对时势的"情境"下开始他的故事,这个开始的标志就是父亲时代的结束——葬礼。

●第五房女人卫家三姑娘新婚之夜的遭遇可以用悲惨来形容,这在七个女人中是最特别的。虽然由父母做主并无爱情可言这一点与前四位并没有什么不同,但她对白嘉轩死了前面四位的恐惧,那些个关于白嘉轩的流言给她极大的心理压力,女人新婚的快乐和憧憬完全被害怕和担忧所取代,这跟一般情形下的婚礼的喜庆完全相反,而她除了乞求白嘉轩之外也无计可施。结果是"不仅没有引起他(白嘉轩)的同情,反而伤害了他的自尊,也激怒了他"。最终结果是给她造成无法排除的心病,以致神情恍惚、半疯半癫。"她肯定从未得到过做爱的欢愉而只领受过恐惧,她竟然无法排除恐惧而终于积聚到崩溃的一步。"显然,这个悲剧的结局,白嘉轩是要承担很大的责任的。虽然卫家三姑娘只是七个女人中的一个,但作者要表现"命浅福薄"之人浮不住白嘉轩这样的贵人,因此会把读者的注意力引向三姑娘本人的福分不够,但具体情况具体分析,我们应当看到白嘉轩作为男人的粗暴和蛮横。这种粗暴和蛮横正是来源于前面提到的他所接受的文化与传统,女人在他眼里只不过是男人传宗接代的工具,是"糊窗子的纸",她们对自己的身体没有决定权和话语权,她们面对恐惧也只能接受,这种接受并非心甘情愿,只是在面对男人的强大时无能为力,这种强大包括身体的强大和观念的强大。白嘉轩似乎觉得这个女人不过是他完成传宗接代使命的众多数目中的普通一个,根本没有想到她从嫁给白嘉轩的那一刻起,就已经交出了她的全部,除了传宗接代,还有她对生活的所有寄托,但这一切在白嘉轩眼里都是忽略不计的,作为女人一生活着的全部意义在白嘉轩看来似乎只在意与他有关的那一方面或说是那一点。其实其他几个女人的命运也大抵如是,除了仙草,因为她生下了儿子,才有可能在之后将其他方面慢慢复活过来。

●五房女人的死去让白嘉轩心情大坏:"他觉得手足轻若,没有一丝力气,一股轻风就可能把他扬起来抛到随便一个旮旯里无声无响,世事已经十分虚渺,与他没有任何牵涉。"此种状态的白嘉轩与后面始终充满着生活斗志、遇到任何难题都不退缩的状态截然不同,这在小说中对白嘉轩形象的描写也是仅有的。问题的关键就在此时的他尚未进入他在小说中"真正的角色",或者说,他正为无法进入这种角色而纠结,甚至沮丧。此时正是母亲作为家族力量的新的象征,一方面秉承丈夫的遗志,另一方面施展自己曾被压抑的果断,在白嘉轩的身后将他朝属于他的角色位置重重地推上一把,她在把这种力气传给白嘉轩的同时,也把一种"认定一条路只顾往前而不左顾右盼的专注和果断"的气质输进了儿子的体内,从后面白嘉轩为人处世来看,他倒是非常明显地继承了母亲身上的这种禀赋。

●接下来第六房胡氏的反抗与卫家三姑娘的乞求相比,结局完全不同,白嘉轩接受了她百日后再解裤带的要求,这是否意味着白嘉轩开始改变观念尊重女性了呢?显然不是。他接受的原因在于:其一,胡氏的美艳让他有了怜爱之心,这是男人的感性对理性的影响;其二,前面连续死了五个不能不对他的心理造成影响,对于亲身经历的人来说,心肠再硬也不会无动于衷,对自己的身体特征产生疑虑也是情理之中,他为此也做过观察和验证,正是这种对自己的疑虑减弱(并非消泯)了他的意志;其三,他接受了冷先生提出并征得胡氏赞同的缓冲建议,服"百日滋阴壮阳"的药剂。服药百日既然是冷先生的建议,不仅可以打消胡氏的顾虑,更可以让自己踏实,毕竟百日的时间并不算太长。但百日过后一旦解禁,虽然胡氏十分放纵,但心底对自己作为白嘉轩第六房女人的隐忧并未消除,她做梦梦到前面"五个女人掐她、拧她、抠她、抓她、撕她、打她、唾她",这种景象似乎正是鲁迅的小说《祝福》中祥林嫂所恐惧担忧的情形,不过不同的是将一女嫁过二夫变成了一男娶过几女。尽管白嘉轩请了法师来捉"鬼",但最终仍无济于事,因为那"鬼"实际上是在胡氏的心里头。当然,在白嘉轩的年代,一男娶过两三位女子并不少见,但胡氏毕竟是第六房,这就使她的心里隐忧显得不奇怪了,"五个女人掐她、拧她、抠她、抓她、撕她、打她、唾她"其实正是她自己对自己能否免入覆辙缺乏信心,这同时也为后面第七房女人仙草的不同寻常再次做了铺垫。

注释:

[1]陈忠实:《寻找属于自己的句子》,上海文艺出版社,2009 年版,第193 页。

[2]雷达:《废墟上的精魂》,《文学评论》,1993 年第 6 期。

[3]李定通:《谁的"白鹿原"——话语的争夺与改编的政治》,《当代作家评论》,2019 年第 3 期。

[4]陈晓明:《乡村自然史与激进现代性——〈白鹿原〉与"90 年代"的历史源起》,《学术月刊》,2018 年第 5 期。

第二章

本章故事梗概：白嘉轩在雪地里发现了奇怪的蓟草，专门去白鹿书院咨询心里敬重的姐夫朱先生。后者提醒他，这草长相类似白鹿，而白鹿在村民心中一直就是吉祥和福瑞的象征。这使白嘉轩感到是大好兆头，他决定为此采取行动，设法把这块原属于鹿子霖的风水宝地弄到手。

●白嘉轩本来是要去请阴阳先生相看宅基风水的，这也是他信赖的冷先生的建议，却阴差阳错地发现了地里奇怪的植物，经朱先生提醒，它的性状类似一只鹿，这对将鹿视为吉祥之物的他如获至宝，于是他将这看作比阴阳先生的话更加珍贵的神灵启示。这里我们可以看出白嘉轩脑中"神灵启示"和"宗族崇拜"胜过"阴阳堪舆"的顺序。他回想自己发现的经过，其中的偶然似乎又都是上天特别的眷顾。甚至他还联想到："如果不是死过六房女人，他就不会急迫地去找阴阳先生来观穴位。正当他要找阴阳先生的时候，偏偏就在夜里落下一场罕见的大雪。在这样铺天盖地的雪封门槛的天气里，除了死人报丧谁还会出门呢？"连六房女人的死都被拉来作为此刻的发现相关的铺垫，足见其如何看待世事因与果、偶然与必然的关联。这段话不难让我们想到陈忠实在回答《白鹿原》写作时的一段话，他说："当我第一次系统审视近一个世纪以来这块土地上发生的一系列重大事件时，又促进了起初的那种思索，进一步深化而且渐入理想境界，甚至连'反右''文革'都不觉得是某一个人的偶然判断的失误或是失误的举措了，所有悲剧的发生都不是偶然的，都是这个民族从衰败走向复兴复壮过程中的必然。"[1] 两段话体现了同样的思维，几乎可以相互说明。陈忠实在理论思维上的这个思路无意中传授给了白嘉轩,形成了一种"横向影响",白嘉轩发现了这个奥秘之后,不再依赖什么阴阳先生,而是在一种既神秘又执着的状态下义无反顾地实施起自己的规划。

上面提及的后一段话在论者们关于《白鹿原》的评论研究中常被引用,而且偏向于认可的居多[2]。但细细探究,笔者认为这种思维是存在疑问的:其一,就其针对的现实而言,许多具体的事情各有因果,勉强的理论概括未免牵强附会;其二,就理论认识本身而言也显得随意和草率,经不起认真推敲。笔者认为,善就是善,恶就是恶,不能将丑恶视为善的养料,更不应当把历史的必然性当作个人自我保护的盾牌。关于"反右"和"文革"我们也需要实事求是地具体研究,简单地为其寻求形而上学意义上的必然性显得有些随意,缺乏严谨。小说并未涉及"反右"和"文革"的内容,否则难以想象作者会有怎样的描述。这里体现出了作者对历史、现实和未来的一种态度。张勇先生有一段话分析得很到位,他说:"陈忠实虽然像大多数作家一样,在批判现实的基础上构筑自己的文学,却从未在根本上动摇过对美好未来的信念。因此,现实的问题不会上升到对现代化途径优劣、对错的思考。对于历史,陈忠实的兴趣在于历史的具体形态,特别是能够与自身相联系的、具体化为先辈生活和心路历程的历史形态。……在陈忠实看来,历史的实然就是历史的必然,历史上的错误不过是通向必然王国道路上的小的波折,因此历史的应然几乎不会作为问题进入作家的视野中。"[3]房伟先生也分析道:"他(陈忠实)承认历史'恶'的推动作用,却不能替代现代历史发展中'进步'。总体而言,陈忠实的'历史同情'大于'历史理性'。"[4]这段作者在小说完成以后的谈话,与小说现有内容之间虽然并没有十分表面和直接的联系,但通过对上述引用的分析,我们可以看出这正是作者历史文化观念以及小说观念的体现,而且对小说中诸多内容的处理都有明显的影响。

●朱先生作为白秉德的女婿,作者并未让他在岳父去世时出场,而是安排在第二章白嘉轩专门为发现了奇怪药草前去咨询时出场。在正式出场之前,作者花了相当的笔墨对他进行了介绍,意在描绘出一个关学传人的形象。"自幼苦读,昼夜吟诵""一身布衣,青衫青裤青袍黑鞋布袜""棉花自种自纺自织自裁自缝,从头到脚不见一根洋线一缕丝绸";面对学人之轻浮,厉言:"君子慎独,此乃学人修身之基本,表里不一,岂能正人正世。"尤其是一首《七绝》中的"横空大气排山去,砥柱人间是此峰",更是道出自己"为天地立心,为生民立命,为往圣继绝学,为万世开太平"的胸襟与抱负。由这个以当地实有的程朱理学关中学派最后一位传人——牛举人为原型[5]的读书人来充任白嘉轩的精神导师,既为后者坚持的文化传统注入了一个基调,体现了作者对中国传统文化的基本理解,也注意到了白鹿原民风的地域性传承。

作者在写朱先生应邀到南方讲学时,不满同人的轻浮与怠惰,义正词严地发声:"为人师表,传道授业解惑。当今世风日下、人心不古,吾等责无旁贷,本应著书立说,大声疾呼,以正世风。""世风日下、人心不古"几乎是立志担大任者出场时普遍的感慨,少有见到哪部作品塑造这类人物时是因为"海晏河清""国泰民安"而登场的,这到底是因为读书人习惯于"自许使命"还是客观上就不曾有过哪个时期不是"世风日下、人心不古"呢?

●朱先生一句"你画的是一只鹿啊"成了白嘉轩命运的转折点,为他后面的一系列依托白鹿精灵实现家道中兴提供了契机。因此,朱先生不仅如后文所写是白嘉轩的精神导师,更是世俗意义上的生命里的贵人。这个"贵",不在于他的神掐妙算、摆弄玄虚,而是正如白嘉轩所理解的"他敬重姐夫不是把他看作神,而是断定那是一位圣人,而他自己不过是凡人。圣人能看透凡人的隐情隐秘,凡人却看不透圣人的作为;凡人和圣人之间有一层永远无法沟通的天然屏障"。朱先生能看透世事,却又并非有意去为凡人发迹指点迷津,还得靠当事人自己去领悟。他常挂在嘴上的话倒是"房是招牌地是累,攒下银钱是催命鬼"。这话一般人就常常不太在意。白嘉轩的幸运在于,他从朱先生的口中听到了他发现的那个东西"是一只鹿啊"的话,并且把这句话当作了他家道中兴的"圣谕"。形成反差的是,一般的"凡人们绝对信服圣人的圣言而又不真心实意实行"。小说最后白嘉轩再一次听从姐夫的劝告,辞掉了长工,幸免被划成地主,再次感佩"圣言"之可贵。从发家开始到免成地主,形成的是一个"中庸"的状态,一头一尾皆得益于朱先生之良言,这种生活的影响绝非一般,就世俗的意义而言,不是贵人又是什么? 可惜整个白鹿原上有此幸运的唯白嘉轩一人,可见这个凡人也称得上不凡。

●"很古很古的时候,这原上出现过一只白色的鹿,那鹿角更是莹亮剔透的白……白鹿飘过以后麦苗忽地蹿高了,黄不拉几的弱苗子变成黑油油的绿苗子,整个原上和河川里全是一色绿的麦苗。白鹿跑过以后,一切毒虫害兽都悄然毙命了。更使人惊奇不已的是,有人突然发现瘫痪在炕的老娘正潇洒地捏着擀杖在案板上擀面片,半世瞎眼的老汉睁着光亮亮的眼睛端着筛子拣取麦子里混杂的沙砾,秃子老二的瘌痢头上长出了黑乌乌的头发,歪嘴斜眼的丑女儿变得鲜若桃花……这就是白鹿原。"严格地说,这应当是白鹿原上人的梦,他们的白鹿梦。从白嘉轩到原上的各色人等,都在各自追逐心中的白鹿,过程与结局却又五花八门、各自不同。梦是一种指引,也是一种动力,不过有的比较具体实在,有的则比较玄虚邈远,有的偏于精神愉悦,有的则偏于物质充盈。不过有一点,就是这样的梦毕竟是与特定的生产方式和生活条件相一致的,不同环境下的人如何赋予"白鹿梦"不同的内涵,将会演绎出他们不同的人生。李建军先生认为"白鹿是贯穿在这部小说中的一个中心意象。它作为一个被赋予了美和善等终极意义的象征,很美丽、很活跃地闪动在小说中"[6]。同时他将鹿的文化寓意与中国特殊的历史联系起来,这都加深了鹿的形象的文化内涵。中国的老百姓一向多怀有对宁静、和美生活的向往,这似乎很契合鹿的温顺和从容的习性,只是现实的冷酷往往与之相距甚远,小说中被赋予白鹿寓意的白灵和朱先生也命运多舛,其中透露出作者内心的某种隐忧。但李建军认为"第一个像艾特玛托夫那样把人与鹿深刻关联起来并赋予鹿以丰富的象征意义的中国当代文学家是陈忠实"[7],这就不符合实际了,其实在陈忠实的《白鹿原》之前,金庸的《鹿鼎记》就这样写过。目前没有材料能证明陈忠实是否读过《鹿鼎记》,但二者之间倒是有着有趣的话题,比如都是历史小说,篇名中都有"一只鹿",更巧的是《鹿鼎记》中的韦小宝和《白鹿原》中的白嘉轩都有七房女人……

小说中除了白鹿的意象以外,还出现了白狼和天狗的意象。如果说白鹿象征着美好和善意,那么白狼刚好与之相反,象征的是苦难和丑恶,而天狗则象征着一种人们尚不确定的神秘力量,似乎人们对它的认识还带有一种朦胧感。这几种意象的寓意在作品中形成一种与人的故事相互比对的艺术辉映,正如有人将白灵、朱先生视作白鹿的人格化身一样,田福贤、鹿子霖不妨被视为原上只顾自己而祸害众生的白狼,而神秘难测的鹿兆鹏和起伏不定的黑娃则依稀可视为天狗。当然这也仅仅是一种"可能"的读法而已,不能坐得太实,因为在传说白狼祸害村民的时候,鹿子霖也是积极参与组织修补村庄围墙的。

　　●白嘉轩把朱先生道破的"你画的是一只鹿啊"看作是"神灵救助白家的旨意"。朱先生在说过"你画的是一只鹿啊之后,就不再说多余的话了,而且低头避脸",嘉轩明白这是圣人在下逐客令了。"神灵旨意"只能点到为止,不能让朱先生再多多发挥,况且他"低头避脸"似有对"泄露天机"的不安。问题在于白嘉轩是否有足够的悟性去"揣摩并顺应天机"。接下来的白嘉轩心里盘算着"如何把鹿子霖的那块慢坡地买到手,倒是得花一点心计。要做到万无一失而且不露蛛丝马迹,就得把前后左右的一切都谋算得十分精当"。这一切虽说离不了朱先生的"提示",但又只能算是白嘉轩单独的行为。看看这里的"神灵旨意""心机"和"谋算",读者很难想象这与后来竭力推行《乡约》、践行"仁义道德"、成为"德高望重"的族长是同一人!但这又确实是确立白嘉轩日后在白鹿原上地位的关键一步!这里就有两个问题:如何做人? 做什么样的人? 对于处于不同位置和揣想不同目标的人,其自律的标准和原则竟然是不一样的,而外人对他的评价也会因其地位和影响的不同而有不一样的眼光。在一个等级制的社会里,似乎基本的做人原则都可以是因人而异的。

　　从白嘉轩发现了类似鹿状的蓟草开始,他的人生故事进入了一个新的频道,起始的关键环节是他设计从鹿子霖手里换来了慢坡地,小说结束时一切又似乎回到了原点,白嘉轩看着已经失去了神志的鹿子霖做出了道歉的表示,这在小说的结构上刚好形成一个以"白鹿意象"为中心的完整构成。我们有理由认为,正是这个基本结构说明了白嘉轩与鹿子霖以及他们两人之间的故事在这部小说中的主要位置。

●无论是找阴阳先生察看风水,还是发现了象征白鹿吉祥的宝地以后的迁坟,我们都可以看出白嘉轩改变命运的思路寄托之所在,就是与现实表面以外的阴间世界的沟通。这个阴间世界里有祖先的力量,有文化传统的力量,有民间信仰的力量,也有自身因为似乎找到了某种护佑而产生的自信的力量,所有这些力量在兑现为现实的结果时,仍然是要落实到当事人具体的行动中,不过有没有这种力量,对于当事人的行动是有明显的影响的。我们与其去追问这种行为有多少想象甚至迷信的成分,不如具体去研究这种特殊的精神力量对当事人实际行为的实在影响,因为前者对我们阅读理解《白鹿原》没有太大意义,而后者是进入小说世界、理解人物性格的一个关键。

注释:

[1]陈忠实:《答李星问》,《小说评论》,1993 年第 3 期。

[2]包括雷达《废墟上的精魂——〈白鹿原论〉》等文章。

[3]张勇:《文化心理结构、伦理变迁与乡村政治——陈忠实笔下 20 世纪中国乡村社会的"秘史"》,《文学评论》,2017 年第 1 期。

[4]房伟:《传统的发明与现代性焦虑——重读〈白鹿原〉》,《天津社会科学》,2016 年第 4 期。

[5]陈忠实:《寻找属于自己的句子》,上海文艺出版社,2009 年版,第 51 页。

[6]李建军:《宁静的丰收》,华夏出版社,2000 年版,第 137 页。

[7]同[6],第 139 页。

第三章

　　本章故事梗概:白嘉轩为得到显示"白鹿吉兆"的鹿子霖的土地采取了一系列富有计谋的行动,在冷先生作为"中人"的主持下,他得以如愿以偿,随后为父亲迁坟以得到白鹿精灵的"滋润"。不知底里的鹿家父子为得到了向往已久的水地而显得兴奋。白嘉轩去山里娶回第七房女人仙草,新婚之夜,仙草不顾禁忌……

　　●上一章的结尾写到白嘉轩从姐夫口中得知自己发现了蕴藏"白鹿吉兆"的土地,他"迅猛而果敢"地开始谋划如何将这块本属于鹿子霖的地弄到手,而本章开始他就"心里燃烧着炽烈的进取的欲火"着手实施他的计划。此时的白嘉轩与他第五房女人死后觉得"世事已经十分虚无缥缈"的状态判若两人,是什么给了他这样大的力量促使他迅速扭转? 很明显,是"白鹿吉兆"在他眼前的呈现。这个带有浪漫和想象的吉兆,在他心里化为很现实的所渴望和希求的一切,同时成为他内心的一种"神明",不仅给他进取的动力,似乎也给他昭示着方向。

　　●前面第一章中,白秉德的临终遗嘱是通过补叙的方式出现的,这一章中,白嘉轩从鹿子霖手里买地的有关内容也是用补叙的方式,整个小说中这种补叙运用的很多,可以成为作者叙述上的一个特点。这种方法避免了对相关内容的面面俱到,而可以根据后面情节发展的需要来取舍,换句话说,补叙的内容不是依据先前有过什么,而是之后需要什么。这种叙事方法对于长篇小说是很有必要的,不仅能保证行文的严谨,还可以掌握节奏的控制和铺叙的周密。

●白嘉轩通过冷先生去与鹿子霖接洽买地的事宜,对真实的动机进行了隐瞒,不知白嘉轩最后对鹿子霖赔罪的同时是否也向作为"中人"的冷先生说明了真相,不然他的忏悔多少缺乏了些诚意,只是面对一个失去正常理智的人的演戏。虽然整个的买地——换地都不过是白嘉轩的一个完整的计谋,不知底里的鹿家父子却在细节方面不失其小的聪明。鹿泰恒在跟冷先生的交谈中,处处以退为进,最终仍不忘自守二线:"你下来跟子霖去交涉好了,他和嘉轩是平辈弟兄,话好说事也好办,我一个长辈怎么和娃娃说这号话办这号事哩!"天衣无缝、滴水不漏,更重要的还在于,万一鹿家发现了有啥问题,老爷子在后面还有防线和余地。白嘉轩的换地计划是分两步走的。第一步只说是卖地,因家道不济不得不出卖心爱的水浇地。其实若非要卖地,也并不一定要出卖最珍贵的水浇地,这里就包含了白嘉轩的心思,他深知"舍不得孩子套不住狼"的道理,他知道鹿子霖最羡慕这块与他家的水地相连的地块。等到挑起了鹿子霖的胃口,他才迈出他的第二步,即吞吞吐吐地说起"换地"的想法,并且还编织了"畏惧乡党耻笑"的谎话。假如他一开始即提出换地,这不免会引起鹿家的疑心,于此可见白嘉轩心思之缜密。小说中写鹿子霖在协议买卖时,"严谨地把握着自己的情绪,把买地者的得意与激动彻底隐藏",这种城府与真正掌控局面的白嘉轩比起来真是微不足道。到了白嘉轩动手为父亲迁坟时,鹿子霖总算有了疑心,鹿泰恒却仍然认定是瞎折腾,并且搬出老阴阳先生当初的话来为自己撑腰。其实在这件事上,鹿家多少有点被自己先入为主的观念,也可以认为是幸灾乐祸的愿望所迷惑,即嘉轩这几年运气不顺、死人踢地正是体现,这很满足鹿家的心思,面对阴阳先生不同的结论,多少有着倾向性的心理,加上二亩水地到手以后形成原上最大一块水浇地等等家业扩大的前景更是令人神往,这正是白家、鹿家在原上家道对比此消彼长的象征,太合乎鹿家的期望了,在这方面老子鹿泰恒比儿子鹿子霖的心情更加急迫和明显。

●白嘉轩的第七房女人终止了他娶一个死一个并且没有子嗣的厄运,但这个叫仙草的女人与之前的六个女人都有不同。吴长贵虽然知道白嘉轩之前的事情，但仍愿意将女儿嫁给他，这里面既有他对白家报恩的意图，同时也离不开他对白家为人的了解。之前因为担心嘉轩看不上山里女孩而不便主动开口，现在嘉轩找到山里来了，自然不谋而合、水到渠成。因此白嘉轩与仙草的结合，既有先人的"阴功护佑"，也有门楣的德仪撑持，与那些只凭彩礼即可进门的女人不可等同而语。这个"仙草"与他在雪地里发现的宝物"仙草"一样珍贵，都是能助他改变命运的东西，凭着生下儿子和带来鸦片种子这两点，这个女人完全也可以被视作白嘉轩生命中的贵人，前面的那六个不过是她出现的铺垫和衬托。这里面有一个不得不提的细节，就是新婚之夜仙草在腰间绑着六个小桃木的棒槌，并且说是驱鬼除邪的法官告诉她要"戴过百日"，这跟前面第六房女人胡氏的"百日禁忌"略有不同，那次是胡氏等待白嘉轩服百日的"祛毒药剂"，而这回则是仙草将主动权掌握在自己手里。郜元宝先生对此细节曾引鲁迅的论述加以分析，他说："正如鲁迅所说：'许多外国的中国研究家，都说中国是命定论者，命中注定，无可奈何，就是中国的论者，现在也有些人这样说。但据我所知道，中国女性就没有这样无法解除的命运。命凶或命硬，是有的，但总有法子想，就是所谓的禳解，或者和不怕相克的男子结婚，制住她的凶和硬。'鲁迅所言几乎原封不动发生在白嘉轩身上，差别只是男女角色相反，不是女克夫，而是男克妻罢了。至于禳解之法，则如出一辙。"[1] 鲁迅所分析的这种观念显然对生活在白鹿原上的百姓是有着影响的，包括仙草对此自然也宁信其有，而不信其无。但值得注意的是，仙草最终并未坚持，而是毅然扯掉了桃木棒槌，这就体现了她的不同寻常；而更大的不同寻常则是她之后的安然无恙。看来作者一方面要展示一种鲁迅所分析的国人对待人生的命运观念及其对人的制约和影响，另一方面又试图将仙草塑造成一个与白嘉轩一样具有某种特殊福佑的个体，从而为他们的个体以及结合打上一层神秘的色彩。

仙草在白嘉轩家的一生堪称传统女性形象的楷模，是造就白嘉轩成功的功臣，其中既有她主观努力的成分，比如温柔、贤惠、恪尽职守地扮演好男权社会里普通妇女顺从男性权威的角色，也有说不清、道不明的"福运"成分。新婚之夜她敢冒死破禁,不仅没有步前面六个女人的后尘,而且最终"浮住"了白嘉轩这样的深水,为白家开辟了一个崭新的局面,尽管可以认为她有上承祖上阴德之福,但毕竟也还有某种福命的成分。这种描写,无疑增添了小说及白嘉轩之人的某种神秘色彩,当然也可以理解为作者增加作品可读性的一种技巧。其中某些奥秘是无法追根究底的,因为小说毕竟是小说。

●白嘉轩七房女人的故事分为三个层次:第一个到第四个为一层;第五个和第六个为一层;第七个仙草为一层。笔墨多寡不同,内涵丰厚程度也不一样,第六房胡氏恐惧中说出"前五房"对她的撕扯,传达的是某种民间有关的说法,但这又因人而异,后来的仙草却未曾有同样的经历,所以前六个不仅是仙草的铺垫,同时还是对照。

注释:

[1]郜元宝:《为鲁迅的话下一注脚——〈白鹿原〉重读》,《文学评论》,2015年第2期。

第四章

本章故事梗概:白嘉轩在村里率先种植鸦片,获得了极大的利益,村民们纷纷效仿。朱先生奉命查禁烟苗,收效一时。仙草为白家接连生下两个儿子,彻底扫除了蒙在白嘉轩头上人丁不盛的阴影。白嘉轩与鹿子霖为买李寡妇土地一事大打出手,朱先生一纸书信化解了纷争,县令批示白鹿村为"仁义庄"。

●榜样的力量是无穷的。这个榜样指的是白嘉轩在白鹿原上率先种植鸦片。其中的经济收益显然是令人艳羡的,不然不会成为他人的榜样。前面的"换地",这里的种烟,开启了白嘉轩家道中兴的机运,给他带来了财富和子嗣,为接下来理直气壮地充任族长创造了基本的条件。他后来的身体力行、推行宗族文化,确实也付出了极大的努力和牺牲,但上述两个行为作为基础条件,显得并不光彩。朱先生大义灭亲,首先毁了他的烟田,但此时的禁毁已对白嘉轩的家道形不成致命的威胁,他已经具备了可观的家底。睿智的朱先生为什么在政府发起禁烟之前不去劝阻自己的妻弟呢?也许那样的话,小说的整体故事结构都得完全改变了。

●"由罂粟引种成功骤然而起的财源兴旺和两个儿子相继出生带来的人丁兴旺,彻底扫除了白家母子心头的阴影和晦气。"这确实是白嘉轩后来所有故事的基础,从此开始,白嘉轩继承族长心里便有了底气和硬气,他与族长相关的人生由此拉开了帷幕。对于当族长来说,需有子嗣这好理解,而财源兴旺其实也不可或缺,在以家庭为单位的农业社会,经济状况的好坏也是决定一个家族的政治和社会地位和影响的重要因素,这一点与现代文学中的革命文本叙事所描写的有所区别,《白鹿原》所写的是传统文化格局下的故事,与塑造"穷则思变"的革命者以及他们如何在乡村与富人中争夺话语权和影响力是不同的。两相对比,正可以看出其中的某些奥秘。有论者认为:"到了清末,那无孔不入的现代性开始侵入这方古老静谧的土地,它使得曾为传统的仁义所抑制的那些大大小小的欲望被激活起来。白嘉轩种植鸦片致富,可视为这种现代性侵入的象征。鸦片是西方现代文明撞击中国古老大门的敲门砖,也是这种新的文明带来的恶之花,它在族长白嘉轩身上激起的欲望,对传统宗族道德、对天理构成了严峻挑战。"[1]白嘉轩种植鸦片确实有着内心的欲望,但将其完全归于西方现代性的侵入并以此对传统宗族道德、对天理构成挑战,这种分析显然不切小说实际。鸦片其实在明代就传入了中国,种植和使用就开始存在。白嘉轩从经营药材的岳父手中得到种子,应当是民间一直存在的渠道,即便这是1840年鸦片战争后大量流入的结果,但也得不出是"文明的恶之花"在白嘉轩身上激起的欲望。白嘉轩的欲望与现代性无关,他要发家、要致富、要把族长做得安稳,并且根本不认为这是对传统宗族道德、对天理构成了挑战。尽管客观上鸦片种植的蔓延会祸国殃民,但那不是一个乡村族长主动去思考的问题,当时的年代他能做到的只能是被动接受,这就是后来朱先生毁掉他的烟田时他"双手抱住头再也说不出话来"。事实上,小说倒是很充分地表现了"现代性"对乡村的侵入,这种侵入对传统的宗法社会构成了有力的挑战,但这种现代性的种种体现包括权力、治理方式以及话语意识形态恰恰与白嘉轩所信奉和坚守的形成了对立,从而成为小说故事展开的历史背景。

●小说紧接着"由罂粟引种成功骤然而起的财源兴旺和两个儿子相继出生带来的人丁兴旺,彻底扫除了白家母子心头的阴影和晦气"之后的是"白赵氏已经不再过问儿子的家事和外事,完全相信嘉轩已经具备处置这一切的能力和手段"。财源兴旺和人丁兴旺首先让白嘉轩在自己的家庭里获得了认可、确立了地位,白赵氏开始了"从子"的人生阶段,这就为白嘉轩下一步在整个宗族里获得认可、确立地位迈出了第一步,由家而族,是传统家族文化常规的步骤。

●白鹿村成为"仁义庄"始于白嘉轩和鹿子霖的一场斗殴。经过朱先生的化解,两个本要对簿公堂的人捐弃前嫌、重归于好。朱先生替二人写的诉状,让人想起安徽桐城"六尺巷"的故事,当年张英写给家人的信也是四句诗:"千里家书只为墙,让他三尺又何妨? 万里长城今犹在,不见当年秦始皇。"这与朱先生的"倚势恃强压对方,打斗诉讼两败伤。为富思仁兼重义,谦让一步宽十丈"可谓异曲同工。如同当年桐城两家人各让三尺留下"六尺巷"的佳话一样,白、鹿两家也不再争执,反而一道周济了李寡妇,为此赢得县令所颁的"仁义白鹿村"牌匾一块。县令此举,乃官府敦睦社会风气所需。正如清人吴伟业所说:"一邑之中有一二世家大族,以礼义廉耻治其家,则相观而善磨砺,而兴起者多矣。"[2]这对于白鹿村民既是一种荣耀,但同时也是压力,作为族长的白嘉轩更是当仁不让,他得顶着"仁义"的牌子做族长了。事实上一块牌子并不能完全真正化解各自不同利益之间的冲突,只不过在表现形式上有所变化而已。此前鹿子霖不肯退让,不惜倾家荡产也要打赢官司,就是要证明自己可以成为"厄运已经过去,翅膀也硬了"的白嘉轩的一个对手! 这种深层次的涉及自身根本利益的对立是化解不了的。不过通过朱先生的这一斡旋和"仁义村"荣誉的获得,倒是将白嘉轩和鹿子霖二人之间的"明争"由此转为"暗斗",小说真正的故事开始了……吊诡的是,这个贯穿始终的争斗故事的开始,表面上充满了"仁义"的气氛。

白、鹿二人的纷争原先是想通过官司来解决的,但因朱先生的一张纸片便在内部得以化解,这正是传统的宗族自治性的体现,它之所以后来得到县令的褒奖,说明了官方对此"自治性"的认可,行政权力对乡村治理并无太多直接干预,而主要依赖宗族自治。但之后的情形是这种局面的不断改变,行政权力对乡村的渗透越来越深,宗族自治的功能和作用不断萎缩。

注释：

[1]张林杰:《〈白鹿原〉:历史与道德的悖论》,《人文杂志》,2000 年第 1 期。

[2]吴伟业:《梅村文集》卷七《师母施太恭人七十寿序》,宣统二年刻本。

第五章

　　本章故事梗概:白、鹿两姓的由来及村庄的历史,体现了族规与祠堂在宗族生活中有着重要的地位。白嘉轩与鹿子霖搭手整修祠堂,创办学校,得到村民和朱先生的认可。年轻的黑娃自小就露出特异的性格,他在白嘉轩的帮助下上学念书,与白孝文、鹿兆鹏成为同窗,接受徐先生的教育,留下了一系列难忘的童年记忆。

　　●白与鹿虽属两姓,但早先源于一脉,至今仍合祭一个祠堂,承认共同的祖先,而且族长由长门白姓的子孙承袭下传,这是铁的法则,属天经地义,不容置疑。白嘉轩当族长,受的是"天命",这无可动摇,但其中也须人为,还需要当事人主观上的努力。小说里写在"父亲过世后的头几年里,每逢祭日,白嘉轩跪在主祭坛位上祭祀祖宗的时候,总是不由得心里发慌;当第七房女人仙草顺利生下头胎儿子以后,那种两头发慌的病症不治而愈"。这就是作为族长继承人的白嘉轩需要自己去做到的,因此,为这一点,白嘉轩娶七房女人就不奇怪了。正是这种机制,决定了白嘉轩"人为"的方向和动力,只要白嘉轩认同这种机制,他就只能这样努力,也只有白嘉轩拥有这样的条件,他才可能和需要这样努力。

　　●重修祠堂、兴建学堂以及接下来的推行《乡约》,白嘉轩与鹿子霖相互搭手,显示了很高的效率,也为白鹿村营造了和谐、仁义的氛围。从表面上看,这两个乡村里的能人总体上似乎并无矛盾对立,反而是心愿一致、携手共事。在基本的价值观上,鹿子霖仍然属于传统的范畴,持家上重视耕读,婚姻上讲究父母之命,名声上看重乡里口碑,他初见《乡约》文本时也发出由衷的认同与感慨,但在逼仄的传统格局之内(其中主要的就是权力秩序的产生与运行机制),这类具有较强能耐的人又会伺机寻找对既定秩序产生怀疑和挑战的缝隙,这是《白鹿原》为我们提供的一个非常深刻和独特的发现,它涉及的是个体独特的内在心理和诉求。鹿子霖事后发觉与白嘉轩搭手完成的一切增添的都是族长白嘉轩的功德,他并没有得到什么,这就开始显现出两人之间的联盟的脆弱性。这个交代很有必要,它实际上为鹿子霖下一步的选择埋下了伏笔。

●徐先生受朱先生所荐来到白鹿村学堂执教,他在开学仪式上表明:"我到白鹿村来只想教会两字就尽职尽心了,就是院子里石碑上刻的'仁义白鹿村'里的'仁义'两字。"仁义为先,这是儒教文化的传统,我们也绝不否认徐先生确实做到了尽职尽心,但实际效果呢?这恐怕又非他能一厢情愿的了。孝文、孝武、兆鹏、兆海,还有黑娃,都是这里的学生,他们中又有谁真的做到了徐先生心目中的"仁义"了呢?其实把这个范围再扩大,千百年的传统教育都强调这一点,因此徐先生所说的"教会"两字大有讲究,是嘴上会还是心里会,或者是行动上会?是真正成为内心的信条,还是只不过是表面的装饰?当然有没有这种教育结果毕竟是不一样,但如果只是满足于这种笼统的乐观,恐怕与我们在"仁义"教育上的巨大付出并不匹配,其中大有值得探究的空间。

●黑娃小时对白家(白嘉轩)父子和鹿家(鹿子霖)父子的不同态度,预示了他性格方面的基本特点,即偏于感性而不重理性,偏于性情而不重规矩,这对他前半生的人生有着十分重要的影响。这当中心理感受尤为突出,特别是从童年时代种下的心结。白嘉轩送他上学,目的在于他能知书达理,尽管这个"理"有他白嘉轩的标准,但黑娃似乎不是顺着这个道成长的主,他注定是要在世事的摸爬滚打、跌跌撞撞中长大。谁会知道他的情感世界与其父亲鹿三想象的会有那么大的距离?他在心里对兆鹏兄弟和孝文兄弟的比较以及延伸到对白嘉轩、鹿子霖的感觉让他产生亲切可近和正经八百的反差:在兆鹏兄弟面前他能觉得轻松,觉得亲密无间;而在白家父子面前则只有紧张,甚至自卑,这种紧张和自卑会带来压抑,日后不定要伺机寻找着释放的可能。他后来的所作所为与这种童年经历有着内在的必然性,这是一个有深度而值得研究的心理个案。他第一天上学,孝文主动给他学习用的笔和纸时,受到感动的是他爹鹿三,而他本人则几乎是无动于衷;而他母亲每晚叮嘱要他好好念书以对得住白家的好心时,得到的回答也是"干脆还是叫我去割草"。当兆鹏兄弟和孝文兄弟陆陆续续离开学堂后,他扛着独凳走出学堂,留给徐先生的话竟然是"先生啥时候要砍柳树股儿,给我捎句话就行了"。这份"成绩单"基本宣告了白嘉轩一番苦心的白搭,也是黑娃下一步人生的预示。

第六章

　　本章故事梗概：白灵出生，白家认鹿三做她的干大，鹿三在权衡中回顾他与白家立足"仁义"的交往。城里的"反正"给白鹿原也带来了侵扰，白嘉轩带领族人修补了围墙。朱先生只身前往清营劝退力图反扑的二十万清军，他以一纸《乡约》为白嘉轩之后的宗族治理指点迷津。

　　●由于卫生、医疗等条件和水平的限制，过去乡村里的婴儿死亡率非常高，几乎家家都有夭折的情况，因此这些当事人的家庭似乎也看得较为平常，处理起来绝不像现在这样郑重其事，白嘉轩家也不例外。"白赵氏从炕上抱走已经断气的孩子，交给鹿三，鹿三便在牛圈的拐角里挖一个深坑，把用席子裹缠着的死孩子埋进去。以后挖起牲畜粪时，把那一坨地方留着，直到多半年乃至一年后，牛屎牛尿将幼嫩的骨肉蚀成粪土，然后再挖起出去，晒干捣碎，施到麦地里或棉田里。白鹿村家家的牛圈里都埋过早夭的孩子，家家的田地里都施过渗着血肉的粪肥。"这一段描写不仅表现了白鹿村民对人与以土地为代表的自然之间的相依相融，而且有一种独特的生存领悟，即人化为泥土又孕育着新的生命，死去的精魂会在后来者的生命里绵延，自家的骨血当然还得回到并滋润自家的土地。

　　●仙草为白家生下了三个儿子，这在白嘉轩看来是为白家立功了，尤其是他想到鹿子霖只有两个儿子，而且不可能再有，可见生孩多少，尤其是男孩多少绝对是每个家庭十分在意的大事。白嘉轩在有了三个儿子之后，开始希望能有个女孩，这是人之常情之体现，但这个人之常情必须要在先有儿子的前提下，所以，白灵的到来让白家异常兴奋、呵护倍加，这就引出认干大的事情,又将纯属亲情的举动蒙上了宗族文化的色彩。

白嘉轩安排女儿白灵认鹿三为干大,是从白家的角度对鹿三为人的肯定,也是小说中塑造鹿三形象的重要一笔。要知道这个"干亲"是在母亲白赵氏排除了在白鹿村很有人望的冷先生之后提出的人选,可见这经过了慎重的权衡,这些取决于白家人对鹿三的信赖和认同。鹿三对白家的敬重虽然源于他常常对儿子黑娃所说的"白家仁义",但细细勘察,会发现他这个认识皆出自平时实际交往中点点滴滴的切身感受。对白家和白嘉轩的诚服促使他对白嘉轩推行的《乡约》百依百顺。仁义是抽象的,而白家给予他的恩惠却是实实在在的,这除了经济和物质方面以外,更多的就是白嘉轩对他人格和精神方面的尊重,比如这里为女儿白灵认他为干大,平日总是郑重称其"三哥"以及常常告诫家人要尊重鹿三,鹿三从白嘉轩身上得到的这种尊重和信任自然成了他信奉白嘉轩所倡导的道德信条的动力,并且总是能在实践中围绕着确保白嘉轩的族长权威这个核心来行事。与其说鹿三为白嘉轩做出的最大贡献是他忠心耿耿地为白家干了一辈子的农活,不如说是在村里族里为白嘉轩树立了一个他最需要的伦常楷模,即黑格尔在阐释"奴隶与主人"的关系时所指出的"主人们则充分体现获得认可的欲望",这一点白嘉轩心里十分明白。他之所以对鹿三的儿子黑娃始终关注和在意,并且屡次以德报怨希望黑娃能走上他所期望的正道,原因也正在这里。他其实并不指望黑娃能像他爹一样为他干多少农活,而是要这种"获得认可"的满足。有人说,"鹿三,是最有道德自觉的长工,是芸芸众生可以被仁义驯服的明证"[1]。这个"仁义"不可能是枯燥简单的信条,而是鹿三眼里白嘉轩表现出的为人处世的方式和方法,鹿三曾在多个方面比较白嘉轩与鹿子霖行事的异同,结论自然是对白嘉轩钦佩不已,这也表明,白嘉轩的所作所为在其所处的环境中,具有明显的人际效益,是一种有效的处事选择。笔者注意到,在小说中,鹿子霖虽然与鹿三亲缘关系更近,但他们之间几乎就没有说过话,尽管小说不同于实际生活,不必面面俱到,什么都写,但鹿三和鹿子霖之间的关系自有值得玩味的奥妙。鹿三死时,白嘉轩老泪纵横地哭道:"白鹿原上最好的一个长工去世了。"这个"最好"的含义,既丰富又复杂,也许只有白嘉轩自己才最清楚。

　　●鹿三卖力地为白家干活,立足于他所认同的简单的道理:咱给人家干活就是为了挣人家的粮食和棉花,人家给咱粮食和棉花就是为了给人家干活,正是天经地义的又是简单不过的事。挣了人家生的,吃了人家熟的,不好好给人家干活,那人家雇你干什么?况且,白家还是那么仁义。看来,关于阶级剥削和剩余价值的理论与他还隔得太远,即便要给他宣传这些道理,难度也相当大。值得注意的是,20世纪40年代以后的农村题材小说,大都不见如此正面表现鹿三的这种对雇佣关系的理解,而总是力图表现阶级启蒙者如何让鹿三这样的人去理解其中暗藏的经济道理,《白鹿原》的描写实际上是一种对这种新传统的解构。许多论者曾以《红旗谱》为例来说明这一点[2]。同样作为家族小说的《红旗谱》是通过两家三代农民的生活和斗争、前仆后继地与地主阶级进行抗争,在不断的"成长"中展示现代革命的历史逻辑。而在《白鹿原》中,则几乎完全是另一番景象,其中不少正可以与《红旗谱》形成对照,这体现在:一、全书注重刻画并给予很大肯定的人物是白嘉轩,连作者自己都说"白嘉轩就是白鹿原"[3],这是一位抗拒"成长"的历史循环论者,信守的是传统的文化,"他像他生长的那块土地一样,在沧海桑田的变幻中未曾动摇过自身的根基"[4]。与《红旗谱》里的朱老忠相比,最大的不同就是"去革命化"和"去成长化",他面对的是儒学实践中的老问题,即天理与人欲的对抗。二、下一代走上革命道路的虽然包括黑娃,最突出的两个人物却是财主的儿女鹿兆鹏和白灵。三、长工鹿三没有从阶级意识上去看待自己与白嘉轩的关系,而是从文化道德的角度认定白家是仁义的,他为白嘉轩面对原上的对手冲锋陷阵、无怨无悔。陈涌在论述《白鹿原》时认为:"在白鹿原上,在意识形态领域里,主要就存在着以鹿兆鹏为代表的革命思想,和以朱先生、白嘉轩为代表的学为好人的儒家思想的斗争。"[5]存在着这两种思想是对的,但把二者之间的斗争也当作主要存在和主要情节则显然不符合小说的实际。

●本章写到白灵的出生和满月,这是在"城里反正",即 1911 年辛亥革命的年份。这就涉及一个她跟鹿兆鹏、鹿兆海的年龄差距问题。此时的兆鹏、兆海都早就已经上学念书,并且还从神禾村转回了白鹿村小学念书,而且又转到白鹿书院,这在第五章中有过叙述,同时在第七章中也有呼应。就是写鹿子霖在县府受训,"两个正在白鹿书院念书的儿子闻讯跑到县府来看望他"。鹿子霖出任"乡约",先到县里受训,正是在刚刚"城里反正",白嘉轩从朱先生那儿拿回《乡约》文本的时候。因此这样看来,兆鹏、兆海此时的年龄至少已有十几岁了,他们跟白灵之间的年龄差距也就自然是这个数字。但在后面的叙述中,越来越让人觉得白灵似乎和兆海差不多大。比如第十二章中,白灵跑到城里念书,进的是教会学校,在围城战斗结束以后,她当了运尸组的组长,这至少应当是中学生的年龄,而此时兆海居然还在念中学。在第二十三章中,白灵到书院看望姑妈,和姑妈说起自己跟兆海之间的事:"早先几年我俩都私订终身了哩!那阵儿都小都不懂事,现在都大了懂得道理了。"再有第二十九章,兆海奔赴抗日前线之前去看朱先生,他委托先生把那枚定情的铜圆日后交给白灵,朱先生听兆海"讲述凝结在铜圆上头的两个年轻男女的情意",等等。也许作者为了写二人恋情的需要,觉得应当年龄接近为好,但为何又明明写了有十多岁的年龄差呢?这个年龄问题与第一章提到的冷先生的年龄,不知是否都是作者的疏忽。

●当白嘉轩为白灵做满月仪式并宣布与鹿三结干亲时,鹿三难得发出了憨笑,却没想到儿子黑娃"坐在炕上,像个大人似的用一只手撑着腮帮,眼里淌着泪花"。鹿三拉他去白家坐席,他却"斜着眼一甩手走掉了",这让鹿三不由得骂出"谬种"的话来。我们虽然想象不出黑娃此时此刻心里到底想些什么,但觉得这个描写很精彩,突出了黑娃确实不同一般的孤傲和叛逆的性格,十来岁(不到十六岁)的孩子在众人闹腾的时候,一个人独坐流泪,并且不为某种具体的事由,其内心世界一定也不同一般,其后来的种种表现由此露出端倪。

●关于白狼的传说增添了小说的某些神秘色彩,尽管没有谁亲眼看见过白狼的形状,顶多不过是一道白光之类的描述,但似乎总有某种特别的东西在对人产生着威胁。作者也无意追根究底,只在后面用了朱先生一句"无稽之谈"轻轻带过,留下些神秘色彩,反而增加了小说的可读性,重要的是点明白嘉轩从中不无收获,"成功地修复围墙不仅有效地阻遏了白狼的侵扰,增加了安全感,也使白嘉轩确切地验证了自己在白鹿村作为族长的权威和号召力,从此更加自信"。

●朱先生答应为张总督当说客,只身去劝方升退兵,不是基于对革命的倾向和孰是孰非的态度,而是为消除兵燹,使百姓免遭涂炭,但这里有一个前提,就是他已明确意识到:清廷犹如朽木难得生发,又如同井绳难以扶立。所以朱先生并非愚顽的腐儒,而是具有强烈的民本思想,以此来明确他对传统思想的取舍。他追求百姓安居乐业、村社仁义祥和,特别是减少战祸,其中的思想资源自然主要还是来自传统。他声明张总督的"反正"文告二十八条,他只接受三条,一为剪辫子,一为放足,一为禁烟,都不涉及政治而只关乎民生,他本人的信条也仍然是恪守"学为好人",这表明即便发生了所谓"反正",这个传统读书人的基本思想观念并无改变,或许他压根就不认为所谓的"革命"会改变掉该有的秩序,面对动荡,自信和从容的人就该有"处事不惊"的气度和方寸。他为在迷乱中有些惶惑和无措的白嘉轩开出定心的良方,就是以《乡约》来治理宗族。

●这一章里两个"乡约"一道登场,是整部小说的关键章节。一个是朱先生制定、白嘉轩推行的文本《乡约》,一个是县府任命、鹿子霖担任的职务"乡约"。如果说前面的文字都是开场的序曲和锣声,那么这里两位主角才算进入主要剧情的正式亮相。虽然《白鹿原》可以称为是一部多声部的"复调"小说,但白嘉轩与鹿子霖之间的明争暗斗无论如何也是基本的情节之一,它不仅贯穿全书,而且对其他的情节线索也有重要的制约与影响。我们必须注意到的是,这两个"乡约"的同时存在,有着特殊的时代历史背景。有人的地方就会有矛盾、有争斗,这是各自的不同利益决定的,即便强调仁爱的中国传统宗法社会也不例外。但《白鹿原》里出现的"乡约"之间的争斗是一种新的表现形式。城里的"反正"在中国的社会历史上其实是一次重大的历史事件,在白鹿原的乡村似乎却并未引起大的反响。尽管小说中后来的诸多情节其实都跟帝制的结束和民国的开始有关,比如"乡约"官职的设立、新式学堂的开办,还有法院依法办案等等,但由于这革命在乡村里的动员几近阙如,所以原上百姓甚至包括白嘉轩都并未意识到社会巨变的来临。白嘉轩虽然产生过一些疑问,但很快就以"以不变应万变"的心态平静下来,这既体现了白嘉轩带有自身利益的选择倾向,也暴露出辛亥革命的浮皮潦草。之前的社会里只有白嘉轩作为族长手中的《乡约》,而鹿子霖担任的官职"乡约"正是"反正"革命成功以后的新事物,这样就显示出这个时期的特殊性,即传统的乡治模式尚未完全谢幕,新兴的乡治模式刚刚登场,二者并存、相互影响,也许在实际的运作中二者也曾有良性的配合,但不难想象,作为两种权力——权力机制,二者间的矛盾和抵牾是更普遍的。从晚清到民国,正是中国社会由传统的乡村自治朝政府的官治向下延伸和渗透的时期。尽管民国政府多次倡导地方自治,颁布过诸多法规条例,但其实质仍然是专制集权不断对地方自治的挤压和替代,小说里有多次提到政府对乡村基层权力结构的变动,总体上就是集权化和官僚化的色彩越来越浓厚。所以,白嘉轩和鹿子霖他们代表的分明就是两种不同的政治利益和政治文化,甚至可以说,鹿子霖的"乡约"就是白嘉轩的《乡约》的针对物,这是时代给这两个同代人提供的"错位时空"。选择这样一个社会动荡、风云际会的历史时期作为人物活动的人生环境,显然有助于不同性格和文化追求之间的冲突碰撞,为情节发展提供更多戏剧性的因素,也有利于提高作品的可读性。在《白鹿原》之前的现代革命小说里,我们看到作为受压迫和剥削的农民阶级,总是同时受到政权和族权的共同压迫和剥削,宗法制度一直充当着封建主义的角色,是压在农民头上的三座大山之一,而《白鹿原》的叙事显然另辟蹊径,没有正面去表现农民阶级与政权、族权的对立与矛盾,更没有去表现后两者相互勾结、沆瀣一气地维护共同的利益,而是把政权、族权相互之间的矛盾作为主要的线索,这是一种新的模式和思路。

　　虽然白嘉轩制定《乡约》有许多冠冕堂皇的理由,他维护传统文化的执着和坚韧也让人有几许钦佩,但我始终认为,他最大的目的还是要维护他家所拥有的族长的地位,以及由这种地位带来的精神寄托。这在那个时代环境里,是一种很自然的追求,谈不上人格是否高尚与自私,任何一个拥有这种"嫡长世袭"特权的人都会将其视为无上的神圣,执着地将其融入血脉并视其比自己的生命还要重要。中国传统宗法社会里的族长,在宗族内部,不仅是一种权力地位的体现,而且还是道德威望的象征。虽然《乡约》的内容出自朱先生之手,但既然同为维护传统文化,最后就不能不归结到这一核心内容之上,这不是朱先生本人所能左右的,而是传统文化的内在机制使然。而且白嘉轩在领会和贯彻这个《乡约》的精神时,也具备突出这一核心的用意和条件。

　　《乡约》制定的时间正是城里起事"反正"的时候,白嘉轩正有一脑子的疑虑和担心,最关心的就是"没有了皇帝的日子怎么过",具体到乡下白鹿村,就是"乡下人还要不要族长",这话他没有问出口,但从上一句话里我们似乎可以品味出这种味道。这时朱先生适时地拿出他拟就的《乡约》文本,白嘉轩一看,正中下怀,因为那内容都是他熟悉的传统的要求,日子还是以往的过法,因此他的担心可以消除,《乡约》的施行完全可以保证他在族里的地位和权威的延续,任何对这种地位和权威的挑战都将变成对《乡约》的违背,这就不难解释他为什么会雷厉风行地将其推行,他维护和保卫《乡约》及其基本精神的行为事实上就有了实际的落脚点。这就澄清了以往读者的一个误解,以为白嘉轩就和当代的某些原教旨主义者一样,始终在追求和维护一种与自身的实际利益无直接关联的精神和道德,把他视作一个挽世俗狂澜的理想主义者。事实上,白嘉轩对族长的位置及其承袭看得很重,这正是他整个精神世界的根本。虽然他未必是希图通过这个位置为个人和家庭谋取什么具体的实际利益,而更多地将其视为个人生命和家庭延续的价值标志,视为先人的祖德和后人的荣耀,在白嘉轩的心中它的意义已经神圣化和抽象化了。他常常强调白家立身的根本,这就是力图在主观方面保证顺利承袭,不出纰漏;而在族人中不遗余力地推行传统文化,则是继续创造和维护这种承袭制度的道德氛围。这就不难解释小说开头作者为什么要从白嘉轩连娶七房女人写起。评论者都已经注意到,白嘉轩如此锲而不舍,其关键既不在"性",也谈不上"爱",而是在"后",有后才有白家的希望。因此,当白秉德临死时说"你绝了后才是大逆不孝",其中的含义自然比别的人家更为丰富。白嘉轩对此当然领悟,如果无后,不仅白家承袭的族长就此中断,他自己这一任就首先底气不足。因此当仙草给他生下孝文,自然会"庆贺头生儿子满月的仪式隆重而又热烈",也只有在"有后"这个心病治愈以后,白嘉轩才得以从容地制定和推行《乡约》。

《乡约》文本的一、二部分,一是《德业相劝》,二是《过失相规》,前者是正面提倡,后者是反面规约。我们来看其中"德"与"业"的标准:"德谓见善必行闻过必改,能治其身,能修其家,能事父兄,能教子弟,能御童仆,能敬长上,能睦亲邻,能择交游,能守廉洁能广施惠,能受寄托,能救患难,能规过失,能为人谋事,能为众集事,能解斗争,能决是非,能兴利除害,能居举职。凡有一善,为众所推者,皆书于籍,以为善行""业谓居家则事父兄,教子弟,待妻妾。在外则事长上,结朋友,教后生,御童仆。至于读书、治田营家、济物好礼、乐射、御书,数之类皆可为之,非此之类皆为无益"。非常清楚,"德"与"业"的核心,都是所谓的"行善",而"善"的核心又是"修""事""教""御""敬""睦""择""守"等等这些更多包含传统道德要求的行为规范。其中虽然没有一项内容直接指向白嘉轩所希望的根本,但实际上,每一项都与此密切相关。其关键还在于,在中国社会里,道德规范的制定者,往往正是这种规范的解释者以及规范执行的裁决者。很显然,在白鹿村,白嘉轩是集《乡约》的制定、解释和裁决于一身的唯一的人,这种制定、解释和裁决的身份与行为无不让人想到他的族长地位,甚至可以说,这后面的行为及其象征性的意义对强化他的族长的权威比《乡约》文本本身的意义要大得多。他第一次在祠堂里惩罚过失者,惩罚对象是赌徒和烟鬼,其中并不含有直接的个人原因,那目的显然在于在族人面前树立上述三位一体的形象。而后来他在祠堂里出面主持的活动,则直接与他族长的地位和权威密切相关。因此从根本上来说,白嘉轩所信奉和追求的这套儒家传统是与宗法文化相依靠的,与近代民主精神和启蒙思想是相对立的,属于曾引起20世纪80年代中国思想界热烈讨论的中国社会的"超稳定性结构"。毛崇杰先生在论及《白鹿原》时曾写道:"儒家作为根本教义的'仁义礼智信'与其'君为臣纲''君使臣以礼、臣事君以忠'的政治信条是不可割裂的铁板一块完整的思想体系,如将两者切断,前者成为一种孤立的道德抽象,它就绝不再是儒家的'仁学'""所谓道德的'他律',即'仁义礼智信'主体的道德行为不是受主体自身的内在力量——或意志,或欲望,而是外在的力量所驱动。作为道德行为的身体力行者,一个道德行为的主体,他的爱,他的义举,'文死谏、武死战',舍生取义,一切肯称为'善行'与'美地'的人格品质无不服从君臣大义"。[6]这与西方启蒙主义道德哲学推崇的建立在"自由意志"基础上的"自律"是不同的,这也是白嘉轩的道德哲学与近代民主精神和启蒙思想对立之所在。

我们现在还要再思考的一个问题是,白嘉轩制定和推行《乡约》,意图显而易见,他要约束族人与他一道维持传统的道德纲纪。但事实上,他未必想到,其实白鹿村的任何一个别人,与他在这个问题上都会产生不同的心思,因为他们都命中注定与族长的位置无缘,而族长位置承袭的不可动摇恰恰是全部传统道德纲纪的核心。对这一点,作者有一段话说得很清楚。他说:"面对那个《乡约》,我便想到,即使再坚定不移的族长,也难得把所有族人都训导到对《乡约》忠诚不贰的程度。对《乡约》和族规的信守,多种性情和多种利益制约下的族人差别很大,有的出于经济利益和人际关系,不自觉陷入对《乡约》的背叛。"[7]虽然事实上有多少人看重族长这个位置并不重要,重要的是这样的一个道德系统自身的局限必定会在现代社会环境中遭到挑战,应当说,鹿子霖的所作所为,正是对这种道德系统的反叛和挑战,而且他的"背叛"还不是"不自觉"的,而是处心积虑的,他出来当"乡约"的最终目的也正在于此,整部小说始终贯穿的就是"乡约"与《乡约》的较量,这个我们后面还要说。

●白嘉轩推崇儒教传统文化,既有他出于宗族地位的特殊背景的原因,也离不开这种符合宗法社会需要的内在原因。正因为白嘉轩为巩固他的宗族地位曾有过并不光彩的发家史,有论者曾提出过一个奇怪的观点,说:"像白嘉轩这样并不阳光的现代乡绅,他是否有资格去传承中华民族的文化精髓?"[8]照这位论者的发问,难道必定是要方方面面十全十美的人才能够去传承民族的传统文化?而这样的人历史上又能够到哪里去找呢?尤其是在实践的层面上,不正是那些具体的有着这样那样缺点和不足的人在传承着我们的文化吗?这位论者把民族传统文化想象成一个抽象的至善至美的存在,然后由极少数的精英来培植传承,这实在是异想天开的事情。真正的民族文化实际上是属于该民族的全体成员共同创造的,不同的成员所起的作用有大小和层面上的不同,白嘉轩拼命维护的家族宗法文化,在祠堂内外抵御着各种背叛(白孝文、鹿兆鹏、白灵)、反抗(黑娃)和游离(鹿子霖),虽然与其特殊的宗族地位紧密相关,但这种家族宗法文化正是地地道道的中国传统文化,是中国传统社会维持和延续的基础。

●白嘉轩推行《乡约》以后,村风民风顿然改观,偷鸡摸狗、摘桃掐瓜绝迹,赌博斗殴不再发生,村民和蔼可掬,呈现一片仁义景象。但这一切不过是短暂的祥和,或许正酝酿着更不平静的动荡。正当白嘉轩沉迷在石匠刻写《乡约》碑文的时候,鹿子霖来告诉他"县府任命兄弟为白鹿村保障所'乡约'"。这是让白嘉轩感到意外的,他不理解好好的"仁义白鹿村"为什么还要有一个"乡约"的官员,一切事情按着既有的章法即文本《乡约》来运行不是就挺好的吗?本来的宗族统治一直是乡土社会里最稳定的自治形态,族长运用族规约束族人、调解事端、维持安稳,管理一族就如同管理一家一样再自然不过。当然还有他更不理解的就是乡村社会即将到来的巨变,年轻一代会比鹿子霖走得更远,并把他竭力维护的宗族秩序冲击得稀里哗啦。

注释:

[1]康桥:《中国现当代文学中的故乡想象与未完成的现代性》,《文艺争

鸣》,2013 年第 8 期。

[2]李杨:《〈白鹿原〉故事——从小说到电影》,《文学评论》,2013 年第 2 期;朱水涌:《〈红旗谱〉与〈白鹿原〉:两个时代的两种历史叙事》,《文艺理论研究》,1998 年第 5 期。

[3]《小说家陈忠实谈〈白鹿原〉创作历程》,《东方早报》,2012 年 9 月 19 日。

[4]朱水涌:《〈红旗谱〉与〈白鹿原〉:两个时代的两种历史叙事》,《文艺理论研究》,1998 年第 5 期。

[5]陈涌:《关于陈忠实的创作》,《文学评论》,1998 年第 3 期。

[6]毛崇杰:《"关中大儒"非"儒"也——〈白鹿原〉及其美学品质刍议》,《文学评论》,1999 年第 1 期。

[7]陈忠实:《寻找属于自己的句子》,上海文艺出版社,2009 年版,第 193 页。

[8]宋剑华:《〈白鹿原〉:一部值得重新论证的文学"经典"》,《中国文学研究》,2010 年第 1 期。

第七章

　　本章故事梗概:鹿子霖出任与《乡约》同名的"乡约"官职,以实现他出人头地的"家训",白嘉轩参与组织村民进行"反印章税"的起事,鹿三在起事中成为替代白嘉轩的"头人",之后白嘉轩竭力营救因起事被抓的人出狱。

　　●鹿子霖出来当"乡约",有着家族承传和个人性格的因素,也与时代变动有关。在小说中他被描写得很不堪,这当然是因为他有着自己很不良的日常表现,读者也完全有理由在把他与白嘉轩的对比中,表示出对他的鄙视和不屑。但有一个值得注意的问题是,他生在鹿氏门中,命中注定不能成为一族之长,因此也就没有类似白嘉轩的道德承担和宗族责任。事实上中国的传统道德机制还不具备这样一种神奇的感化效率,能让鹿子霖在没有实际利益回报的情况下也心悦诚服地归顺。李建军先生在《宁静的丰收——陈忠实论》中说:"中国的孝道伦理,乃是一种仰视的无我型伦理。只可惜这种仰视的视域,永远达不到一个具有宗教性质的彼岸。"[1]也就是说,讲求功利和出人头地的鹿子霖是既不会也不可能朝白嘉轩同一个方向去努力的,因为这种努力不会给他带来任何实际的利益。他自己对此很明白,就是"他在白鹿村和白嘉轩搭手修造祠堂,创立学堂,修补堡子围墙,结果却只增加了族长白嘉轩的功德……在白鹿村,他的财富可以累加,却与族长的位置无缘",最典型的就是,他与白嘉轩联手组织了对祠堂的修复,而且两家承担了全体村民捐赠粮食总数的三分之一,而他的角色充其量也只是一个"优秀族人"。有的人或许能当上一个族长认可的"十佳族人"就心满意足了,但鹿子霖并不如此,小说一再强调他渴望"出人头地"的家训和门风就为了突出这一点。因此鹿子霖必须要另觅他途来寻求心理能量的释放和自我实现的可能。他之所以率先让两个儿子出去念书,也是想到了他们在白鹿村终究要屈居于孝文、孝武之下。其实当初鹿子霖的爹鹿泰恒与白嘉轩的爹白秉德在村里搭手共事的时候,心里就没忘记祖先要后人出人头地的家训,只是他没逢着时,没遇上这样的机会,而"城里反正"让鹿子霖得到了机会。因此鹿子霖成了小说中第一个获得时代背景支持的宗族权威的游离者,第一个可以在祠堂之外实现自我并摆脱《乡约》束缚的人,他找到的阵地是保障所,实现的途径是当"乡约",其身份由传统的"士绅"变成了"权绅"。他虽然不像黑娃、鹿兆鹏等一样公开与祠堂文化叫板,但他对宗族文化的离心作用却是让白嘉轩更为警惕和担心的。有的谈论《白鹿原》的文章在分析鹿子霖与白嘉轩的纷争时,认为"鹿子霖对白嘉轩一直是主动出击的,是后起的商业文化精神对占主导地位的传统文化精神的挑战"[2]。这显然是有些无限上纲、大而无当,缺少实际具体的论证。

白嘉轩刚从朱先生那里拿来《乡约》并在村里着力推行,兴头正酣,鹿子霖此时却从县府拿来"乡约"的任命,并兴冲冲地跑来告诉白嘉轩。精明的白嘉轩一旦弄清"乡约"居然成了官名,并且又由鹿子霖来充任时,自然会感觉到这个"乡约"与他的那个《乡约》不会是一回事,作者把二者放在一起写,其用意也非常明显。

鹿子霖的"乡约",代表的是一种现代的政治权力,背后靠国家机器的撑腰,而并不像白嘉轩的族长,靠传统的宗法文化和道德伦理的支持,而鹿子霖之所以要当它,就是为了在白鹿村升起第二个太阳,这是他的家风和个人品性决定的。他通过"乡约"的权势,一方面试图成为与白嘉轩平起平坐,甚至能超越后者的人物,前面我们就讲到过在逼仄的传统格局之内(其中主要的就是权力秩序的产生与运行机制),像鹿子霖这类具有较强能耐的人总会伺机寻找对既定秩序产生怀疑和挑战的缝隙,另一方面则是满足自己的各种贪欲。虽然他把当"乡约"对儿子自豪地说成是"爸革命了",但革命的真正意义在他连一知半解都谈不上。他很快领悟了他的游戏规则与白嘉轩之间的不同。他不需要道德完善的支持,而他所能得到的满足也与道德名誉无关,甚至于可以超出道德伦理的限制和束缚。他当上"乡约"后,每次对白嘉轩在祠堂里主持的活动,不是感到尴尬和难受,就是表现出冷漠和嘲讽,祠堂对他来说,渐渐地成了一个不光是无关的和不感兴趣的场所,而且成了一个内心暗暗抵抗的场所、一个消解他在保障所培养起来的得意和兴致的场所。事实上,白嘉轩每次派人来叫他,都是有意与他为难,去则难受,不去则理亏。而鹿子霖也几次试图以"乡约"身份在白嘉轩面前如法炮制,后者则是寸土不让。这日益加剧着二者之间的矛盾,最终导致鹿子霖一手策划田小娥拉白孝文下水的阴谋,不过这是后话。

鹿子霖出任"乡约",是传统农村社会治理模式的一个转变,即由单一的"乡贤治乡"转变为"乡官治乡"[3],或说是事实上的二者并存,总体趋势却是前者日渐式微而后者日益强势,这是时代、社会发展的大势决定的。《白鹿原》正是把白嘉轩和鹿子霖放在这个大背景下来展开人生,既让我们看到了白嘉轩作为最后一个族长的艰危,也让我们领略鹿子霖这最初的乡官的秉性,其中历史的启示是十分丰富的。

评论家雷达先生在《白鹿原》刚问世时,曾用一段话来描述他的阅读体验:"静与动、稳与乱、空间与时间这些截然对立的因素被浑然地扭结在一起所形成的巨大而奇异的魅力。"[4]相对而言,白嘉轩的"乡贤治乡"更多体现的是"静""稳"的一面,而鹿子霖代表的"乡官治乡"则体现了"动"和"乱"的一面,当然体现后者的还有鹿兆鹏、黑娃、白灵等年轻一代的革命行为。在白嘉轩的世界里,时间同样也是静止的,而空间的意义倒是很大,这个空间主要是指宗族空间;而在他的反对者一方,无论是鹿子霖,还是鹿兆鹏、黑娃或白灵,都有着明显的时间变化的意识,同时要竭力突破宗族空间的限制,鹿子霖受不了白嘉轩召集族人到祠堂议事,黑娃冲进祠堂、砸毁《乡约》碑文都说明了这一点。

●鹿子霖当了"乡约",到了县府接受培训,明白了自己就属于革命了,思想自然也就"开明"起来,当两个儿子提出要进城念新书时,他一口答应,这就为兆鹏、兆海后来的人生选择提供了契机,其实这跟他力图出人头地的心思是一致的,就跟他对待自己一样。反观之后当白嘉轩的两个儿子从朱先生的白鹿书院回家后,他却要求他们跟着鹿三下地务庄稼,并且表明"从今日起,再不要说人家到哪儿念书干什么事的话了。各家有各家的活法,咱家有咱家的活法"。这话的针对性非常明显,两家的门风区别鲜明。"咱家的活法"与白家在宗族的地位密切相关,未指明的"鹿家的活法"则是另外的追求,这正是《乡约》与"乡约"的较量的体现。只是白嘉轩的一厢情愿未必抗拒得了历史变化的大势,他的种种努力也未免大打折扣,女儿白灵率先起来挑战,儿子孝文更是旁逸斜出,忠实仆人鹿三的儿子黑娃几乎是完全翻了个个,作为白嘉轩推行《乡约》的重要领域尚且如此,其他方面也就可想而知了。但其实白嘉轩坚持要这样做和他的后人们实际上怎样做还是两个不同层面上的事情,白嘉轩坚守传统的家风自是出于他对做人和生活的理解和追求,但后人们生活的时代整体上已经变了,正是这种"变"让白嘉轩的"家风"遇到了麻烦和挑战,也只有在面临这种麻烦和挑战时,他的坚守才值得一说。假如一切都没有任何改变的迹象,后人们在传统的按部就班的节奏里延续,这又何必成为白嘉轩所要关注的呢?

更大的奥秘在于接下来的征收印章税里。印章税收齐后,县府、仓和保障所按七二一比例开成,上交县府七成,仓里抽取二成,保障所留下一成,作为活动经费以及官员们的俸禄。还有更隐蔽的是"因为没有各村干部的份儿,所以此条属内部掌握,一律不朝下传达"。一个利益分成,一个知情特权,使得鹿子霖这些基层乡官在物质和精神两方面感到滋润和满足,为他们的卖力征收提供了动力。鹿子霖套用县长的话强调"必须服从革命法令,建立革命新秩序",革命法令和革命秩序成了他们大胆上路的政治大旗,心里惦记的却始终是那个一成的比例,这几乎也成了长期以来乡村治理的一个普遍性问题,革命法令和革命秩序从来就不是许多基层官员真正的关心所在,甚至根本上就不曾用心理解和领会过,能激励起他们兴趣和热情的就只是那个提成的比例。

●白嘉轩组织农民起事反对按亩收印章税,体现了宗族自治势力与官方权力之间的距离,这与田福贤、鹿子霖站在官方立场对白嘉轩的劝阻形成鲜明对比。杜赞奇在他的《文化、权力与国家》一书中对 20 世纪上半叶中国华北乡村的状况分析中指出:国家权力对宗族村落的掠夺,"迫使村庄领袖在国家政权和自己领导的村民之间做一选择,从而确定到底站在哪一边"[5]。白嘉轩精神和道义上的支撑来自起事之前他从读书人那里获得的合理的依据,他专门找徐先生咨询,他能为民请命,却又不至于犯上作乱,尤其是不能摊上不忠不孝之名,一旦听徐先生说"反昏君是大忠",便确定其行为带有传统文化框架内的"义举"性质,这就坚定了他"起事"的决心。因此,作为族长的白嘉轩,同样有他"该做"和"不能做"的范围,正是在这种取舍中体现出他的宗族掌门人的权衡。但我们要注意的是,白嘉轩的这套观念本是属于传统皇权社会里的规则,既要为民请命,又要符合忠孝,但其实他现在面对的已是民国的政权,而民国讲的是法治,什么能做、什么不能做都要依法来定。这就使他在诸多方面一头雾水,根本无法预见事情的结局,人被抓了,竟然并不是因为聚众起事本身,而是因为烧房子、砸锅碗,原以为肯定是要当作"政治案件"的却是以"刑事案件"来处理,他对新政权的"法"以及"依法"实在茫然。当然,所谓的"依法办事"在当时也是徒有其名,他找到了姐夫朱先生并送了钱财之后,执法的人没有依法而是依人或依了别的什么将其了断。

●鹿三能在关键时候挺身而出、自告奋勇充当起事的"头人"之一,既与他对白嘉轩形象的维护有关,因为传言起事的人被吓破了胆、不敢出头和收受了县长的赏金的流言在他听来都是对白嘉轩的伤害,而他是既知道谁是起事的人又压根不相信上述流言的,也与他信奉白嘉轩的观念有关,这位老汉对白嘉轩似乎是有着"凡是派"的追随的,加之性格上的"咬筋"劲,一旦爆发,其能量绝对会超乎想象。一个再平凡不过的长工,居然能有此壮举,也印证了"时势造英雄"那句老话。白嘉轩被田福贤和鹿子霖堵在家里出不了门,着实蒙受了一番憋屈,而事后诸多关于他的风言风语的源头也难说不就在他们这里,所以当定为起事的人关在监狱里时,白嘉轩确实感受得到鹿子霖等人那幸灾乐祸的眼光,以致他不惜动用姐夫朱先生的面子来进行搭救。当他见到回来的鹿三时,一句"三哥,你是人"的赞叹,不仅是出于对鹿三敢于挺身而出勇气的肯定,更是为鹿三所发挥的自己不能在场时的特殊作用而发。

三官庙和尚被救出以后,毫无音讯地不知去向,后文中变成了土匪里的大拇指,其扑朔迷离的身世和我行我素的做派在这里先留下一处伏笔。

注释:

[1]李建军:《宁静的丰收》,华夏出版社,2000 年版,第 169 页。

[2]王健、李文军:《试论〈白鹿原〉中人物的文化心理结构》,《苏州大学学报(哲社版)》,2000 年第 1 期。

[3]朱言坤:《乡贤、乡魂、乡治——〈白鹿原〉乡贤叙事研究》,江苏社会科学,2018 年第 1 期。

[4]雷达:《废墟上的精魂》,《文学评论》,1993 年第 6 期。

[5]杜赞奇:《文化、权力与国家》,江苏人民出版社,2010 年版。

第八章

本章故事梗概：白嘉轩依据《乡约》整治风气，惩罚赌鬼和烟鬼。冷先生有意将自己的两个女儿分别许配给白家和鹿家，而且得以实现，白嘉轩、鹿子霖和冷先生结成相互的姻亲。县长拜访白嘉轩，动员白嘉轩参加全县的参议会。白嘉轩阻止了仙草逼白灵裹脚并且将她送入徐先生的学堂，后白灵私自跑进城里上学。黑娃拒绝了鹿三要他去白家帮工的想法，坚持要自己出远门打工，这一举动引发了其后父子反目的后果。

●白嘉轩惩罚鸦片烟鬼和赌博鬼值得玩味，其根本意图之一就是做给鹿子霖——鹿"乡约"看，证明宗族还是要继续管事的，而他才是白鹿村管事的人。白嘉轩对烟毒的一番话虽然颇动感情，但多少也有些表演成分甚至是虚伪的，因为此前他正是在白鹿村种烟的第一人。虽然小说里写他只种了鸦片而并没有吸食，但种植比吸食危害更大，因此他的义正词严多少有些滑稽。他的惩罚措施也比较严厉，绝不为被惩罚者的痛哭流涕所迷惑，体现了极强的执行力。但他同时又有柔的一面，让赌博输的人取回赌资、派人找回外出要饭的抽大烟人的家属并提议用祠堂存的官粮周济他们，这使他在族人中获得好评。这正是一个集《乡约》的制定者、裁判者与执行者于一身的族长的优越之处，白嘉轩很好地利用了这一点。

●冷先生的两个女儿分别和鹿子霖与白嘉轩的儿子定亲，体现了冷先生的利益取舍，他凭医术吃饭，虽无害人之心，却不可能没有存身之念。陈晓明认为他身上体现了道家文化，[1]理由是他相信风水，建议白嘉轩请阴阳先生看看风水、禳治禳治。作为医生，相信并采用一些道家理论这很正常，但一味上纲断定归属某家未免牵强,其实情形倒是复杂共存的。他后来倾尽家存、不计一切搭救鹿兆鹏并申明女子"从一而终"是他家的门风就很难用道家观念来解释,还有他敏锐地观察和了解白鹿原上各种政治风云也是如此。他十分清楚,无论鹿家还是白家,只要得罪任何一家,他都很难在这个镇子上立足。而白家和鹿家也需要这样一个联姻,撇开冷先生本人在原上的名声地位不论,他们也都清楚,他们之间只能暗斗,而绝不可明争,中间有一个冷先生,既误不了暗斗,又可化解和减少明争。冷先生虽是外乡人,但他无论身份和为人在村里有无法替代的位置。之前白嘉轩和鹿子霖为李寡妇卖地的事斗殴,旁人劝解都免不了或偏白家或偏鹿家的嫌疑,只有他一声"住手""有如晴天打雷,震得双方都垂手驻足",这便显出他的作用。白嘉轩执意要把冷先生的二女儿许给二儿子孝武而不是大儿子孝文,是要避免自家大儿子成为排在鹿家大儿子之后的冷家二女婿,处处不肯落于下风,也正是有一种暗斗的心思。当然白嘉轩让孝武与冷先生的女儿结亲,还有一个原因是由小说情节的发展来决定的。后面白孝文走向了堕落,几乎害死了自己的女人,倘若她是冷先生的女儿,这就对白嘉轩与冷先生的关系牵扯太大,许多情节都会改变,而且嫁给鹿家鹿兆鹏的大女儿是那样的结局,二女儿如果也因白孝文而饿死,则嫁给白、鹿两家就几乎无区别,这不符合冷先生后来近白而远鹿的变化,而换成现在这样的情形,许多问题都不存在了。

●县长拜访白嘉轩,这使得白嘉轩颇为感动,其实这完全是因为对方是县长。白嘉轩要学为好人,其信条就是"自耕自种而食,自纺自织而衣",这种农耕社会的标准带有明显的封建性,显然与县长要推行的民主政治是两码事。他听县长说要让百姓说了算,他马上回应,百姓乱口纷纷,咋个说了算?"家有千口,主事一人!"完全是族长治宗族的思维。当然在一些具体的细节问题上,白嘉轩也表现出了他开明的一面,比如男人剪掉辫子、女人不再裹脚,一个很重要的原因是这两条也在朱先生拥护"反正"文告十八条中的三条之内,至于其他的一些原则性的事情就很难说了。之后到来的各种事实表明，白嘉轩与现代政治即将带来的一切，包括田福贤、鹿子霖等新兴基层权势和后一辈追求更新的人生的鹿兆鹏、白灵等的价值距离越来越大，冲突也不可避免，此处不过是开始渐渐拉开了序幕。

●白嘉轩"参"的第一条意见就是不要在白鹿原上驻兵，因为"白鹿原上自古没扎过兵营，没有战事，要这些人做啥"。他不知道地方统治者的理由是"加强地方治安，保护民众正常生产"，这就与他宗族自治的传统观念不一致了，至少有那么一点不尊重和不放心，在他看来，"庄稼人自古也没叫谁保卫过倒安宁"，但何县长的一番防范"白狼"之论，一下把问题捅到一村一族之外，这就让他无语了。由此，我们可以看到，传统的乡村自治确曾是古代非常有效的治理方式，但它基本是基于维持一族一村的秩序而建立的，现代社会变化带来的超出村族之外的纷争则主要不在其应对之中，所以刚刚上任"总乡约"和"乡约"的田福贤和鹿子霖就对白嘉轩整天就只知道在祠堂里弄事很不屑，似乎他们权力涉及的领域比白嘉轩要宽广得多。在现代政治斗争愈演愈烈的情况下，以面对宗族内部纷争为主的权力机制日渐式微有着内在的必然性，民国政府的权力设计显然与传统宗法社会的权力机制有着不同的出发点和目的。

在县长拜访白嘉轩时，夹在当中的基层官员田福贤和鹿子霖的角色是耐人寻味的。他们一方面要表现出对上的积极和殷勤，努力做出让上级满意的样子，这就要揣摩上级的意图，了解他们到底满意什么、不满意什么。另一方面又希望下面的人能尽量让上级满意，但又不能让这种满意会对他们自己不利，于是他们在中间还要引导、弹拨，甚至弥合，遇上了白嘉轩这样实力强劲的人物，往往还很难控制住局面。一开始田福贤要鹿子霖把白嘉轩喊来见县长，就遭到县长的否定，这就说明他们的做派与县长的民主做派尚未对路。官员下访民间，以往我们关注的大都是两头，其实最辛苦和紧张的常常是中间，这实际上不是一个只有两端的天平，而是一个有着三重利益的三角。

●白嘉轩面对聪颖的女儿白灵，想到了慢坡地里父亲坟头下发现的那只形似白鹿的东西。白鹿是白家的吉祥物,白嘉轩没有从儿子身上想到它,却把这份厚爱赋予了女儿,显然白嘉轩希望女儿既有白鹿那样的福运,又有家族基因的承载,应当说,事实上白灵的优异也确实体现出了这些因素。只是,白嘉轩对这些的理解是出于他的时代认识水准的,他不知道秉持这些基因的女儿在属于她自己的时代会将它兑现为什么。"白嘉轩的时代"与"白灵的时代"的时间交错使两个根本不同的事物在同时运行,尽管他非常破例地允许了女儿要上学等要求,却绝未料到这些对于白灵来说远远不够,她的志向大大超过白嘉轩所能许可的最高限度,突破了他在溺爱的情感主使下所承受的底线。她自己偷跑进城念书,当白嘉轩找到她时,他根本想不到她会以死相抗,导致"他似乎面对的不是往昔架在脖子上颠跑的灵灵,而是一个与他有生死之仇的敌人",不知此时的白嘉轩是否仍然"想到慢坡地里父亲坟头下发现的那只形似白鹿的东西"。

●鹿三家的黑娃与白嘉轩家的白灵有着某种相似性,个性都很强,小小年纪就喜欢凡事自己做主,只是鹿三不敢奢望像白嘉轩那样将白灵与白鹿联系起来。他一心要黑娃秉持他的信条,在白嘉轩这样仁义的财东家做一个尽职的好长工。然而黑娃对自己的命运却有着自己的想法。他有着强烈的个体生命意识,这种意识源于生命本能的冲动,源于桀骜不驯的天性。他承受不了白嘉轩那挺得过直的腰杆给他带来的心理压力,虽然他讲不清其中的道理,但他对自己的心理感受丝毫也不含糊,正是这种心理因素导致他走上一条另类的反叛之路,所作所为与鹿三的心意完全相悖,其情形与白灵在白嘉轩心目中几乎一样。黑娃的性格形成有着多方面原因,涉及人生经历和背景导致的人格心理等多方面的内在隐秘,目前评论者关于黑娃的研究大都关注的是他一系列外在行为,而对产生这些行为的内在性格成因还深入得不够,甚至可以说忽略了相当一部分。从白灵和黑娃的性格塑造来看,遗传基因是一个十分复杂的有机构成,并不能简单地先入为主地从中选出几种单纯需要的元素往所分析的人物身上硬贴,即便同一种元素,在不同的时代环境影响下还会发生变化。虽然黑娃身上仍然有着与鹿三性格相同的地方,比如自尊、执拗、缺少灵活性,因为完全行进在不同的价值轨迹上,其行为后果也就大相径庭。最典型的事情莫过于二人的娶亲。当年白秉德为鹿三成家连订带娶一手包揽,成了鹿三夫妻认定白家仁义的证明,而今白嘉轩劝黑娃甩掉田小娥,娶亲一事也由他负责,黑娃却无动于衷,根本与白嘉轩想不到一处,反而是我行我素、一念到底! 最终走上后来鹿兆鹏夸他是白鹿村里第一个实现自由恋爱的人的路子,而在鹿三眼里则完全是无法容忍的忤逆! 尽管在白嘉轩的眼里,白灵对自己人生道路的选择也显得悖谬,但她主要体现在对白嘉轩意志的拒绝上,而不像黑娃直接将忤逆的行为上演在他和鹿三的眼皮底下,二者既有相似,也有区别。如果说黑娃是直接唱对台戏,那么白灵则是以转身远去来表示自己的选择,很明显黑娃身上有着更多反抗的本能与天性,而白灵则更多地向往新的召唤和图景。因此,黑娃对现实的不满并未导致他离开现实,而是要自己创造出一种他认可的现实;而白灵则起舞于现实和心中的憧憬之间。

注释:

[1]陈晓明:《乡村自然史与激进现代性——〈白鹿原〉与"90 年代"的历史源起》,《学术月刊》,2018 年第 5 期。

第九章

　　本章故事梗概:黑娃在郭举人家打工,与郭举人小妾田小娥很快好上,被发觉后,他离开郭家并侥幸逃生,辗转几地后,到了田小娥娘家村子,不顾一切地娶被休回家的田小娥为妻。

　　●类似黑娃与田小娥的偷情,在以往的文学描写中也曾出现,这并不算新鲜,但二人偷情过程的描写过于详细甚至比较露骨,另外在长工中对男女之事的津津乐道几乎成了劳作之余的唯一安排也体现了作者着意为黑娃的偷情营造氛围的考虑,对于这点我同意一些论者的意见,觉得有商榷之处。作者写黑娃来郭家后似乎目标单纯而明确、直奔结局,整个描写呈现直线似的演变,基本围绕着与田小娥的关系而发展,直至最后到了田家什字村庄与小娥相会并带她离开。这个过程当中他基本是被情欲所控制,几乎没有想过他所做的是否符合宗族规矩,在没有"三媒六证"甚至没向家里大人请示一声的情况下,就把一个给别人做过小妾又因越轨而被休掉的女人娶回家,这在视婚姻为大事、讲究父母做主的传统文化环境里确实是有些不可思议。但就黑娃的性格而言,另类之人行另类之事也符合逻辑,他或许觉得这只是他个人的事情,与别人何干? 他不愿听从父亲的劝告在白家干活,就已经显现出他不会按正常的轨道行驶的执拗与特异,这正是作者所塑造的这个人物的特点。假如黑娃跟小娥是早就认识,比如青梅竹马或是其他原因互生情愫,而后小娥被郭举人强娶为妾,黑娃心中放不下而混入郭家打工,那样也许在情节上或外人眼里会显得不那么不可思议,但又会陷入一个比较传统和老套的剧情,而且也不符合黑娃初入社会既嫩又愣的特征。反观小说中另一个反叛人物鹿兆鹏,他也抵制旧式婚姻,并且坚持得也很彻底,但鹿子霖的三记耳光,多少还维持了这有名无实的婚姻的虚假外表,让传统的宗族制度走了一个过场,而更看重传统规矩的鹿三在黑娃的"成家"过程中则完全只是一个局外之人,却同时要面对宗族里的各种非议,当他从渭北了解到真相回来时,"脸色如灰、眼睛充血"的表现一点也不奇怪,而黑娃则是不听劝告地一意孤行。黑娃和兆鹏,一个是出自本能地违背祖先规矩,一个则是自觉地反抗封建包办。由于前者完完全全地置宗族规矩于不顾,而后者多少还维持了一点旧式婚姻的场面,因此如果说兆鹏的行为不过是给鹿子霖在村人(尤其是冷先生)面前造成了一些尴尬,而黑娃的行为则使鹿三极度郁闷和愤怒,这种情绪在白嘉轩倡导《乡约》精神的氛围中日积月累且又无法释解,最终导致采取极端的行动——亲手杀死了小娥,而一旦杀害一个鲜活的生命,却又背上沉重的心理负担,直至几乎崩溃。因此最后阶段的鹿三总是处在一种精神恍惚之中,他杀了儿媳,也几乎窒息了自己,这其实是小说中最具有悲剧感的一个人物。相反,无论白嘉轩还是鹿子霖就承受的各种不同压力而言,都不弱于鹿三,但似乎都没有被自己压垮,总有各种不一样的应对之策,这就是性格的差异,或说是作者一再提及的"文化心理结构"的区别。

　　●上面是从黑娃的角度来看他和田小娥的偷情的,如果从田小娥的角度来看,其实这件事她才应该是起主要作用的。正是她主动向黑娃的示意和引逗,造成后者的无法抵御及至随后的一切。从田小娥的遭遇来说,她勾引黑娃,渴望情感与性欲的满足,其中既有值得人们同情的一面,作者也是基于为这些社会底层的女子表达不平的愿望才书写了她们这种不合常规的反抗。这样处境下的女人为寻求属于自己的情感和欲望无论做出什么事,其中都有合理的成分;但同时也意味着无论要做什么事,都由不得自己,一旦做了,结局必定不妙。田小娥反抗命运,这本值得同情,但她选择的路径是任由本能地肆意喷发,这种喷发又正好与黑娃的饥渴相遇,尽管他们不管不顾,但身处郭举人的庄院,这一切又如何能得以维持? 田小娥被休回家,这在当时对于女人来说是极其严厉的惩罚,无异于终身被贴上"不轨者"的标签;黑娃侥幸逃过郭举人家人的黑手。他们回到白鹿村,料不到白嘉轩的宗族秩序根本无法见容这样的结合,二人只得在村头的破窑居住,成为一个身份和位置都游离于村内外的边缘住户。故事到此,我仍认为,二人的所作所为还是有着一定的引人同情的成分。白嘉轩和鹿三不承认他们的结合自有他们的理由,黑娃、田小娥不在乎这种不承认也有一种勇气和自在。但小说后面的描写似乎与此前我们所产生的同情心理矛盾起来,无论是田小娥与鹿子霖、白孝文之间发生的事,还是黑娃最后回归祠堂并在温柔贤惠的新妻子怀里体验到"妈"的温暖,整个情感指向几乎都将此前的一切翻转过来,田小娥被定格在一个几乎完全"负面"的位置上,这不能不说暴露出作者在面对和处理这个人物时心里的矛盾和复杂,这一点许多评论者都有同感并在文章中指出。

　　●在《白鹿原》写作之前,陈忠实写过两个短篇小说,分别是《舔碗》和《窝囊》。《舔碗》情节与本章黑娃在黄老五家打工时被要求舔碗差不多,《窝囊》的情节则整体作为白灵在自己的队伍里被当作特务活埋的原材料。这说明《白鹿原》的创作是有着充分的生活和创作积累的。还有前期创作的其他许多作品,虽然不像这两个短篇这样比较完整地移入,但也为《白鹿原》的创作起着准备的作用,像中篇小说《蓝袍先生》就与《白鹿原》创作念头的萌发有着直接的关系,特别前者为后者从关注乡村政治的角度转入关注乡村文化的角度做了初步的尝试,这在作者的自述和研究者的评论中都有论及,这二者之间的创作关联还有许多值得深入和展开的空间。创作上的积累不光是生活体验和创作素材方面的,还包括写作手法方面,像《舔碗》和《窝囊》就有主叙述而少描写的尝试,这在作者之前创作的小说中比较少见,这种以叙述为主的写法成为《白鹿原》的一个特色。

第十章

本章故事梗概：白孝文和白孝武回家务农，白嘉轩在决定了由白孝文继承族长、由白孝武进山打理药材铺之后，便给白孝文完婚。鹿三为黑娃引回田小娥而染上心病，白嘉轩出面相劝也无济于事。白嘉轩严厉管束白孝文的日常行为，甚至因其贪恋床笫而疾言厉色。同时鹿子霖因鹿兆鹏不认可父母包办的婚姻而十分苦恼，最后竟至由老父亲出面将鹿兆鹏哄骗回家。

●黑娃与田小娥的结合虽然不合宗族的规矩，但二人相濡以沫、彼此珍惜，生活倒也自得。白嘉轩不许他们进祠堂拜祖，黑娃也知道这是族规所定，后面也曾说及自己面对村里人的斜眼整天跟谁也没脸说一句话，所以对此他也无可怪罪，至少表面上怨不得白嘉轩。不过他与众不同的地方在于，他能由着自己的性子来生活，没脸跟人说话并不妨碍他仍然照着自己的想法去做，不怕被众人的唾沫淹死。但问题是，他不在意的事情鹿三和白嘉轩反倒在意，白嘉轩更是亲自出面加以劝导，只是白嘉轩和鹿三两人一个唱红脸一个唱白脸都无法打动他半分。这二人的一个共同的看法就是对田小娥的极度不屑，白嘉轩说："这个女人你不能要，这个女人不是居家过日子的女人。你拾掇下这号女人你要招祸。"而鹿三更是激烈："这号女人死了倒干净。"白嘉轩与鹿三的态度也正是出于这一点。但具体到黑娃与田小娥这两人来说，情况又有特别之处。田小娥作为小妾，与长工有私，自是有违规范，主家将其休弃也在情理之中。按照传统的观念，这种女人也就打上了坏女人的烙印，一般人若要迎娶有所掂量也不为怪。但问题是现在要娶田小娥的正是与她有私的黑娃本人，他们之间所发生的事情双方都有责任，如果黑娃也娶不得,别人就更加娶不得,田小娥只有死路一条,这显然是很不人道的,这也正体现了传统文化"明乎礼仪而陋于知人心"的一面,不仅是"知",实际上还有"顾"。况且对上面说的双方都有责任这一点,白嘉轩和鹿三似乎也缺乏清醒认识,黑娃不妨再娶,而小娥却无法再嫁,这显然存在着对女性的偏见和歧视,说明那个时代他们在男女问题和婚姻问题上存在着很大的误区,多少存在着普遍缺乏对男女尊重的自私之心。但是当时的风气亦是如此,谁又能公然地撕开它对人们生活的笼罩呢? 当时的黑娃自然无法反驳白嘉轩,也无法说出相反的理由来,可他本能地觉得他根本做不到白嘉轩所要求他的,这就是黑娃的执拗,他是用行为而不是言语(他也找不到合适的言语)来抵制着白嘉轩的亲自开导,以致后者颇感失望地感叹着黑娃"看不透眼皮底下的沟坎"。直到后来鹿兆鹏赞许黑娃婚姻的那一番话:"将来要废除三媒六证的包办买卖婚姻,人人都要和你一样,选择自己喜欢的女子做媳妇。甭管族长让不让你进祠堂的事。屁事! 不让拜祖宗你跟小娥就活不成人了? 活得更好更自在。"才算真正说到他的心里去了,可以说道出了他的心声,他想不到自己懵懂中所做的事情,居然会有人将它说得如此上心,他在兆鹏面前"惊恐地瞪大眼睛"和之后的"恍然大悟"也就不奇怪了。

●白孝文尝到男女之事的神奇滋味以后,变得毫无节制地放纵,其祖母对他的各种劝阻竟不产生任何作用,阳奉阴违的背后反而是变本加厉,这里其实已露出白孝文性格的某种端倪。最后是白嘉轩一番与性本身并无多大关系的警示镇住了他:"你要是连炕上那一点豪狠都使不出来,我就敢断定你一辈子成不了一件大事,你得明白,你在这院子里是——长子!"这是白嘉轩的性政治学、性社会学、性生理学,性绝对不仅仅属于男女,还附属于"大事",联系着"长子","炕上"通着家族与社会。一方面,白嘉轩给孝文娶亲,有着早抱孙子的目的,这是血缘延续的需要,与"大事""长子"是相关的;另一方面,他首先要求孝文能接好自己的班,不能让身体因为性事频繁而亏空,这是与"大事"和"长子"更加相关的,他要用这个"大事"和"长子"的"超我"去压制孝文的"本我"。表面上看他是成功了,但事实上是此时的白孝文尚在白嘉轩的掌控之下，后者的"超我"还能转化为前者本身的"超我"并有效地压制住自身的"本我"。不过这种压制与反压制的冲突是处在不断变化当中的，孰强孰弱情形不一，后来白孝文终于还是失足于此。

这段话里的"豪狠"一词，是陈忠实喜欢的字眼，常用来形容有担当有毅力的男子的作为。陈忠实当年写成《白鹿原》靠的就是这股"豪狠"的劲。他让白嘉轩当作一个"褒义"的词来使用，首先是觉得白嘉轩是推崇并担得起这个词的，其次是作为白嘉轩衡量评价一个男人能否成就"大事"的标准，这首先就体现在对自我的各种欲望，包括性欲的控制上。

白嘉轩首先注意到儿子孝文性欲过度的迹象，他意识到其中问题的严重性，这一点上面已经分析过。他知道是儿子"崽娃子贪色"，却要仙草"给那媳妇亮亮耳"。要仙草去说，自然是只能对媳妇说；而仙草却也没有自己去说，而是把这任务交给了责任心极强的婆婆。婆婆一味怪罪孙媳妇的态度根本没有效果，因为问题的症结还在孝文身上，跟他媳妇说并不管用。这使得白嘉轩最后还得亲自出马，对儿子上纲上线地教导一番，方使事情有了转机。这里白嘉轩原先期待儿子能够"闻过则改"而无论"闻之何方、何人"的结果并未实现，他直接出面实属迫不得已，另外这一细节里人物的进退应付描写也呈现了家庭内部成员间的不同处境和微妙关系，表现得不仅细腻，而且生动。

●鹿子霖企图以断绝经济资助这种旧式的办法迫使鹿兆鹏回家，殊不知，这正是对待鹿兆鹏这一代选择新的革命道路的人最不管用的方法，反而更激起他们立志反抗的斗志和决心。鹿子霖虽然与白嘉轩不同，他已脱离传统的宗法体制而进入"革命"阵营，但他的那个"革命"不过只停留在政治权力的层次，在文化观念上还离不开当时的乡村意识形态，这正是儿子选择的"革命"给他这个也宣称"革命"的父亲带来的苦恼。即便鹿兆鹏回到了离家只有三里的原上担任校长，仍是坚持不回家，面对校长，鹿子霖再也无力举起手来抽出第四个耳光，这里我们可以看到鹿子霖与白嘉轩的不同。当然这最后的一次惩罚是由他的老父亲替他完成了，虽然场面上比较具有戏剧性,但也并没有起到扭转的作用。靠这种传统的粗暴的强制手段显然已经不可能对已经接受了新的思想观念的年轻一代产生实际的作用,习惯于"棍棒之下出孝子"的做法对于希望从整体上建立新的制度的一代人来说无异于南辕北辙。鹿子霖的断绝经济资助加上抽耳光的办法不过是上述做法的翻版,早已过时不说,而且会让初萌革命激情的年轻人产生更大的对抗心理,这种代际之间的鸿沟,已经远远不是管束是否严厉那么简单了,而是带有时代和社会变化的复杂因素,这就是鹿兆鹏与鹿子霖以及整个家庭越走越远的原因。鹿子霖为此事纠结,一方面固然是面对村民的观望,另一个很大的因素是他无法面对冷先生,后者的声望、为人使他只能猛吞进退两难的苦水。作为婚姻的包办人,与冷先生结亲本就有利害上的考虑,而任何不理想的结局同样会带来利益攸关的影响,他既非常清楚这种遭受众人耻笑、唾骂的可能,也知道一旦与冷先生反目成仇,甚至当冷先生主动降低姿态,让鹿家以休书了结时,鹿子霖不仅不敢接受,反倒当成是挤对和"将他军",这从鹿子霖说的"休书的事你再不要说第二回,说一回就够兄弟受一辈子了"可以看出。从这里我们可以看到一方面,鹿子霖身为基层政权的官员,对此他有自己的想法和追求;另一方面,他的颜面和名声还在传统的宗族格局之内,他还没有走到可以完全将后者弃之不顾的程度和地步,这也是鹿子霖有着诸多苦恼和烦心事的原因。

●守着活寡的兆鹏媳妇忍受着难熬的孤寂之苦,她自然渴望拥有正常的男女之情,因此她对田小娥产生羡慕和忌妒的心理。虽然只是一念之间的罪恶感,却是很有力度的对人性真实的揭示。她虽然可以找出一万条理由说服自己根本不必或不屑去忌妒或羡慕田小娥,但就是这一万条理由也遮盖不住自己作为一个正常人的内心瞬间冲动,她服膺那一万条理由,但她更无法逃避真实的内心。邢小利所著《陈忠实传》[1]载,陈忠实平时很欣赏刘勰说的"既随物以婉转""亦与心而徘徊",并认为前一句讲的是生活体验,后一句讲的是生命体验。因此对生命体验的捕捉就成了陈忠实创作《白鹿原》的一个自觉追求。兆鹏媳妇内心的瞬间冲动就属于生命体验,而她继而产生的为这种邪念感到懊悔、罪过之类不过只是一般的生活体验。古诗云："金风玉露一相逢，便胜却人间无数。"这短暂的一相逢因为发自内心，是身心融为一体的付出，当然比无数乏味的应付更加珍贵。兆鹏媳妇作为一个正常健康的女性，她的念想和需求无可厚非，而且完全可以大胆地在心里想象能像小娥一样尽男女之欢，正如"梦里她和他一起厮搂着羊痫疯似的颤抖，奇妙的颤抖的滋味从梦中消失以后就再也难以入眠"。作者特地将小娥作为兆鹏媳妇内心羡慕的对象，这并不唐突和过分，而是真实表现了一个青年女性对性的渴望。就这一点来说，选择田小娥最能激发起她这样的意识。但兆鹏媳妇毕竟又不是田小娥，一旦她意识到超出性爱的东西，比如小娥是个什么样的人，而自己又是什么样的人，黑娃是个什么样的人，而自己的丈夫又是个什么样的人，等等，她马上就回过神来，回到了"无数"当中，从而就自责和懊悔起来，然后竭力用自己这样的人去否定小娥那样的人，只是这两种不同的心态给她带来的心理体验却是不同的，前者会让她产生瞬间的激动，后者给她的是漫长的煎熬。可以说，正是通过这两个不同命运的女性的对比，作者表达了对包办的无爱的婚姻的审视和没有自主权利的女性的同情，而鹿冷氏更为不幸的是她还有名义上的家庭和丈夫，连得贞节牌坊的机会都没有，尽管这种贞节牌坊也是建立在不人道的基础之上的。

对于小说创作来说，上面提到的对"生命体验"的把握是至关重要的，只有写出了这种独特的生命体验，才能真正抓住一个人的最本质和最重要的性格和内心。对于作者来说，这并不是仅仅靠对文学知识的了解和掌握就能做到的。这是一种真正的创作的才能，需要对人的既深刻又丰富同时还要既朴实又细致的理解。陈忠实曾自言："我很清醒，因为没有机会接受高等文科教育，所得的文学知识均是自学的。"虽然说文学知识通过学习可以弥补，但捕捉和表现生命体验需要某种天赋，尽管这也可以通过学习获得理论上的认知，但真正体现在具体的创作之中要复杂和艰难得多。

●鹿泰恒老爷子亲自出面叫鹿兆鹏回家，采取的策略步骤颇有戏剧性。开始是极力降低姿态，故意引发众人的关注和好奇，但真正的意图还是对自已很自信的最后手段的显示,可以说是真正以退为进,他最终是要施展出他的绝招,那就是倏忽间"猛然转回身抡起拐杖,只一下就把鹿兆鹏打得跌翻在地",一句"真个还由了你了"完全露出家长制的真实面目。这一段描写非常生动,突出了鹿泰恒老成而干练的个性,也侧面表现出鹿氏一门在白鹿村之所以有如此地位,确有其家族内部的某种传承。只是因为时代,他的制约力和影响力已经无法约束住鹿兆鹏这样的"叛逆者",尽管这段描写令读者印象很深,但它事实上并没对鹿兆鹏产生实质的影响,鹿兆鹏最终还是"真个由了自己"并且一条道走到底了。

注释:

[1]邢小利:《陈忠实传》,陕西人民出版社,2015 年版,第 210 页。

[2]陈忠实:《寻找属于自己的句子》,上海文艺出版社,2009 年版,第 8 页。

第十一章

本章故事梗概:乌鸦兵进驻白鹿原,无休无止地征集粮食。自立门户的黑娃靠替人打工维持生计,鹿兆鹏称赞他敢于反对包办婚姻,无视陈腐的宗族秩序,动员他参与响应北伐军的革命行动,首先烧毁了匪兵的粮台。

●持枪的士兵开进白鹿原,这是之前从未有过的事情,预示着现代政治动荡对乡村的波及和影响,接下来的征粮等行为更是搅乱了白鹿原原有的各种秩序,他们不仅冲击了白嘉轩的宗族管理模式,也冲击了田福贤、鹿子霖的乡干部管理模式。在鹿兆鹏眼里,他们是反革命军阀手下的反动武装,在村民眼里,他们自己不敢招惹的兵痞强盗,而作为传统宗族和现代政治的头面人物的白嘉轩和鹿子霖也只有夹在当中供其驱使,除了满足他们的要求之外,任何道理在他们面前都没有陈述的余地。这些虽然与小说的主要故事情节关系不大,却展现了当时社会不宁、民众粮税加重的历史实际,必定会使乡村原有的各种势力出现新的博弈和动向,更是鹿兆鹏、白灵等年轻革命者开展乡村革命的契机。对于持枪士兵这些完全的外来"入侵者",白嘉轩、鹿子霖不会将他们当作认真对付的敌人,只不过表面应付,心里盼望他们早日滚蛋;而对鹿兆鹏这些致力于革命的人来说,唤起民众、反对封建军阀自是他们应有的职责,他们从事的斗争是不会像白嘉轩和鹿子霖那样仅仅局限于白鹿原的。

●黑娃、田小娥二人虽然进不了祠堂,在远离村民的破窑洞中居住,并且因受到众人的另眼相看而几乎与人也没有什么来往,处在传统宗法秩序鄙弃的最下层,但正如鹿兆鹏所说的,"不让拜祖宗你们活得更好更自在"。

他们在破窑里,为终于有了属于自己的一个窝儿一坨地儿所激动。当黑娃说出"再瞎再烂总是咱自个的家了"和小娥说出"我不嫌瞎也不嫌烂,只要有你,我吃糠咽菜都情愿"时,你不能不感到,这也许是白鹿原上第一对真正因为追求爱而拥有爱才生活在一起的人,而且是在挑战了神圣的宗族规范之后才获得的,就这一点来说,后来鹿兆鹏对他们的羡慕和称赞确实是发自内心的。也许正是这种情感上的亲近,鹿兆鹏把最先动员参与反对封建秩序斗争的目光投向了他。这里就出现了这样一个问题,即作为新的社会制度的追求者的鹿兆鹏在旧有的制度格局里选择同伴的时候,目光没有首先投向原有格局中的那些"合格分子",而投向黑娃这样的"出格分子",用黑娃自己的话说就是"村里人不管穷的富的、男的女的、老的少的都拿斜眼瞅我,我整天跟谁也没脸说一句话"。尽管鹿兆鹏称赞黑娃"是白鹿村头一个冲破封建枷锁实行婚姻自主的人。不管封建礼教那一套,顶住了宗族族法的压迫,实现了婚姻自由,太了不起太伟大了",但这话让黑娃自己听来都"茫然不知所措",可见黑娃本身并不具备这些超前意识,只是他的这种自发的行为被鹿兆鹏这样的鼓动者上升到了自觉的层次上加以肯定和阐释。这些"出格分子"本身也许因为压抑而具有某种反抗性,虽然他们自身常常也认可自己的"罪过",但在新旧秩序转换这种具有天翻地覆特点的变动和挑战中,能够最先适应的往往不是旧有系统中的所谓"合格者"和"能者",而恰恰是那些"出格者"或"弱者",是他们拥有可能被动员的政治基础,这是政治斗争所具有的不同于其他领域发展的特点。我们注意到,黑娃被鹿兆鹏鼓动得兴奋起来,表示"你叫我来就为说这话吗?早知这样我早来了"。但鹿兆鹏针对黑娃说的并非以往革命小说中所见的从阶级矛盾和斗争入手的革命动员理论,而是由黑娃的亲身经历引发的新旧文化观念的冲突。事实上,用经济剥削和阶级斗争的话语来"启蒙"黑娃,不说肯定会无功而返,至少效果会大打折扣。小说中黑娃帮过工的几个财主,无论白嘉轩,还是郭举人和黄老五,在这方面都找不出让黑娃忌恨的地方,甚至还都记着他们的"仁义"和"慈善",因此黑娃的起而叛逆,是源于性格压抑的释放和文化人格的实现,事实上也是现代社会许多投奔革命的年轻人起初的真实写照。至于鹿兆鹏和白灵革命的动机也有几分相似的因素,只是这方面的描写在我们以往的许多文学作品中并未得到充分的重视和展开,并且还有某种有意地遮蔽和忽略的成分。

●黑娃与鹿兆鹏、白孝文之间的关系是值得我们深入玩味的,其中体现的人际关系的复杂性使我们不能想当然地仅仅在表面就事论事。就家庭的联系而言,黑娃本该与白孝文更亲近些,两人却始终不相投,不仅在学堂读书时就亲近不起来,后来彼此之间甚至还有着诸多恩怨,不仅有田小娥的纠葛,更有最后白孝文的陷害,对黑娃的死有着直接的作用。白孝文对黑娃似乎有着一种从骨子里露出的东家少爷对长工子弟的优越感,即便他后来自己从族长继承人的位子跌落,但对黑娃的这种优越心理仍然存在。但黑娃与鹿兆鹏之间一直相处融洽,兆鹏与他虽说不上推心置腹,但也算彼此信任,在人生几个重要时刻两人均有密切沟通。应该说,是鹿兆鹏鼓动黑娃从宗族叛逆走上革命之路。但也因为鹿兆鹏更多地看重和欣赏黑娃的反抗性格而缺乏相应的教育和引领,终对后者一生走着一条摸爬滚打的坎坷之路负有一定责任。黑娃后半生立志"学为好人"与鹿兆鹏并没有深刻的关系,甚至在后者眼里都有些迂腐,这从兆鹏对黑娃回归祠堂的不以为然就可以看得出来。黑娃最后响应兆鹏的起义召唤虽有相互默契的因素,但更多的还是时势使然。总之,黑娃对兆鹏是钦服,几乎言听计从,而兆鹏对黑娃则是信任和使唤,本章所写即二人不再是孩童玩伴和读书同学,而是走上社会开启人生以后相互合作的开始。虽然兆鹏对黑娃说他在白鹿村只佩服黑娃,就因为黑娃敢反抗封建婚姻,这话的真正效果却是换来了黑娃对兆鹏的真心佩服。因为只有兆鹏让他第一次抬起头来面对自己的所作所为,让他在一直压得他喘不过气来的宗法文化氛围里第一次获得了舒心的机会,因此黑娃对兆鹏的知己之感是源自灵魂深处的,是一种道地的生命体验。我们还可以再来看一下白孝文与鹿兆鹏之间的关系。在小说的第五章里,作者写到黑娃、孝文、兆鹏三人在学堂念书时,曾蒙徐先生之允一道去砍树枝,结果三人偷偷跑去看牲口接种,回来挨了徐先生的板子以及接下来受到各自家长的惩罚,这是这个三人小团体的第一次集中表现,这次表现的结局是不妙的,以致鹿三产生了怕黑娃带坏了白孝文的念头,而黑娃也不再想继续念书,是白嘉轩牵着他走进学校的。小说最后写到黑娃、孝文所在的保安团在兆鹏的策动下起义,三人又有一次在一起的机会,此外则基本是三人中的两人相见。兆鹏与孝文离开学校以后基本是相互为敌,彼此提防,但同宗兄弟的缘由又使得两人总有瓜葛。作为白鹿原上第二代人的代表性人物,这三人各自代表了传统秩序和文化出现松动、新的思想观念和文化产生之际年轻人的理想、人性和欲望的不同走势,其相互之间的关系在此背景下难免错综复杂、一言难尽,其中值得探究的东西很多。我们可以将此三人世界视为一个特殊的组合,笔者在参编写作《中国现代文学史 1917—2000(下)》时,用了一个词语,叫"三人组合"[1]。这种三人组合也是通过人物之间的关系来表现人物,但并非以往常见的二人对应的关系,而是三人小世界的组合关系。在整个小说中这种三人组合出现了很多,比如朱先生与白嘉轩和鹿子霖、冷先生与白嘉轩和鹿子霖、鹿三与白嘉轩和鹿子霖,年轻一辈的黑娃与鹿兆鹏和白孝文、白灵与鹿兆鹏和鹿兆海,以及田小娥与黑娃和白孝文。每一个三人组合都有很丰富的内涵,是整个小说内容的重要组成部分,是小说人物相互关联的节点,同时各自的性格特征也在这种组合里得到对比和衬托,是值得读者注意的一个写作特征,从这些"三人组合"入手去把握小说中的人物对我们理解整部小说会有很大的帮助。

● 鹿兆鹏在白鹿原上组织农民革命,首先想到动员黑娃。而启蒙教育的入手就是对他自由婚姻的肯定,一番与众人截然相反的评价令黑娃简直弄不清鹿兆鹏到底是对他真的称赞还是寻开心。紧接着鹿兆鹏的因势利导彻底让黑娃如释重负,第一次从饱受诟病的压抑中得到想都不敢想的心理满足,他仿佛醍醐灌顶般地对自己的行为以及未来有了一点信心。本来觉得"一个堂堂的校长与一个扛活的苦工之间已经没有任何联系"的他主动对兆鹏说道:"你日后有啥事只要兄弟能帮上忙,尽管说好了。"这就是彼此之间有了信任之后的情形。鹿兆鹏接下来的计划也就十分顺利地得到了黑娃毫不犹豫的响应，尽管他还并不十分清楚火烧粮台行为的革命意义，对鹿兆鹏的讲解也是似懂非懂。可以说，此后黑娃在参与整个农民革命的过程中，基本上都处于这样一种似懂非懂但不乏激情的状态。应当说，鹿兆鹏的启蒙和煽动是非常高效的，但同时难免有粗糙的一面，关键是鹿兆鹏抓住了黑娃的心理，从他最敏感的领域激发他的革命激情，给他展示摆脱压抑、昂首为人的前景，对于一个本来就具有反抗性的人来说，有什么比这更顺其自然又水到渠成的呢？而说其粗糙，则是动员之时，此法纵然有效，而要使其持续，则还要"讲理"的巩固，而事实上黑娃一生跌跌撞撞与"理"的缺乏不无关系。

●由鹿兆鹏、黑娃点燃的一把冲天的烈火虽然在村民面前大大灭了"乌鸦兵"的气焰，但同时又引来了新一轮更加苛酷的征粮，这自然会使得村民更加不满，于是武力恐吓和镇压成了重要的保障，军阀混战使白鹿原陷入了民不聊生的境地。

注释：

[1]徐德明、谢昭新主编：《中国现代文学史 1917—2000（下）》，安徽教育出版社，2010 年版，第 208 页。

第十二章

　　本章故事梗概：朱先生停止办学，主动承担编修县志的任务。乌鸦兵撤走，城里和乡下都在医治战乱带来的创伤。白灵拒绝跟随找到城里的父亲回家，她和鹿兆海立志投身革命，二人通过掷铜圆的办法决定是入"共"还是"国"。鹿兆鹏作为共产党员在原上与国民党合作，共同推进国民革命，他力排众议，选派黑娃等人参加"农讲所"受训。

　　●乱世之中，朱先生不去做官，体现了"有所不为"的慎独，他又主动要来修志的任务，同样体现了有所为的担当。为后人留下属于他这一代关于本地存在和发生的一切的记录和认识，这是中国历代读书人的传统，其中体现了他作为关学传人的文化使命和文化自信。他所选用的人员无论才学、人品都无可挑剔，他们在乡里都是乡贤文化的主心骨，由他们撰修方志，弘扬传统和地方文化，其实正是当时乡贤治乡的一个重要组成部分，也是乡贤们发挥他们的精神作用的重要途径。朱先生所做与官家修志似乎有所不同，他与官家实际上是貌合神离，既需要财力等方面的支持，又确保体现自己的纂修立场，当然这里面后者是主要的，因为当时的官家已是"民国"政府，朱先生的文化立场与其显然是有距离的，这在实际操作上显然是有困难的。但作者对这个问题没有展开，意在一是维护朱先生的形象，二是减少情节上的枝蔓。

　　●白灵忙着在城里掩埋战死者，白嘉轩却只顾着要她回家。他说的理由白灵根本听不进去，而白灵的革命理论在白嘉轩看来更是云里雾里。因战事受到波及、影响的一方和直接参与了战事的一方，这二者之间的差别是非常大的。白嘉轩根本听不进白灵说的"你看看那么多人战死了饿死了还在城墙根下烂着,我们受他们的保护活了下来,再不管他们良心不安呀",他也无心去体会这种似乎跟他隔得挺远的良心安与不安。他回家之后只说了白灵完全不顾及家人惦记,至于她所强调的道理完全不去提及,两人的价值观已有了严重分歧,其中不仅是代沟,还有巨大的社会变动引发的传统与革命的冲突,是根本不同的两种人生理念,不同到白嘉轩视其为异类——海兽!

●在白灵对白嘉轩陈述不回去的理由时,鹿兆海帮白灵说话,他叫白嘉轩"叔吧",可之后跟白灵说起白嘉轩又是"嘉轩伯",并且一连几个。按鹿子霖平日喊白嘉轩为"嘉轩哥"(小说中有好几处),鹿兆海喊伯是对的,虽然在实际生活中不一定太严格,但文本前后还是应当一致,这不知是不是作者的一个疏忽。

●白灵和鹿兆海通过掷铜圆的方法决定各自参加哪一个党派,这是一个挺新奇的写法,颠覆了几乎所有关于同类事件的传统表现,可以说是以他们自己当时真正的认识和想法而不是作者写作时的想法来写的。尽管这种写法有诸多评论所说的某种不很严肃、缺少庄严和神圣的味道,但问题在于当时有志于走革命道路的青年在选择"国"还是"共"时的实际情形,是否都像我们后人作品中写的那样简单清晰和庄严神圣?我们不能把大革命失败以后甚至现在的标准放到国共合作期间来要求。其实从这种似乎游戏的选择中我们倒是也能看出他们其实也都拥有一份同样的庄严和神圣,那就是与传统宗法制度和人生道路的决裂!这个选择在当时应当比"国"与"共"的选择更高一个层位。而大革命失败以后,白灵与鹿兆海的选择倒了过来,说明了他们认识上的发展和变化,这就更真实地体现了人的思想形成的过程性和阶段性。如果没有这后面变化的描写,笔者也会觉得前面的"掷铜圆"有些儿戏,但有了后面更严肃的选择和激烈的争论,整个描写就非常厚实和完整,一点也不儿戏!就这一点而言,作者的描写是有突破的。但这个细节里还有一点是需要指出的,就是让白灵先猜中"国",让鹿兆海先猜中"共",

之后两人在大革命后再调换过来,这样既保留了这个由"游戏"到"认真"的情节,又最终完成了把白灵塑造成一个坚定的革命者的构想,所以,当事人的游戏虽有偶然的成分,但作者的构思是不能儿戏的。

●鹿兆鹏物色黑娃等人去"农讲所"受训,受到村里人的各种议论,而属于国民党基层政权的田福贤则明确表示了异议,这一段文字可以参照毛泽东的《湖南农民运动考察报告》来读。"国"与"共"在依靠什么人来推进国民革命上确实有显著的不同,其最终的分歧与冲突也实在难以避免。参加"农讲所"培训,对于黑娃来说,这是他人生的一个重要节点。此前虽然因与小娥结合,他在村里已经引人关注,但只是"被关注",而从"农讲所"培训回来之后,他就成了不断主动引起别人关注的人,成了白鹿原上一个重要的政治人物。从搞农协到后来落草,再到当保安团营长,再到归依朱先生门下,再到顺应起义当上人民政府副县长直至最后被镇压,这一切跌宕起伏的真正起始点应当说就是这次培训。所以说黑娃这一生受鹿兆鹏影响极大,是鹿兆鹏决定了他后来的人生道路,当然同时也可以认为是时代的因素所造成的。本来黑娃在"进不进祠堂的事过去了"之后,想着的是"蒙着头闷住声下几年苦,买二亩地再盖两间厦房",更关键的是"我已经弄下这号不要脸的事,就这么没脸没皮活着算毬了,我将来把娃娃送到你门下好好念书,能成个人就算争了气了"。可见黑娃一是对自己还是信心不足,对自己的所作所为仍然处在抬不起头来的认识水平,之前曾让他激动的鹿兆鹏对他的赞许还没有在他心里敌过村民的另眼相看;二是他把希望放在"蒙头""闷声""下苦"和可能的孩子身上,而这两点又几乎都回到了传统的老路。在鹿兆鹏眼里,第一点根本没必要,第二点根本不现实,他所做的就是把黑娃从这种既自卑绝望又痴心妄想的状态里面拯救出来,和他一起走一条新的道路,去"农讲所"受训,正是走这新路的第一步。

第十三章

　　本章故事梗概:农运的纷乱当中,白嘉轩保持着他惯有的宁静。白灵拒绝家里为她安排的未来而逃脱出去。黑娃在鹿兆鹏的组织领导下在村里建立农协,开展农运,将斗争矛头对准乡村统治势力和传统宗法秩序。

　　●农民运动兴起,乡村各种势力反响不一,其出发点皆来自于各自的社会政治与经济地位、现实利益以及对未来生活的追求,其中原因并不能简单地一概而论。鹿兆鹏、白灵同他们的父辈态度就完全不同,他们如果接受父辈为他们安排的命运,那就不可能对革命如此充满着热情和向往,他们也将在乡村重演一遍他们父辈的生活。当我们读到白嘉轩问革命兴头上的白灵"你现在甭念书咧,回家来行不行"和"王村你婆家已经托媒人来定下日子",而白灵根本没有商量余地的回答时,仿佛觉得是完全不同的两个时空的人在对话,充满了滑稽。但滑稽归滑稽,这是分属不同时代的人在同一时空下的错位并存所导致的,二者对各自立场的坚定却不容置疑。白嘉轩不惜要一镢头砸死白灵,而白灵毫不示弱地回应"谁阻挡国民革命就把他踏倒",完全是一副"革命从自个家庭开始"的气派。白灵从家里逃脱以后,从此到死也没再回过家,白嘉轩的态度则是权当她死了。看得出来,其实白灵的性格里继承了太多白嘉轩的血脉基因,同样的倔强和豪横,只是由于不同的人生信念,所以二人冲突最烈。白嘉轩的倔体现在他的处乱不惊,坚守他庄稼人的生活;白灵的倔则刚好是要倒过来,追求与几千年来固定不变的生活完全不同的新的方式,可谓同中有异或异中有同。与白灵相比,鹿兆鹏由于缺少了这种继承因素的描写(作者也不可能去写他在基因上所受鹿子霖的遗传），加上作者本不擅长对远离乡村生活的职业革命者的把握，这使得他的性格不免朦胧、飘忽和缺少深度。作者后来说："我所写的几位革命者，竟然没有一丁点缺点，除开我对他们的钦敬之外，主导因素还是那种切近感和亲近感的支配。不写他们的缺点，不仅不意味着要塑造高大全式的英雄形象，反倒是清醒而且严格地把握着一点，我要塑造生活化的革命者形象。我的革命者的生活化意念，就是要把我从白鹿原上真实的革命者身上所感知到的那种切近感和亲近感，再通过小说《白鹿原》里的革命者形象，传递到读者阅读的直接感觉里。"[1]这话用来指白灵，读者或许会同意，但要指鹿兆鹏似乎就有些勉强了。因为"不写缺点"，不等于没有性格，或者用作者的话是"文化心理结构"。作者没写白灵的什么缺点，但她的性格十分鲜明，而鹿兆鹏不仅没有缺点，连性格也比较模糊，这是二者在形象上的生动和鲜明方面的区别。

●白灵回家引起的波动这一段描写，小说中用"白嘉轩刚刚平息了四合院里发生的一场小小的内乱"开头。其实说"平息"并不确切，从上面我们说的白灵根本不接受父亲的安排以及从家里逃走来看，这场"内乱"实际上并没有达到白嘉轩预想的目的，甚至倒不如说是以他的失败结束，所以这里应当说是"白嘉轩刚刚经历了一场四合院里发生的小小的内乱"，而且这还是白嘉轩在他的权威范围内少有的没有以取胜告终的。

●如果说白灵与鹿兆鹏投身革命与他们在城里上学受到的革命思想影响有关，那黑娃则出于对以封建祠堂为象征的宗法文化的本能仇恨与敌意，这里面当然还有鹿兆鹏的鼓动因素，在鹿兆鹏的"乡土革命"的总目标中，传统的宗族家族秩序和观念是理所当然的对象，他对黑娃引回田小娥的举动的赞赏就已经引起黑娃的极大好感，这极易煽动起黑娃的反抗心理。但黑娃除了心里的仇恨与敌意，脑子里并无明确的思想支撑，"农讲所"的短暂培训显然不足以树立完整的思想信念。他执意要孤身前往白家取祠堂的钥匙，第二天又等不及地用铁锤砸坏门锁，其实更多是出于情绪的发泄。虽然他不乏敢作敢为的精神，但内心始终有一种盲目的冲动，在世事如麻的乱局中左冲右突,难得安身,直到归依朱先生门下才稍显安静,但最后竟被冤杀,其结局让人唏嘘。从小说中黑娃开始登场到他归依朱先生门下愿"学为好人",黑娃的故事已具备一定的完整性,其中的坎坷起伏已足以给读者充分的启示。最后的戏剧性变化对黑娃的形象虽然也有一定的意义,与此前他与白孝文的恩恩怨怨也肯定有着关系,但同时应当看到,一是更主要地表现了白孝文为人的无耻和卑劣,二是体现了作者对革命历程复杂性的认识。白灵之冤死体现了作者对革命根据地内部"左"倾错误的反思,而黑娃之冤死则将这种反思在不同的层面和角度上更加拓展了,这些在后面要详细论及。

●黑娃组织的农协首先把斗争和惩治的目标指向乡间民愤很大的糟蹋妇女的老和尚和庞碗客,这对一向怀有道德义愤的乡民具有难以替代的吸引力和号召力,起到了煽动乡民参与斗争的热情和欲望的作用。但农民运动毕竟是一场政治运动,运动目标和运作的随意性使其很难把握政策的界限和分寸,这也是让领导者鹿兆鹏感到头疼的事情。但农民的斗争热情一旦被激起,田福贤等真正的目标被押上审判台又显得水到渠成,看来群众政治运动的实际运作进程往往并不会与起先的理论预设完全同步,其中存在着多因素的共同作用,这里面也难免存在参与者之间不同利益的冲突与平衡,其最终结局复杂难料。

●黑娃闹的农协革命必然招致乡村统治势力的反对,田福贤等人先是暗中阻挠,却也只能在形势逆转之后明目张胆地疯狂反扑。这期间只有鹿三旗帜鲜明地要与黑娃作对。虽然他并不是黑娃革命的对象,但在他眼里,黑娃的行为完全挑战了他的价值观,他站在传统文化的立场上,将儿子视为忤逆。这里政治斗争和文化观念的斗争纠结在一起,卷入其中的人其实各自有着不同的角度。当然对于白嘉轩、鹿子霖来说,黑娃与他们的矛盾既有政治上的,也有文化观念上的。也许以往我们主要关注的是政治上的对立,而忽略了像鹿三这样的政治上虽然属于下层但在思想上仍然是传统文化的拥护者,他们也是不能容忍和接受这样的革命的。从某种角度来说,现代社会的乡村革命除了政治上的意义和使命以外,还有深层次的文化意义和使命,所谓反封建的任务很大一部分其实也应当立足于此。鹿兆鹏针对黑娃在村里动员不起来群众,之所以说出"咱们白鹿村是原上最顽固的封建堡垒,知县亲自给挂过'仁义白鹿村'的金匾",道理就在这里。在鹿兆鹏眼里,所谓的"仁义",其实就等于封建,而且还封建得很顽固;不过在白嘉轩和鹿三眼里,这"仁义"正是他们的存身之本。但更重要的问题是,在鹿兆鹏、白嘉轩、鹿三之后直到今天各种不同的对待传统文化的人的眼里,这种"仁义"到底意味着什么?是白嘉轩、鹿三的想法值得肯定,还是鹿兆鹏的想法更能成立,抑或还有更常见的类似更全面的见解?《白鹿原》事实上也正是要触及这个问题,读者读过之后也必然要去面对。

●虽然黑娃等人在村里斗争财主和有权势的人时必然也波及了白嘉轩——这一点后文中白嘉轩说"我就权当是被狗咬了"的话可以证明——但小说并未正面出现这种斗争的场面,而对斗争田福贤和鹿子霖的描写则较为具体和详细,这里就值得我们揣摩作者的考虑。一是就白嘉轩的倔强性格来说,他在面对这种"羞辱"时该做何反应,作者很难把握;二是不出现这种具体实际的场面,而只让白嘉轩在事后提及,也为他的不计较并且还把田福贤和鹿子霖等人的报复行为轻松调侃成"翻鳌子"留下心理和态度上的余地;三是也体现了作者对白嘉轩形象的某种心理倾向,即也许他不忍去展示白嘉轩作为当事人的"洋相和丑态",遂由虚代实,通过事后的叙述代替了具体的描写。而对田福贤和鹿子霖,作者的态度就不一样了,尤其是鹿子霖,是由他的儿子推到台上去的。形成比较的是,后来田福贤等对农会骨干们秋后算账,作者却具体地写了白嘉轩跪下来为他们求情的场面。虽然白嘉轩的举动根本就无法进入当时的政治情节,但这种宗法文化意义上的担当是能为他的形象的完整性提供帮助的,在那样一个天下大乱、人人自危的时候,白嘉轩如此举动,足见他的文化自信和心理能量,同时也说明了他依然把当时的动荡纳入其传统宗法秩序范畴的惯性思维,这其实也是对上述对立双方觉得自己行为正义和神圣的一种消解。小说虽然没写黑娃等人直接冲击白嘉轩的场面,但对在此之前白嘉轩的表现写得很充分、很细致,着重突出的就是他难得的镇定。从一开始踩踏轧花机的那份踏实到后来大年初一面对黑娃要他交出祠堂钥匙的镇定,再到劝解鹿三,整个是平静得好像什么也没有发生一样,就连鹿三都急得对他说出"鹿子霖不出头你也不露面,人家砸祠堂烧祖宗神轴儿,你们装瞎子"。其实这里的白嘉轩没有动静正是最大的动静,他正是用这种视而不见、不当回事的态度表明他的不屑和轻蔑。在他眼里,这种不屑和轻蔑是他最有力的反击武器,这需要更大的心理自信和心理能量,它显然不是鹿三能做得出来的,甚至都很难被鹿三所理解,这是塑造白嘉轩性格和形象的一个非常重要的章节,其艺术效果就在于读过之后不能不感叹:这就是白嘉轩! 虽然作者也有同情鹿兆鹏、黑娃革命的一面,但对白嘉轩的为人又难掩其钦许的表现,实际上具有一种很矛盾的心理。正如雷达所分析的:"我始终认为,陈忠实在《白鹿原》中的文化立场和价值观念是充满矛盾的:他既在批判,又在赞颂;既在鞭挞,又在哀悼;他既看到传统的宗法文化是现代文明的路障,又对传统文化人格的魅力依恋不舍;他既清楚地看到农业文明如日薄西山,又希望从中开出拯救和重铸民族灵魂的灵丹妙药。"[2]把传统宗法文化和传统文化人格做相对区分,从而从后者方面提炼出可以抽象继承的元素,这是我们面对传统文化曾经有过的思路。虽然传统文化人格在整体上也仍然属于传统文化这个大的范畴,但通过"剥离",是可以抽象出值得继承的东西的。雷达的这个观点敢于面对作品思想内容上的错位和矛盾,不仅对作品的价值和成就无损,而且真正触及了作品的独到和深刻之处,触及了人物内在的复杂性格,符合作品以及作家的思想实际。

　　●基层官员普遍的贪腐是统治政权失去民心的重要原因,也是农民革命的社会基础。田福贤、鹿子霖一旦有经手权力的机会,便不可避免地要陷入贪腐的境地,其实他们并不需要依靠贪赃来维持生活,更多时候和更大程度上是把这种贪腐的机会和权力视为一种优越、一种享受、一种本身就充满诱惑的追求,它提供给贪腐者的满足既是物质的,也是精神的。一个没有合法性来源和没有制约的权力必定会产生这种腐败,而对这种腐败的向往和追逐又成为谋取更大权力的动力。鹿兆鹏、黑娃组织的农协运动终于把斗争的火焰烧向了田福贤、鹿子霖,这比之前的斗争骚和尚和庞碗客更引发村民的关注和热情,体现了农民革命的真正深入和推进。但这些基层权势者的国民党员身份,又使这种斗争受制于国共合作的大环境和大背景。懂得掌握政策的鹿兆鹏和仅凭热情的黑娃不可避免地会出现分歧,但最终成熟的鹿兆鹏还是掌控了局面,而且体现得有进有退,既成功地斗争揭发了田福贤的贪赃,又没有意气用事地用铡刀一铡了事。这当中,他既要教育说服黑娃等人"革命不是一把铡刀",又要面对岳维山对田福贤的袒护为农协据理力争。整个过程中的鹿兆鹏被描写得既稳重又成熟,但值得注意的是,这一切基本都是"完成式"的外在表现,我们对其成长经历以及相应的心理过程却所知甚少,换句话说,我们对这位年轻的革命者可以表示钦佩,但又总有些隔膜。作者写他到城里读书,几乎是"跳跃着"就成了一个成熟的革命者,既难以按陈忠实所服膺的新理论来说具有深刻的"文化心理结构",也缺乏类似《青春之歌》里林道静那样的成长过程(林道静是先受资产阶级启蒙思想影响,再到接受无产阶级革命理论,再到奋不顾身地投身于革命实践),而作者对鹿兆鹏几个方面都没有详细交代。

注释:

[1]陈忠实:《寻找属于自己的句子》,上海文艺出版社,2009 年版,第122 页。

[2]雷达:《废墟上的精魂——(白鹿原)论》,《文学评论》,1993 年第6 期。

第十四章

　　本章故事梗概:国共反目,鹿兆鹏逃脱抓捕,田福贤对农运骨干疯狂报复,白嘉轩带人修复祠堂和被毁坏的《乡约》碑文,鹿子霖因儿子的共产党员身份而陷入尴尬,最终仍得到田福贤的信任并在原上整治黑娃的同伴。

　　●国共合作的破裂导致了大革命的失败,之后二者反目成仇、彼此势不两立,这在白鹿原这小小的地方同样表现得很明显。田福贤回到白鹿原后的疯狂反扑刮起了新一轮你死我活的旋风,劲头远远超过此前共同合作时的状态。此外,他还非常清楚他在白鹿原上有一明一暗两股对手,明的是鹿兆鹏、黑娃领导的农协,暗的则是白嘉轩的宗族传统力量。他跟鹿子霖与白嘉轩同样面对了黑娃的农协的挑战,但他跟鹿子霖对待这种挑战采取的报复与白嘉轩的态度完全不同。前者是现代革命意义上的不同政治集团之争,而后者在白嘉轩眼里仍然是遵不遵守祖宗规矩的冲突,所以田福贤始终是把白嘉轩视为另一种"异己"的存在的。作为白鹿原的总《乡约》,他成为黑娃农协革命的对象,心中自是十分恼怒,其反扑的手段也十分残忍。同时他也明白,他与用《乡约》来治理宗族的白嘉轩注定像两股岔道跑的车,白嘉轩绝不会服从他的旨意,而且会成为他统治百姓的威胁和妨碍。对付黑娃,他只需要武力和残忍;而对付白嘉轩,却是比这艰难得多的事情。他对白嘉轩"水多深土多厚一概尽知"。面对农协活动的积极分子,白嘉轩并不直接与他们理论和作对,而是话语很少,只顾埋头做自己的事情,而田福贤则表现出尊严受到侵犯、利益遭受损害的仇恨。他对被吊上木杆的贺老大咬牙切齿地说:"贺老大你个老家伙,爱出风头爱上高台,今儿个让你上到杆顶,你觉得受活了？碎娃子不知辣子辣,你这个棺材瓢子也不知道吗?"言如其人,这种语言自然属于他这种仗势欺人、以权谋私的乡村劣绅,而与德仪乡里的白嘉轩区别明显。权衡再三,田福贤发现他在白鹿村要能与白嘉轩抗衡,就得有强劲的帮手,这就怎么也离不了鹿子霖,所以白鹿村的"乡约"他还得让鹿子霖干,虽然鹿子霖的儿子鹿兆鹏是白鹿原上的共产党员,但田福贤自信能洞悉鹿子霖的腑脏,完全能对其拿捏把控。不过这之前他还要假惺惺地演一出戏,就是上门希望白嘉轩出任,这无论是就掩饰自己的意图还是就与白嘉轩保持应有的面子而言都是就汤下面的过场,此亦可见田福贤作为基层统治势力的政治城府。

●在田福贤、鹿子霖对农协成员疯狂报复的同时,白嘉轩这个同样遭受了农协游斗的族长的反应却完全不同,他并不计较这些恩恩怨怨,反倒是针对村民修补被毁坏的祠堂和刻着《乡约》的石碑,并针对田福贤等的行为说出了"白鹿村的戏楼这下变成烙锅盔的鏊子了"的话。田福贤和白嘉轩这两种不同反应的描写在以往的农村革命题材作品中似乎从未同时出现,而且田福贤在面对农协时还提防着白嘉轩这种描写也似乎从未出现,基本上都只有阶级报复这一种情形,这就体现出了《白鹿原》在政治斗争的描写中始终结合文化冲突来写的独特之处。白嘉轩的"鏊子"说,虽然出自朱先生,但显然符合他对另一种斗争的理解。"乡约"们热衷政治上不共戴天的暴力,而他仍是寄希望于《乡约》精神的延续。他重新召集族人到祠堂祭祖,其用意也正在于此。此举不仅对兆鹏、黑娃的"闹事"是一个纠正,而且也比田福贤、鹿子霖的直接报复要更加高明和深远,绝非简单地用"鏊子"烙锅盔可比,它超越了狭隘的冤冤相报,而是站得更高,是一种在他看来属于治本而不仅仅是治表的方略。更深一层的用意是他还就势踩了鹿子霖一脚。因为祠堂是白嘉轩的天下,他第一次把主持的权力交给白孝文,就是要表明:一、下一辈们起头闹的事,用不着我直接出面;二、你鹿子霖在村里再怎么人五人六,在祠堂里你还得站在我儿子之下。鹿三在祠堂里的自责为白嘉轩的行为做了最有力的配合,无形之中更加深了鹿子霖的难堪。小说中写道:

"白鹿村所有站在正殿里和院子里的男人们,鹿子霖相信只有他才能完全准确地理解白嘉轩重修祠堂的真实用意。"我们不清楚鹿子霖所理解的白嘉轩的用意到底是什么,但肯定是他将心比心的结果。其实在白嘉轩和鹿子霖的心中,下一代的闹腾再怎么过分,他们都不会真正上心的,始终觉得不过是长久不了的胡闹而已,他们不可能理解正在开始或即将到来的农民革命的必然性和现实性,白鹿原依然是由白嘉轩和鹿子霖充当主角、明争暗斗的舞台,否则白嘉轩不会如此看重祠堂,而鹿子霖也不会依然如此排斥祠堂,这才是鹿子霖真正上心的。这里我们看到了当时农村革命兴起之后新的(也许恰恰是真实的)一幕,不是或不仅仅是不同阶级之间你死我活的造反与倒算,而是仍然存在旧有秩序和文化内部不同利益的继续角逐。这也许反映了这些老人的思想迟钝,也许正是传统文化的顽固与强势。白嘉轩对《乡约》碑文的修复和鹿子霖表面革命、私下依然盯着白嘉轩这个对手都表明,他们仍未逸出传统秩序和利益的格局。这难道是作者意识到的传统的强大抑或是通过这种眷恋体现对"五四"——革命话语的反思?或许都兼而有之吧。我们读这一章,需要特别对"鏊子"这个比喻的内涵多加品味,这个意象与白鹿、铜圆一样在小说里都十分重要。首先这是由朱先生发明并被白嘉轩拿来用的。朱先生的话往往寄托着作者的某种深意,言简意赅却值得回味。朱先生和白嘉轩使用这个词都带有调侃的味道,内心是对农协和田福贤、鹿子霖行为的不认同,这反映了所持文化立场不同而对政治斗争的隔膜,为白嘉轩所选择的应对策略提供了依据。作者运用这个意象,应当说是既通俗又深刻,对揭示中国社会历史的某种本质具有悲凉的色彩,体现了思想上的尖锐和艺术表达上的独特。丁帆先生在发表于 2018 年的一篇论述《白鹿原》的文章《〈白鹿原〉评论的自我批判与修正——当代文学的"史诗性"问题的重释》[1]里,高度评价了"像《白鹿原》这样可以被不断重识和重释的作品,才有可能成为具有恒久生命力的入史作品"。为论证这一点,丁帆提出了一个概念,就是"构成史诗性作品的要素",正是通过这些要素,我们可以去比较作品所达到的深度。白嘉轩整修祠堂和碑文,用"鏊子"的比喻来形容眼前的纷争以及后文中废族长,造白塔,称鹿三为最好的长工、朱先生为最好的先生,还有"容不下黑娃当县长,还不能容他回原上种地务庄稼"的疑问等等都可视为这种"构成史诗性作品的要素",理解了这些要素,不仅对理解白嘉轩这个人物,而且对理解整个小说都有至关重要的意义。

●鹿子霖被农协押上了批斗台,他清楚农协所做的一切都是在他的儿子鹿兆鹏领导下进行的,中国共产党领导农民闹的革命与以往的依靠宗族血缘力量的斗争压根不是一回事,它是一种彻底的阶级革命,这对刚刚从旧有秩序转入现代政治秩序的他来说,其实也是在过程之中渐渐领悟的,原本以为自己也革命了的鹿子霖此时才意识到在新兴的共产党领导的革命里,自己也是革命的对象。但另一方面,传统的因素仍然发挥着影响,因为与鹿兆鹏的父子关系,他被岳维山、田福贤猜忌并随意摆弄,同时在祠堂里又要承受白嘉轩给他带来的难堪,这使他感觉异常失落。如果能够听从亲家冷先生劝他的"掺和三分嘉轩的性气就好了"的话,也许之后的情形会另当别论。

●田福贤、鹿子霖整农运骨干,一方面当然是出于报复,另一方面也是做给白嘉轩看。当田福贤恶狠狠地说"嘉轩爱修祠堂让他修去,爱念乡约由他念去"时,仿佛眼中的对手也包括白嘉轩在内。而白嘉轩为族人向他们下跪求情,试图从宗族伦理的角度来解决这一冲突,既含有对他们的无视,也获得了一种道德的制高点,因此白嘉轩这一跪,表面上看是有求于人、矮了自己,实际上与他在祠堂主持宗族仪式或执行族规异曲同工,这是一个肯用"罪己"的恕道来体现自己的担当、责任和权威的人,是一种以退为进的大丈夫作为,这里面也可以看出传统宗法乡贤文化在乡村治理上的策略性和多样性。

●作为"仁义白鹿村"的村民,正如鹿兆鹏所指出的,他们的封建意识非常顽固,对传统观念的执守也非常顽强。鹿子霖因为儿子的革命并且将他押上批斗的戏楼而感到日子是"无以诉说的苦涩",他比同样作为黑娃的父亲的鹿三还要难堪,就因为之前鹿三没有允许黑娃进家门,之后又在祠堂里磕破额头真诚悔罪,这一切都得到了大家的理解和同情。这种文化的氛围我们在以往的描写现代农村革命的作品中几乎没有读到过。像鹿子霖的老父亲鹿泰恒说的"啥叫羞了先人了? 这就叫羞了先人了。把先人羞得在阴司龇牙哩",实际就是把村民们心里的意思说出来了。这些村民,在田福贤、鹿子霖报复农协骨干时,几乎很少有对受害者表示同情,反而依旧是将他们当作乡村的另类,甚至那种情绪与黑娃斗争不轨的和尚与碗客时有几分类似。这种民众的心理情绪很值得我们思考,其中既有对善与恶的评判,也有内在复杂心理的释放,同时还兼有某种在"隐蔽自我"的情形下的狂欢,一种带有当时人文化传统色彩的群体狂欢。

注释:

[1] 丁帆:《〈白鹿原〉评论的自我批判与修正——当代文学的"史诗性"问题的重释》,《文艺争鸣》,2018 年第 5 期。

第十五章

　　本章故事梗概:黑娃逃出田福贤的报复加入了中国共产党领导的国民革命军,凭着出色的军事素质得到习旅长的信任。田小娥因恐惧而陷入慌乱,进了鹿子霖编织的圈套从而委身于他。狗蛋因觊觎田小娥察觉了二人之间的秘密。白嘉轩动用族规惩罚田小娥与狗蛋,鹿子霖设计报复白嘉轩。

　　●黑娃在无奈的情形下"远走高飞",此后就基本飘荡在外,走着一条起伏动荡的道路。作为族长家长工鹿三的儿子,他有读书的机会,却始终不曾开窍,本应当顺着父亲的意思安分守己地做农活,却极不安分地要另谋生路,小小年纪就注定与"耕读"无缘,一旦握上枪把倒有无穷的激情和灵感,觉得自己正是玩枪的角色,这种与危险为伍的天性昭示了他一生的云谲波诡,恰与"仁义白鹿村"的传统民风形成鲜明的反差。

　　●田福贤在白鹿原掀起了针对农协骨干及其家属的白色恐怖,他软硬兼施,釜底抽薪,显示出极其凶狠的政治老辣和手腕,这对像田小娥这样在白鹿原本就十分孤单的人来说极易产生乱了方寸的效果。所以,迫于当时的处境,是她被鹿子霖趁危而霸占的客观原因。对鹿子霖暂且不论,从田小娥的角度看,我们可以发现以下几点:一是田小娥当时确实处于十分恐惧甚至绝望的状况,原来唯一的保护者黑娃自身难保、逃逸在外,而对小娥来说,离开白鹿村在外逃命无疑是绝境,不可能还有其他的出路,确保安全是她能想到的全部,这个念头压倒了其他一切,这使她六神无主地进入了鹿子霖的口袋;二是在男女问题上,田小娥虽不能说毫无原则,但至少比较马虎,之前她勾引黑娃,其中不乏性欲的要求,这种品性一旦遭遇鹿子霖的邪念,现在的结局并不太出人意料,特别是其后她还一度与鹿子霖很配合,维持得心里踏实,甚至将寻求安全的责任真的寄予鹿子霖身上,以此来对付狗蛋的骚扰。因此对田小娥的这一段描写,让人觉得评价起来较为复杂,她有些许让人同情的成分,也有理当受到谴责的地方,这或许与这个形象本身塑造的复杂性有关。而鹿子霖自然表现得十分卑劣:一是乘人之危;二是田小娥算他比较近门的侄媳;三是根本无力帮黑娃解困,很清楚黑娃回来的危险,却只图个人欲望的满足,一方面对田福贤三心二意,另一方面维持对小娥的占有,而这一切,都离不开他作为"乡约"的地位和身份,也是他从竭力报复农协骨干中得到的私欲上的满足。在细节的描写上,作者的把握应当说也是讲究精细的,特别是鹿子霖邪念产生的细节在表达上很有特点:"点燃一根黑色烟卷,透过眼前由浓而淡缓缓飘逸弥漫着的蓝色烟雾,小娥怯怯地挪到墙根前歪侧着身子站着,用已经沾湿的袖头不住地擦拭着流不尽的泪水,一绺头发从卡子底下散脱出来垂在耳鬓,被泪水洗濯过的脸蛋儿温润如玉、光洁照人,间或一声委屈的抽噎牵动得眉梢眼角更加是楚楚动人,使人突生怜悯。"其中"透过烟雾""温润如玉、光洁照人""楚楚动人"和"突生怜悯"皆是鹿子霖视角下的独特景象,特别是"突生"二字把握到了他内心一种瞬间的冲动,虽然字字落在小娥身上,但鹿子霖邪念萌发并因此想入非非的心理展露无遗。

在小说多处比较具体的性描写中,作者说他持的是"放开写、不讳饰"的态度。黑娃和田小娥开始在郭家的偷情,在表现黑娃和小娥的心理及性格追求方面应当说起到了一定的作用。其后,鹿兆鹏与白灵之间也有这样的描写,同样突出了两颗志同道合的心在灵与肉上的融合,与人物的性格刻画关系紧密。但本章中,关于鹿子霖与田小娥的性爱过程描写,不知作者出于何种考虑,既不能进一步说明鹿子霖有多无耻,也不能深入表现田小娥的人性要求,谈不上有美感可言,即便为引出下文狗蛋的情节,也完全可以不用如此详细。在《永远的白鹿原》一书中,何启治先生为读者披露了当年第四届"茅盾文学奖"评委会在决定授奖给《白鹿原》的同时给作者提出的修订意见,其中之一是:"一些与表现思想主题无关的较直露的性描写应加以删改。"[1]之后陈忠实确实对此做了修改。但比较原版本和人民文学出版社后出的修订本,我们可以发现改动倒不是很大,按何启治先生的话说是:"修订过的《白鹿原》不过是去掉了枝叶上的一点瑕疵,而牡丹的华贵、价值和富丽却丝毫无损。"[2]其意也是说某些性描写确实与全书意义关联不大,适当删除对全书影响有限。

●白嘉轩对狗蛋和田小娥的惩罚耐人寻味。他只要对事情的经过稍做了解,就不难知道其中的蹊跷,事实上他也大致能知道事情的底细原委,但他的枣刺却不能刷向鹿子霖,只有将狗蛋和小娥拿来垫背。狗蛋此前已被团丁暴打了一顿,受过了惩罚,但白嘉轩不认鹿子霖泄私愤的账,他在白嘉轩的眼里只配做个牺牲品,他也确实因此丧命,似乎并没有人去想他无论如何也罪不至死的问题;而惩罚小娥更是理由不足,因为白嘉轩根本就没让她进祠堂履行成为宗族成员的仪式,严格说来,白嘉轩这个族长还管她不着。但此事对白嘉轩太过重要,既能维护《乡约》的规范、树立自己的权威,又能达到在精神上打击鹿子霖的政治目的,尤其令后者苦不堪言的是这种打击是在他最不自在的祠堂里进行。当田小娥被推到受刑的位置,白嘉轩对鹿子霖说"你来开刑",而鹿子霖回答"你是族长"时,两人心里各自未说出的潜台词何止千言万语,而彼此的怨怒几乎可从眼中射出,之后的诸多对立也就不难理解了。所以,无论从白嘉轩的角度,还是作者设计情节的角度,这个惩罚都是十分重要的。有人说,白嘉轩放过鹿子霖而只拿弱者开刀,是偏袒,貌似公正执法实则体现了当时"等级制"的不公正和残忍,[3]这么看问题未免太肤浅和表面化了。白嘉轩惩罚小娥和狗蛋实际上就是针对鹿子霖,无论是族人还是鹿子霖本人其实都已经感觉得到。若一定要白嘉轩将刺刷直接抽向鹿子霖,那就只能是孩童打架斗殴的水平了。但同样应当指出的是,白嘉轩出于他眼里的"政治需要",将要抽向鹿子霖的刺刷无所顾忌地抽向狗蛋和田小娥这些弱者,虽然有着《乡约》礼法的外衣,但毕竟是对人的尊严和人格的蔑视和践踏,而且被蔑视和践踏的还只不过是作为"垫背",因此在白嘉轩眼里,根本没有人人平等的概念。

还有一点就是田小娥这回的被吊打已经是在白鹿村的第二次了,此前不久她刚刚被田福贤和鹿子霖当作农协骨干吊打过,当时围观的村民如同这回一样,也是纷纷吼着"打死她"。他们所要发泄的到底是什么呢?这两个性质完全不同的场合为什么唤起的是村民们几乎相同的情绪?那些表面的道德和政治,在参与类似"狂欢"的百姓的心灵深处恐怕都已经走样,真正透出的倒是令人难以察觉的怪味,这一点,在上面我们已经提到。

注释:

[1]何启治:《永远的白鹿原》,人民文学出版社,2018 年版,第 23 页。

[2]同上,第 24 页。

[3]张林杰:《〈白鹿原〉:历史与道德的悖论》,《人文杂志》,2000 年第 1 期。

第十六章

　　本章故事梗概：田小娥实施鹿子霖报复白嘉轩的计谋去勾引白孝文，攻破了白孝文的防线。白家和鹿家遭到洗劫，白嘉轩被打折了腰杆，白嘉轩判断是黑娃所为。黑娃在参加暴动失败后落草成为土匪。白灵与鹿兆海因对"国"与"共"的不同态度而陷入政治上的对立。

　　●鹿子霖强烈地感到白嘉轩在祠堂里的行为是对他的羞辱，所以要报这羞辱之仇，当然，他还有更大的目的就是要彻底压过白嘉轩，于是精心设计和策划了要田小娥把白孝文的"裤子抹下""尿到族长脸上"的阴谋，田小娥依计而行，居然奏效，这一段描写充满起伏，对读者颇有冲击。孙绍振先生在《什么是艺术的文化价值——关于〈白鹿原〉的个案考察》[1]一文中曾对田小娥的举动严重质疑，怀疑她到底是正常人还是白痴。孙先生的分析不无道理，值得读者参考，这一切也都源于作者对田小娥这个人物整体把握上的不明确和不清晰，这一点我们在前面已经谈到过。这里我们要谈的是这个情节对白孝文形象刻画的重要作用及对他人生命运的重要影响。

　　白孝文是白嘉轩的长子，他的降生，对于白嘉轩来说，有着无穷无尽的喜悦，也为他未来的生活带来了全部的信心和希望。小说开头第一句话就是"白嘉轩后来引以为豪的是一生里娶过七房女人"，接下来便是情绪饱满地叙述了白嘉轩七次洞房之夜。其实拥有七房女人本身也许倒并不让白嘉轩感到自豪，而是这个过程的最终目的——避免"无后"的不孝之名显得更加重要。他自豪的应当是为了这个目的而做出的锲而不舍的努力，而白孝文的出世正是对他这个努力的回报，是白孝文让他堂堂正正坐稳了族长位置。从此,白嘉轩一改此前带有"厚黑"色彩的形象,在姐夫朱先生的引导下,兴仁义、正民风、修祠堂、立族规、办学校、躬田亩,立身勤奋严谨,力行耕读传家,以其身为族长的胆识和勇气,成为白鹿原上以正祛邪的中流砥柱。值得注意的是,白嘉轩实行上述行为的过程,也正是儿子白孝文长大成人的过程,白嘉轩除了有意用自己的行为为儿子做出表率之外,还特别"严厉地注视孝文的行为规范"。从居家过日子的日常言行、经济算计到床笫之事的敛约,白嘉轩都以白家长子——未来的族长的标准对白孝文予以规约。应当说,白嘉轩的这一番苦心从表面上看无疑是成功的,他的言传身教加上徐先生和朱先生的先后教导,造就了白孝文行止端庄、非礼不为,充分体现了朱先生为白鹿村制定的《乡约》中"德业相劝""过失相规"和"礼俗相交"的要求,连白嘉轩也觉得"孝文是好样的"。我们可以相信,在没有更大的欲望刺激之下,此时的白孝文一门心思都在对未来族长位置的渴望上面,这种心理期待决定了他的为人处世,他没有想过他以后除了当族长还可能会干什么。只要是与"族长"或"族长继承人"的身份不相符,他都必定会"非礼勿听、非礼勿视、非礼勿言、非礼勿行"的! 由此可见,这个时候的白孝文的心理世界是单纯的,又是被遮蔽的。他的生命实际上是为他的父亲白嘉轩而活着、为族长的名分而活着,根本就没有真正属于他自己的内在本质。作为一个活生生的人,照理说,他也应当有着更多的欲望和追求,他却一直非但没有做,连想都没有想! 作者在写他受田小娥挑逗之前走过村巷去看戏的路上,特地突出他作为"族长继承人"的"气场":"那些在阴凉下裸着胸膛给娃娃喂奶的女人,慌忙拉扯下衣襟来躲回屋去;那些在碾道里围观公狗母狗交配的小伙子,远远瞧见孝文走过来就立即散开。"这就是当时真实的白孝文,同时也是虚假的白孝文。说他真实,是因为这的确是他呈现在村民面前的真实状况;说他虚假,是因为此时连他自己也不清楚他的灵魂深处到底还埋藏着什么,而这个埋藏的东西与他外表体现出来的根本就不是一回事,这个只有把他置于特殊的情境下才能试察出究竟。这个特殊的情境很快就到来了,这就是田小娥出人意料地出现在他的身旁。白孝文尽管理智上非常恼怒和恐惧,但没想到这理智的大坝会溃塌得如此轻而易举,他没有能抵抗住小娥"身上那种奇异的气味"的诱惑,自己听到自己"胸腔里的肋条如铁笼的铁条折断的脆响","已经无法控制浑身涌动着的春情",旺盛和强烈的生理欲求产生的冲击已经把他平时脑中的"族长""礼仪""族规"等等驱赶到一边,可见他心里的七情六欲平时只是被深深地压抑住,而并没有也不可能彻底泯灭,他终于"第一次主动出击伸手去解她的布条裤带",这是一个被对手或者说是自己的本能击败的标志。但问题在于,这种感性的越轨和理性的溃败还不是完全和彻底的,即弗洛伊德所说"本我的冲动",此时还受到与之对立的理性规范,即超我的监视和制约,因此即便他的生理正常和健康,他的心理却有问题,障碍明显,这就造成了解开裤带不行、勒上裤带又行的奇怪现象,这正说明了白孝文身上感性与理性、本我与超我的尖锐对立。小说写他后来为整个经过而害怕和担心,"走进白鹿村村口竟开始懊悔,离家门愈近愈觉心底发虚",对于一个"要脸"的人,一个刚刚从同样地方走过还让人感到敬畏的人与一个村民眼中"最不要脸"的女人在龌龊的烂砖窑里做下这号"不要脸"的事情,实在是大逆不道。此后的白孝文就一直处于这样一种矛盾和尴尬的局面,既想得到小娥,又不能放弃族长之位,因此也就始终改变不了灵肉冲突的状况,始终在关键的时候"不行",直到事情被白嘉轩发觉,白孝文在祠堂受罚,继承族长的资格被废,这种局面才得以完全改变。

●白孝文心底发虚、忐忑不安地到家,没想到家里刚遭遇土匪的打劫。有意思的是领头的正是黑娃。前边针对白孝文的是田小娥,这次针对白嘉轩的是黑娃,其实就对白家的伤害而言,前者才是更致命的"洗劫"。因为其一,前者针对的是人,而后者虽也针对人,但主要目的是劫财,行动前黑娃还专门要手下区别对待鹿子霖和白嘉轩。其二是就后果来说,针对白孝文的行动最终彻底改变了他的人生,对整个白家影响巨大;而针对白嘉轩的行动并没有让白嘉轩屈服,反而使他被打折的腰挺得更加有力。形成对比的是,白孝文置于其中几乎只有被动地招架应对,而白嘉轩从苏醒过来就在对事情进行琢磨寻思并能很快锁定"是黑娃做的活"。

●在应对土匪抢劫的事情上,同为受害者的白嘉轩与鹿子霖临时结成"统一战线",那就是白嘉轩劝鹿子霖村里社日该演的戏还要演,理由是"土匪要看你我的哭丧脸,偏要给他个不在乎的笑脸"。尽管黑娃对白、鹿两家打劫的初衷不一样,对白嘉轩是针对他在祠堂里惩治小娥,对鹿子霖则是针对他此前对农协骨干的报复,一个是宗族礼教,一个是政治淫威,这里面值得注意的是黑娃在策划上做出的区别,要求他的弟兄务必处死鹿子霖,而对白嘉轩只是说"那人的毛病出在腰里,腰杆儿挺得太硬太直。我自小看见他的腰就难受",这分明是留有分寸的。黑娃这样做的理由我觉得有两点可以考虑:一是对待白嘉轩,他希望通过他的行动给白嘉轩一个惩戒并指望看到他此后腰杆不再那么"太硬太直",这将会比弄死他更让黑娃心理满足;二是对待鹿子霖,此前他们因为闹农协已经到了你死我活的地步,此时要杀鹿子霖也有为贺老大等报仇的心愿。作为土匪,黑娃的行为无论对宗族传统还是基层政权都是异己的威胁,加之同为直接的受害者,所以,白嘉轩能够联合鹿子霖一道做出应对。比较而言,白嘉轩的强硬更有主动积极的意义,在乎腰杆的他不会因此示弱;而鹿子霖则虑及不此,况且尚不清楚打劫系何人所为,因此对白嘉轩的话只能似懂非懂。白嘉轩当然也深知这一点,他只对朱先生说了"谁做的活",而没有告诉临时的"盟友"鹿子霖,他只要后者配合,而并未告知后者底细,可见"统一战线"之中还是有着明显的独立性。

●黑娃加入土匪的情节,小说中用的是倒叙的手法。之前他参加习旅的战斗与沦为土匪的过程与小说的主要情节并无大的关系,而主要是有助于完成黑娃的形象。小说中能够作为主要人物而设置独立情节的人物,除了白嘉轩、鹿子霖、朱先生、鹿三等老一辈的以外(冷先生有一个营救鹿兆鹏的情节),下一辈的就是黑娃、白孝文、田小娥、白灵、鹿兆鹏等(鹿兆海和白孝武各有比较短的一点),其他诸多人物都未成为独立展开的角色,分别由上述人物带出。

●白灵与鹿兆海用掷铜圆来决定加入哪个党的做法曾引起一些评论者的质疑,认为把很神圣的政治选择视为儿戏,笔者在前面已经做过评析。如果再读到本章及之后关于二人关系的文字,这种质疑可当休矣。年轻时的幼稚已随时势的变化和心理的成熟而退去,经历了大风大浪之后的人生选择格外认真和执着,即便相互爱得很深也都不受影响,他们之间的争论显示出他们对人生和世事的认识既扎实又成熟,远不是当初热情时的冲动和朦胧。为什么不能给年轻人的选择提供一个过程?为什么在文学表现上就只能一味单调和机械?阅读接受的事实是,这个情节给读者留下了深刻印象,而白灵一旦成熟地确立了姓"共"的信念以后,她对革命的忠诚和坚定的形象一点也没有受到影响。当然我们也同样不怀疑鹿兆海作为一个真正的军人的政治选择的真诚。而他们之间的争论对读者全面深入了解那一段历史而不是像以往的作品那样只是片面和肤浅地描述要厚实得多。作为刚刚加入革命行列的青年对当时复杂的斗争形势各自从自己获得的信息中形成不同的判断也属正常,正是有这些真实的认识上的冲突,决定了两个本来相爱的人不可避免地分道扬镳,这也是成长后的选择对"掷铜圆"游戏的一个否定,因此读者也不必再把这个游戏是否严肃当作一个问题。

注释:

[1]孙绍振:《什么是艺术的文化价值——关于〈白鹿原〉的个案考察》,《福建论坛》,1999 年第 3 期。

第十七章

本章故事梗概:白嘉轩发现了白孝文和田小娥的奸情,迅速而果断地对他进行了惩罚,废了他的族长继承人资格,由白孝武接任,同时采取了分家的措施。田小娥对白孝文的结局感到一丝歉疚,她尿了鹿子霖一脸。

●"白嘉轩只顾瞅着犁头前进的地皮,黄褐色的泥土在脚下翻卷,新鲜的泥土气息从犁铧底下泛漫潮溢起来,滋润着空乏焦灼的胸膛,他听见自己胳膊腿上的骨节咯吧咯吧扭响的声音。他悠然吆喝着简洁的调遣犍牛的词令,倒像是一种舒心悦意的抒情。"这一段文字很美,作者若没有亲自扶把使牛的经历是很难写得出来的(邢小利《陈忠实传》[1],作者确有这样的经历)。这不仅符合主人公白嘉轩勤勉的性格和渴望早日恢复的心情,更重要的是把握到了白嘉轩在耕作这个行为中身心与土地之间的那种融合与相契,这是他最踏实、最安稳的一种感觉,也是他对生活方方面面的追求和渴望的一种最基础的感觉,只要还有这种感觉,不仅"浑身都痛快",而且心不烦、意不乱,白嘉轩就永远是那个白嘉轩。可以说,这是他的"命门"所在,这一点也是体现白嘉轩形象丰满的一个重要方面,这种描写在小说的后面还出现了,他的许多对生活的思考也都是在田间地头所完成的。其实鹿子霖在农活上也是亲力亲为的,小说前面写他刚得到白嘉轩的水地时,就有意支开长工而和老父亲亲自下田来操作,并且显得非常享受。但此后这类描写就不再出现,因此也就似乎少了一点能使其"做踏实的自己"的地方,这也是作者表现他跟白嘉轩之间的一个区别。

●白嘉轩才体验到身体恢复能够使犁的惬意,召集家人宣布生活进入

第十七章

095

原先正常的轨道,却很快发现了儿子白孝文与田小娥的奸情,霎时间白家刚刚出现的欢快气氛一下子又变得严峻起来,这一段情节的展开充满跌宕。他晕倒在小娥的破窑前,鹿子霖则站在倒地的白嘉轩身旁久久不语,像欣赏被自己射中落地的一只猎物,可见他此时心中的得意。可以说,事情到这一步,确实是按照他所预谋的在发展。其中我们还可以看到他是如何处心积虑甚至有些迫不及待。此前是他主动到冷先生那儿透露出消息,希望由冷先生传话给白嘉轩,因为他知道冷先生一旦听说肯定会对白嘉轩说"这一切都出于他急切的心情"。他对冷先生说的话十分虚伪:"咱们谁都不想看白家出丑……他跟你是亲家,我跟你更早就是了,盼着大家都光光堂堂。"然后又在白嘉轩晕倒在破窑洞前的时候适时地出现,仿佛一直在急切地盼着的并不是上面他所说"白家光光堂堂",而正是此刻的"射中猎物",鹿子霖的无耻下作于此确实暴露无遗。我们看到田小娥并无报复得逞后的喜悦,反而倒有几丝害怕和不安,此亦可见她真是没有害人之心,而纯粹是被鹿子霖所利用。但鹿子霖心思虽然歹毒,却也太一厢情愿,或者说眼光毕竟还是短浅,他只能考虑到如何给白家制造麻烦,但没有想到或者说是根本想不到问题的关键在于白嘉轩如何应对,虽然说他的确是给白嘉轩设了一个乱局,制造了极大的麻烦,但还不能就此断定他已完胜。

●白嘉轩对白孝文的处置充分体现了他的性格和信念,是完成他的人物形象的重要部分。在大是大非的问题面前,白嘉轩对自己的儿子一样坚硬无情,对家人包括母亲的反对无动于衷,此时的白嘉轩体现出其在要害问题上十分刚硬的一面。在白嘉轩看来,这个问题不仅涉及他整个家族此刻的荣辱,还与今后的命运相关,这一点确实需要超出常人的眼光。他说:"忘了立家立身的纲纪,毁的不是一个孝文,白家都要毁了。"道理似乎人人都懂,但真要做到壮士断腕、大义灭亲绝非易事,尤其是"白家都要毁了"只是一种可能的推断,并非迫在眼前,抱着"只要以后如何如何,就能够怎样怎样"的心态,很多人很多时候都会将眼前的难题含糊应付过去,白嘉轩的难得之处就在于他的不含糊,哪怕是面对自己曾经付出心血、寄予厚望的儿子。在此之前，当白嘉轩被仙草的针扎进人中醒了过来，一睁开眼看见鹿子霖时，心中肯定是倒海翻江、五味杂陈，他长叹一声又把眼睛闭上，似乎更坚定了他对事态严重性的判断，虽然此时他还不知道此事的发生与这人有关，但至少绝不能让他看笑话或者幸灾乐祸的心理得逞。白嘉轩做出的重要的决定是派鹿三去叫孝武回来，并且说得相当严重："就说我得下急症要咽气。"可见，这个问题在他心中的分量实不亚于死，之前他在窑院外面听到里头的狎昵声音，就有"生命的末日走到终点"的感觉。他之所以会栽倒，正是因为刺激和伤害之大。比较一下白嘉轩对白灵的忤逆和白孝文此事的反应，会感到其中有着不同。白嘉轩对白灵的"不听话"，包括从家里出逃以及后来的退婚十分生气，但因为是女儿，他可以简单决绝地宣布"白家没这人了"或类似后面出现的"这人死了"，尽管也失落和恼火，但这对他的心理冲击并没有达到"灭顶之灾"的程度。而对白孝文就不同了，他是要继位族长的长子，他出事会导致白嘉轩精神崩溃。但难能可贵的是白嘉轩并没有崩溃，而是以一系列果断的处置来挽回此事所造成的影响。首先就是顶住各种压力将儿子绑进祠堂。值得注意的是，这回惩罚的并不包括小娥，其实这次的事情与上回小娥与狗蛋之间的事情并无区别。问题在于，这次的惩罚直接事关白嘉轩心中最本质的问题，它还有非常重要的后续问题，就是白孝文的族长继承人的更换，而惩罚的形式本身已经不再像上一回那么重要，田小娥在他眼里更是已经无关紧要了。

●白嘉轩对白孝文的惩罚是必然的，这既符合白嘉轩的性格，也符合他推崇的《乡约》的要求，更重要的是他已经拿定了要废掉这个不争气的儿子作为族长继承人的主意。其中本来有奖有罚是一个群体保持凝聚力和生命力都必不可少的机制，这本身也有合理的地方，在任何一个宗族的规约中都有明确的规定。问题在于如何确立奖与罚的指导思想和基本原则，正是在这方面，我们看到传统的宗法文化中存在的欠缺与局限，白嘉轩对白孝文的惩罚也不例外。小说中出现的白嘉轩对白孝文的惩罚完全是单向的，即根本不考虑受罚者的态度和认识之类，一开始就定下了最后的结果——更换族长继承人。在白嘉轩看来,他"必须采取最果断最斩劲的手段,洗刷孝文给他和祖宗以及整个家族所涂抹的耻辱"。这里要考虑的是他、祖宗以及家族,当事人本身已无足轻重。虽然白孝文确实犯下大错,被废了族长继承人的资格也不为过,但仍然有几种不同选择,现在我们看到的这种结果,不能不说与他受到的惩罚有关。李建军在分析《白鹿原》时,曾谈到白鹿原的宗族惩罚机制的非理性和野蛮性,并认为正是这种机制严重伤害了白孝文的自尊,从而导致了他彻底走向堕落。[2]这个分析很有见地。白孝文没有抵御住田小娥的诱惑,这确实是一个过错,但此时的白孝文尚未堕入丧失一切廉耻和操守的境地,他的内心有着纠结和矛盾,在与小娥在一起时仍然充满顾虑,以致始终无法如愿,就连小娥也觉得他"确实是个干不了坏事的好人",从而在他受罚后产生负罪的感觉。很难说白孝文的这种状态在事情暴露后就一定只有破罐子破摔这一种结局,但实际上白孝文在受到白嘉轩严厉而野蛮的惩罚后,情况就不同了。他从里到外都被打上耻辱的烙印,正所谓"一失足成千古恨",人生历程因此彻底变轨。但是就白嘉轩来说,道德惩罚机制是否合理就跟整个道德规范体系对下一代的要求是否合理一样,是不在他的思考范围之内的,他只认先人陈规和族长继承这两条。孝文出事之前,白嘉轩一味对他强加自己的道德信条,根本不考虑孝文的真实思想和个体要求;一旦孝文出事,则完全没有回旋的余地,在取消其族长继承人资格的同时,也使他的人格尊严丧尽,接下来的分家和拒绝借粮说明白嘉轩已完全将其视为仇人。这足以看出,白嘉轩的道德观念是如此极端和狭隘。他心里根本没有正常的、平等的、自立的人的观念,甚至连最基本的亲情都被抑制,只把人当作伦常的工具。从某种意义上说,孝文的扭曲的一生也是白嘉轩以及当时的封建教条导致的。因此,无论作者主观上对白嘉轩的为人处世抱有何种态度,上述描写在客观上还是提供了对传统宗法文化的反思和批判。

●值得注意的是,白孝文一事在不同的人那里得到的是不同的反应。较早知道的鹿三几乎和白嘉轩态度一样,他居然愤怒到抡开胳膊抽了白孝文两巴掌,率先对他进行了惩罚。此刻的鹿三已经完全不是在面对自己的少东家,而是在大义凛然地进行着道德审判,一句"羞了先人了"的怒斥让他完全不顾及自己长工的身份,而是拥有着一种居高临下的道义自信。这就如同此前他作为"交农事件"的领头人一样,关键时刻不在乎自己是谁,而是感到自己应当做什么,所以他是最能真正理解、支持白嘉轩的人。白孝武的态度耐人寻味,作为次子的他对父亲表示了坚决支持,正是他把问题上升到了"白家立身的纲纪"的高度,得到了父亲"热泪盈眶"的共鸣,从而也为自己赢得了一次可以说是"无中生有"的机会,一旦兄长被"推进祠堂捆在槐树上",接下来肯定就是族长继承人的更换,在"嫡长世袭"的制度下,这样的机会太偶然也太难得,白孝武完全清楚其中的关窍,他的态度因此也就不难理解。鹿子霖策划了整个阴谋,又在白孝文受罚时上演了"跪谏"的好戏,却在事后到了田小娥的窑洞要好好地"受活受活",显示出十足的幸灾乐祸。鹿子霖为什么要"跪谏",而且对白嘉轩说"我敢说这根本不怪孝文,你也招不住这个折腾喀"?这正是他的阴险和虚伪之处。让白孝文落水、丑事败露,鹿子霖的目的已经达到,这时候出来充好人,既可以似乎洗脱自己的干系,将此案的始作俑者隐藏起来,又在村民眼里形成了仁慈的印象,同时还有将白嘉轩一军的味道,假如后者在某一个环节有一丝手软和瑕疵,都将会成为鹿子霖新的把柄,白嘉轩也将成为继白孝文之后的又一个输家。整个事件的另一个重要当事人田小娥事后却良心发现,觉得自己是真的做了害人的事,感到先前对此事的理解偏于简单,未料到鹿子霖的阴谋将她逼入了自我不安的境地,毕竟她跟白孝文并无直接的恩怨,可见田小娥天性善良。正是在这种善良之心的驱使下,她报复了鹿子霖,尿了他一脸,此后的鹿子霖再也无颜走进她的窑洞。从某种角度来讲,鹿子霖在田小娥面前最终竟然还是一个输家,而田小娥此后竟然和白孝文真的好上了,这无论如何也让鹿子霖始料不及。郜元宝先生在《赵素芳与田小娥——柳青、陈忠实笔下两位人格扭曲的女性形象》中,认为田小娥的形象与赵素芳的形象"有着千丝万缕的联系"。二人虽然"都是随波逐流,随人摆布,但她们内心深处并未失去基本的是非观,更没有昧着良心干坏事"[3],正如素芳对姚世杰的态度一样,从起先的某种依赖到后来看清他的为人,田小娥对鹿子霖也是由开始的信任到此事件之后的鄙视,而且她们最后都通过特殊的方式发泄了她们心中的强烈怨恨。这种比较让我们看到陈忠实创作上对柳青的借鉴。朱先生给白孝文的话是两个字"慎独",这显然符合他的身份和性格,但未免让人感到有些隔膜,"君子"的人格要求对于此时的白孝文太远了,这也说明对于白孝文这一代来说,朱先生的教导已明显缺乏针对性并且影响力衰微。

●白嘉轩似乎也预感到受了惩处的白孝文此后的发展结局,或者说从一开始发现了白孝文的事情,他就将白孝文视为"不肯改悔"的败家子,注定会给他的家庭和家族带来更大的耻辱,因此白嘉轩断然地采取了分家的措施,让白孝文出去自立门户,大有此后"井水不犯河水"的意味。在朱先生的监督下,他的家产分配应当没有问题,而多个儿子的家庭实施分家这在乡间也属正常。只是白嘉轩此举针对性较为明显,可以说正常之中又透出一丝不正常,或许正是他为预估的白孝文接下来将会发生的事提前应对。

注释:

[1]邢小利:《陈忠实传》,陕西人民出版社,2015年版。

[2]李建军:《宁静的丰收:陈忠实论》,华夏出版社,2000年版,第164页。

[3]郜元宝:《赵素芳与田小娥——柳青、陈忠实笔下两位人格扭曲的女性形象》,《小说评论》,2019年第1期。

第十八章

本章故事梗概:因严重干旱,村民"伐神取水",白嘉轩不惜自残,充当主要角色。旱情带来饥荒,白嘉轩挽留已无事可干的鹿三,却拒绝白孝文的借粮。白孝文先后将名下的田地卖光,整日与田小娥厮混在一起,饿死了媳妇,还将门房也卖给了鹿子霖。

●严重的干旱威胁着村民们的生产、生活和生命,宗族社会同样要在遭遇严酷的自然的挑战时有所反应,如何面对各种灾害是体现宗族群体力量和运行的重要方面。伐神取水、抵御干旱充分展示了村民们的希冀和白嘉轩作为族长的角色担当。这种今天看来不免有些无知和迷信的行为却是经年相传的法宝,参与者的虔诚和信赖无可怀疑,我们当然不必过多地去质疑它是如何缺乏科学依据,而可以当作一场民间捍卫生存的文化正剧。连着三个小伙相继从桌上跌翻下去,鹿子霖虽比他们要稍强一些,但依然是落马跌下。只有白嘉轩在进入忘我的境界后以残疾之躯完成所有剧情,从中我们看到了三个不同水平层次,相应的能力也依次有别,与当事人在宗族中的地位是对应的。这种仪式本来源于古代风俗,《吕氏春秋》中说:"汤克夏而正天下。天大旱,五年不收。汤乃以身祷于桑林曰:'余一人有罪,无及万夫。万夫有罪,在于一人。无以一人不敏,使上帝鬼神伤民之命。'于是翦其发,磨其手,以身为牺牲,用祈祷于上帝。民乃甚悦,雨乃大至!"由部落首领或帝王通过罪己行为祈求上天宽恕,不再用灾害为难其属下子民,因此地位不同之人,其感动上天的作用和效果自然是不同的。我们应当看到,这里面并不只是这些人在承受考验时能力会因地位不同而分出相应等次,决定他们能耐的更重要的是行动时的意念和担当,包括对自己地位的自信和对宗族的责任,也许在民间传统的观念里,还包括上天对不同的人的不一样的垂青和眷顾。在这种仪式里,人们可以感受到一个双向的人神互通,即出类拔萃者显示出更大的牺牲和担当,而神灵会反过来赐予他更大的恩惠与福祉,从而也使他在众人眼里成为离神灵最近的人。白嘉轩的行为,无疑让他在村民心中更添一分分量。这种属于精神领域的活动,对参与者的精神观念有特别的要求,而无论其客观效果到底会如何,一旦将上述过程浓缩提炼出来,就会成为非常具有地域特色的民间舞蹈。实际上,我们许多地方流传的传统舞蹈表演节目正是由此而来的。

●干旱引发的饥馑异常严重,甚至已经威胁到人的生存,起先是各家各户谋划如何开源节流、度过年馑,接下来便是在"生"与"死"面前考验着人们的底线。作为尚无生死之虞的白家,饥馑当中,白嘉轩对待鹿三和儿子白孝文的不同态度再次让人感到他独特的人生哲学。鹿三是他的长工,他却奉行"年馑大心就要放大,年馑大心要小了就更遭罪了"的信条,一再挽留无事可干的鹿三,并且承诺"有我吃的就有你吃的,我吃稠的你吃稠的,我吃稀的你也吃稀的;万一有一天断顿了揭不开锅了,咱弟兄出门要饭搭个伙结个伴"。读到这里,不禁让人想起同为现代家族小说《红旗谱》里的朱老忠,他曾对他的农民兄弟说,"有我朱老忠吃的,就有你吃的"。在《红旗谱》那样的文本中,只有朱老忠这样的人才能说得出这样的话,但在《白鹿原》中,身为财东的白嘉轩也能对长工说出这样的话。而白孝文是他儿子,向他借粮,他的心硬得像"滋水河里的石头",一口回绝。在得知白孝文将要把水地卖给鹿子霖时,他又一次将拐杖抽到了白孝文的脸上。其实,这一切也可以视为白嘉轩对白孝文惩罚的继续。在白嘉轩心里,他对白孝文的彻底绝望从他与田小娥偷情事发开始就已注定,根本没有任何挽救的念头与考虑。而事实上,也许白嘉轩的这种不留余地的"赶尽杀绝"的做法,正是将白孝文一步步逼进死路的原因之一。白孝文在"硬着头皮向父亲提出借粮"的时候,似乎还有些许出现转机的可能,而到了白嘉轩的拐杖抽到他脸上的时候,这个人对于父亲和整个家族，就成了一个完全的异类了："好啊好咧！从今往后再没有谁来管我了。"尽管白嘉轩将孙子引到了家里吃饭，已经自立门户的儿媳最终却还是饿死了，虽然她的死主要应该由白孝文负责，但多少也是白嘉轩对白孝文系列惩罚导致的一个后果。也就是说，白嘉轩在对白孝文绝望鄙弃的时候，并没有想到儿媳可能的命运，也没有想到他儿媳其实也是孝文堕落行为的受害者，而且从她作为妻子的角度来说，她才是最大最直接的受害者，但白嘉轩在处理白孝文的事情时，不仅不听取她的意见，反而是一种不管不顾的态度。倘若白嘉轩在整个处理的过程中，能站在他儿媳的角度来考虑一下或是为她的下一步有一丁点着想，她的命运也许都不会这样凄惨。但我们前面已经说了，白嘉轩脑子里没有这个，他只想着与宗族权力和名声相关的东西。他最后虽然也主动提出要儿媳到他那边吃饭，但此时已无济于事，白孝文绝情绝义、家财荡尽，已经令她心如枯木，生不如死，加之长期饥饿，等到白嘉轩意识过来，已经为时太晚。

白孝文媳妇的结局，让我们看到那时女性命运的另一层悲惨。她们几乎都是处于被决定的地位。无论是白孝文的堕落还是白嘉轩对其堕落的处置，我们发现作为妻子和儿媳的她都只能被动承受，毫无话语权，这是由宗法社会男女的不同地位所决定的。在那时，当一个家庭里的男人黑了良心要堕落下去，那么这家的女人注定将成为无辜的牺牲品，她们几乎没有任何有效的力量来阻止。白嘉轩曾在祠堂里惩罚过倾家荡产的烟鬼并对他们的妻儿给予资助，这种"外力"的干预却没有惠及自己的儿媳。如果说，他果断地处置孝文，为的是家族的名声和大义，因此顾不上也没想过要考虑儿媳的感受，那么之后面对孝文的破罐子破摔时则不应当丝毫不顾及和过问儿媳的处境。

●白孝文在田小娥身上一直是解开裤带不行，勒上裤带又行，最后竟然是在被惩罚之后才得心应手。小娥对此不解，白孝文却悟出原委："过去要脸就是那个样子，而今不要了就是这个样子，不要脸了就像个男人的样子了。"这段话，实际上正是白孝文一生的写照。

过去"那个样子"就是白孝文一心要当族长时候的样子,前面已说过,他基本还是被白嘉轩的思想影响着,因此虽禁不住小娥的诱惑,心里的犯罪感却深深伴随,使他无法摆脱纠结。

而现在"这个样子"就是在白嘉轩对他实施了一系列惩罚之后的样子。这一切的变化,体现了白孝文"性"的观念和心理随着地位、身份以及自尊的改变而相应地改变,这也是他完全从父亲白嘉轩的影响里脱轨出来的结果。

"性"在白嘉轩眼中,从来不具有独立的人本主义的意义,只不过是人实现道德责任的附属。他先后娶了七房女人,目的只有一个,从正面讲,就是生儿子,传宗接代;从反面讲,就是不能"无后"而沦为不孝。不要说纯粹的性在他看来无法接受,就是爱情他也不知所云。儿女的婚姻大事天经地义地都是由父母包办,办了以后就去履行传宗接代的义务,此外的一切行为都是违规悖逆。他之所以不认女儿,一个重要原因就是白灵居然敢不接受他为她安排的婚姻。这个把自己的"脸面"看得比什么都重要的父亲,可以让自己的儿子完全没有"脸面"地承受最羞辱的惩罚。如果说,被抽刷对于白孝文来说只是一次象征性的颜面受辱,那么,族长被废以及接下来的分家,则是一种实质性的被剥夺,而且被剥夺得十分彻底。这个"分家"不仅是门户、财产上的分割,更重要的是宗族意义上的区分,白孝文此后将不再是"族长"家庭的直接成员。转眼之间,白孝文已经在传统的伦权理威方面变得一无所有。正因白嘉轩惩治的彻底,使白孝文没有任何回转的余地,他只有被动地接受这一切,同时也使他干脆把原来奉行的一切抛得干干净净,或者说,是把原来父亲给他的一切还给了父亲。这也说明,原来的那一套道德规范并没有化为他自己内在的要求,只是停留在世俗实用的层面上或者说在族长继承相关的意义上被其遵守。当他再一次也是最后一次被父亲的拐杖抽到脸上而说出"好啊好咧!从今往后再没有谁来管我了"的时候开始,他才真正成为他自己了,一个内在、外在反差强烈的人物,这就是他现在的"这个样子"。正如李建军先生所言:"孝文的自尊心、尊严感,已经全被破毁了。白鹿原的礼法从此对他再没有什么意义了。"[1]需要指出的是,正是礼法剥夺了他曾经拥有的一切,所以他现在要变本加厉地对礼法进行报复,这个骨子里心高气傲的人用现在"这个样子"回敬一切戴着礼法眼镜看他的人,包括他的父亲。

显然,"这个样子"是一个完全堕落的样子!他白天公开地出入小娥窑洞,与小娥过起夫妻般的生活,抽大烟卖光了田地和房屋,几乎是害死了妻子,最后沦为乞丐几近饿死,连本也堕落的鹿子霖都感叹:"这个人完了!"虽然如此,"这个样子"却也给白孝文带来了一个意想不到的收获,那就是他竟然在小娥身上"行了",这使得两人的精神备受鼓舞。可以肯定地说,仅凭这个"行了"的喜悦,白孝文就绝不会为他失去的一切感到后悔,同时也为自己的破罐子破摔找到了慰藉,这也就是他后来在遇见鹿三时态度强硬的原因。

白孝文把他"行了"的原因归为"而今不要脸了",心里不仅没有悔过,而且应当说还有几分得意。应当承认,此时的他长期紧张的心理得到了松弛,感性本能与理性意志的矛盾被彻底缓和,他与小娥之间已经不存在让他感觉尴尬的心理障碍,无论白孝文实际上已经堕落到何种程度,他毕竟已不再处于自我分裂的状态,也就是说,他的性心理疾病已经被他的道德的堕落所治愈。这实在是很深刻的揭示,不仅有助于我们对白孝文这个形象进行灵魂深度的思考,而且对我们反思中国传统的以"礼"为核心的儒教文化对人内心的禁锢和扭曲也不无启示。

应当说,我们的小说中描写的"那个样子"和"这个样子"以及"像个男人的样子"的文字从来就不少见,但难得的是,作者笔下的白孝文并不仅仅为我们展示了"那个样子"和"这个样子"的表象,而且令人信服地将其与人物的内心演变联系起来,表现了这一个人物灵魂深处的矛盾发展及其必然结局。而最终白孝文不无得意的"就像个男人的样子了"的自我评价,不仅说明了亲历这一心理矛盾的当事人对此过程的价值认同,也为读者对白孝文的最终认识提供了依据。换句话说,此后白孝文的一切所作所为,均与他心目中的这个"男人的样子"相符合。

白孝文把"现在这个样子"说成"像个男人的样子",那是仅仅就性功能的"行了"而言,他当然不满意此前自己作为男人而不像个男人的样子,因此他自然要继续现在这个样子。但是,过去那样,现在这样,以及他心目中"男人的样子",又绝不仅仅就性事而言,它实际上同时包括了多个方面,意味着他整个人格价值和人生观念的大翻盘,正如李建军所论述的:"作者比较重视性压抑、性苦闷、性追求、性满足对人物性格转变和命运变化的影响,注意从这个层面和角度展现人物内心世界和性格构成的复杂性。"[2] "性"让小说中的黑娃变成了男人,后来又是"性"让黑娃变成了好人,这是《白鹿原》性描写值得我们注意的深刻之处。同样,"性"对白孝文的人生发展的影响也至关重要。虽然我们不否认,白孝文的变化还有着其他多方面的原因,比如传统家族教育的陈腐和僵硬、时代演变对旧的乡村生活方式的冲击,等等,但这些都只是构成可能的条件,是一种促进和加速其变化的外在动力,并未形成与白孝文"这一个"个体直接的必然关联。因此,直接导致白孝文人生改变的因素就是与小娥的偷情。小说里写得非常明白,在小娥勾引白孝文之前,他并没有对白嘉轩为他安排的一切有任何不满,我们也相信,此时的白孝文也具备抵御一般的改变其人生信条的诱惑的能力,他甚至能做到"不摸牌九不掷骰子,连十分普及的纠方狼吃娃媳妇跳井等类乡村游戏也不染指"。其实这些东西本来对他未来当族长也没有什么妨害,这至少让我们看出白孝文多少有些做作的成分,说严重点就是虚伪的表现,而越是虚伪的人越是具备抵御一般诱惑的能力,虽然仅仅是表现在外表方面。上面已经谈过,先前的白孝文完全是为白嘉轩而活着的,他的自身的生命欲求始终是被压抑的,在没有相当的刺激时,这种欲求一般不会决堤崩溃,但在"性"的诱惑面前,一切就又难说了。传统的片面性的伦理教育,因为无法真正面对人的内在世界,虽然表面上非常强势和高调,其实它的实际效果非常脆弱,受教者常常经不起别人动了"真格"的考验。小说中的鹿子霖对此就信心十足,是他唆使小娥去把白孝文的裤子抹下来,把尿尿到老族长的脸上,小娥果然马到成功。

小娥的成功,在白孝文身上也经历了一个过程,即上面提到的原我和超我的对立,直到被父亲发现,受到毁灭性的惩罚,终于导致了他的彻底改变,确立了他的"男人的样子"的标准,这个标准的核心就是彻底改变过去自己为别人活着的人生观念,一切都围绕着自己的身心要求。从某种有限的意义上说,白孝文这种观念对其父亲的伦理道德是一个否定,也是一个进步。但问题是,白孝文对其父亲的人生观念的否定,并不是建立在与之相比更为进步和合理的现代人文主义或人道主义的个性解放和个人本位立场之上,而是以一种极端和赤裸裸的自私自利为基础的,它并不是以对个体的全面和科学的认识理解为前提,而是完全由狭隘的个人本能所主宰和操纵,甚至是到了不顾颜面的程度,实际上白孝文是以一种相当消极的态度对父亲进行着反抗,是一种真正的人欲横流。这样的反抗,从另一种意义上说,又是一个退步,他的结局也就根本不能引起人们的同情,他的"男人的样子"也就不具备什么积极的人格意义,倒是把他引向了彻底的无耻,这就是他后来进一步变成一个心狠手辣的政客的原因。而对田小娥来说,当她觉得自己是着实害了白孝文并进而对他产生些许歉疚之情时,读者也许还会对她留有那么一丝好感,但她紧接着和他日日相混在一起,还陪着孝文抽大烟为自己的歉疚埋单时,又不由得让人们的这一丝好感烟消云散。这个时候的田小娥完全走向自我放纵的境地,因为此时黑娃还活着,并且还时常送些银两来给她,她跟白孝文如此肆无忌惮是确实招人鄙视和憎恨的,其中最突出的就是鹿三。

在对《白鹿原》的研究中,人们以往关注较多的是白嘉轩、黑娃、朱先生、鹿三等人物,他们当然也有很多值得谈论的地方,但就性格的丰富、灵魂的深刻来说,他们在艺术上显然不能说都很成功,比之白孝文,更是缺少深度。如果说前者大都具有一种承载作者某种观念意图的色彩,而后者则是非常鲜明生动的"这一个",很难用什么类型化的观念去形容;前者还只能基本停留在作品的文本当中,而后者则让我们想到生活中似曾相识的某些人。作为一部以"揭示民族的秘史"为己任的作品,这虽然还很不够,但如果没有白孝文这个人物,作者的这个愿望则更会大打折扣。再则,在小说中,白孝文前后性格表现反差如此悬殊,也为我们思考传统伦理道德教育的非人性、保守性和功利性带来深刻的启示。

●整个《白鹿原》中男女的性爱情节虽然不少,但大部分都是比较激烈情况下带有某种强烈情绪的文字,而缺少男女之间从容平和的文字,读了这一章田小娥与白孝文由"复仇"走到"相依""由恨生情"的描写,深感作者对男女性爱的另类开掘。白孝文此后无论多么阴险和虚伪,此时的他却对田小娥有着真实的依恋;而田小娥无论在整部作品中呈现出了多少副面孔,此时也依稀透出了几分母性未泯的善良,这就使这个形象在读者眼里显得异常复杂。她挑逗黑娃,主要出于对受到各种压迫(包括性欲)的反抗,即便被休遭人白眼,却也无怨无悔。与黑娃一起闹农会以及后来为报复白嘉轩而拉白孝文下水,则都可以视作为自己的命运而复仇的冲动,加上后面化身冤魂给白鹿原引来瘟疫并置杀死她的鹿三于神志错乱的境地,整个田小娥的形象,始终充满强烈的反抗精神。在《白鹿原》对传统宗法文化的全部反思中,作者通过田小娥的形象表现出的对女性受压迫者的同情和对礼教制度的否定最为激烈也最为彻底。全篇中,田小娥是唯一一个未得到族长白嘉轩原谅并与之和解的人物。白灵也是一个反抗者,也曾被白嘉轩视为不共戴天的仇人,但她反抗的内容与意义与田小娥并不相同,况且白嘉轩最后还曾为白灵的死"浑身猛烈颤抖着哭出声来",这其实也是一种和解。唯独对田小娥,白嘉轩却是以造塔压住其魂灵结束二者之间的全部纠葛。小说中有一段关于她死后借鹿三之口发出的控诉的描写,把读者对她的认识带入了如同当时听她诉说的村民一样复杂的境地:"我到白鹿村惹了谁了?我没偷掏旁人一朵棉花,没偷扯旁人一把麦秸柴火,我没骂过一个长辈人,也没揉戳过一个娃娃,白鹿村为啥容不得我住下?黑娃不嫌弃我,我跟黑娃过日月,村子里住不成,我跟黑娃搬到村外烂窑里住,族长不准俺进祠堂,俺也就不敢去了,怎么着还不容俺呢?"小娥说的那些个细节,确实能说明她不是个坏心眼的女人,但对"黑娃不嫌弃我"的轻描淡写以及没有提及她对白孝文的勾引掩盖了事情的关键。她说话针对的是鹿三,但真正的听众是白嘉轩,而白嘉轩不是黑娃,他信奉的是纲纪。作者在塑造小娥的形象时,心里既有因读地方志时产生的为宗法制度压迫下的不幸妇女鸣不平的愿望,整体上又受到以白嘉轩为代表的宗法文化的复杂态度的限制,因此就使得这个形象呈现出了自身并不统一的情形,她死后化作冤魂的报复更多地体现了作者的某种创作观念而缺乏性格本身的理由,尽管这种描写在艺术上颇有吸引读者的可读性,但就人物性格而言,并不充分水到渠成。

●鹿子霖从白孝文手里买白嘉轩的门房出于两个原因:其一是门房好似脸面,买走白家的门房无异于在众人面前揭了白嘉轩的脸面,这是鹿子霖觉得畅快的事,与此前设计陷害白孝文让白家出丑异曲同工,事前还为此假惺惺与白嘉轩先通气;其二是此时的白孝文已是抽鸦片上瘾,在出价时自然是三文不值二文,这在鹿子霖眼里觉得十分划算。此事给表面无所谓的白嘉轩造成了深深的心理伤害,白家内部的争执和之后两人见面时的唇枪舌剑可以证明这一点,二人内在的矛盾和较量已趋白热化和公开化。白嘉轩没有采纳家人、族人提出的直接制止鹿子霖拆房行为的建议,而是以"人说宰相肚里能撑船。要想在咱原上活人,心上就能插得住刀"的冷静和克制认可了白孝文与鹿子霖之间的买卖协议,因为这种依据协议买卖田地和房产在宗法社会里也是许可和常见的,白嘉轩自己就曾与鹿子霖有过这样土地买卖的协议。如果白家不认协议并且大吵大闹,不仅理亏的是白家,而且门房被拆的不光彩反倒会引起更多人的关注和议论,这正达到鹿子霖所期待的"尿到白嘉轩脸上"的目的。所以,眼见自家的门房被拆,白嘉轩虽然心潮逐浪,但表面上始终不失气定神闲,他要将鹿子霖所期待的"热闹"尽量往无事一般的方向引,让鹿子霖的尿尿到空沟里去。白嘉轩以他的内紧外松化解鹿子霖的美妙算计,一方面和孝武商量好挣回颜面、安慰祖宗神灵的方案,另一方面让心浮气躁的鹿子霖无计可施,足见此一回合,本处于不利的防守位置的白嘉轩虽不能说操了胜券,但至少没落下风。

注释：

[1]李建军：《宁静的丰收：陈忠实论》，华夏出版社，2000 年版 ，第165 页。

[2]同上，第 134 页。

第十九章

本章故事梗概:鹿兆鹏被捕,在岳父冷先生的努力下,通过田福贤的计策得以逃生。白孝文抽大烟荡尽家财濒临饿死的边缘,蒙田福贤举荐进入县里保安团。朱先生主持赈灾,与民同食。田小娥被人杀死在土窑之中。

●本章涉及白鹿原上三个另类人物的命运,一是鹿兆鹏,二是白孝文,三是田小娥。他们一个是从几乎必死中逃生,一个是虽生犹死、无耻苟活,一个是意外丧生。

冷先生对鹿兆鹏倾心营救并最终成功,在当时国民党对中国共产党实施"宁可错杀一千,绝不放走一个"的恐怖政策下,也算是一个奇迹,连鹿子霖都感到希望渺茫的事情,却只能由名义上的岳父的冷先生来完成。他所以能成功,在于他看准了田福贤能想出办法,他拿出自己一生行医的积蓄,加上自己的人情面子,将田福贤逼进想法子的轨道,这实际上已经成功了一半,它撕开了当时国民党严密对付中国共产党在基层的缝隙。这种缝隙虽然很小,但在冷先生这种做事极具效率的人面前还是变成了实现目的的缺口。冷先生一是找准对象,二是舍得血本,三是绝不三心二意,弄二回头的事,这都把田福贤往尽最大可能想办法的路子上逼。田福贤当然不会从要求释放鹿兆鹏的方面打主意,而是从顺着他的上司的方向去寻找机会,这便是先后组织手下的人要求上面"将鹿兆鹏押回白鹿原正法",一旦到了田福贤掌控的天地,使用起调包之计便毫不费力,他们的心计和智谋在服务于他们的贪腐和徇私上倒是发挥和体现得淋漓尽致。

冷先生之所以要救鹿兆鹏,是因为冷先生认鹿兆鹏是他女婿,而他女儿从一而终是他家的门风,显然冷先生不管政治,他托朱先生转告鹿兆鹏的也是希望他能给女人留个娃,让她能在鹿家待下去。这一起险峻的政治事件最终是从宗法文化里找到解决的法子,捡了性命的鹿兆鹏却无法承受这种结局:"我能豁出命,可背不起他们救命的债!"这个义无反顾的革命者难得在面对政治与人情时呈现出少有的愧疚,但这种感觉在他看来也不过是须臾之间,他倒是把面对冷先生时更大的尴尬留给了他爹鹿子霖,最终导致冷先生将鹿子霖从他的视线里抹去。鹿子霖的心情其实很复杂,从父子之情的角度来讲,他自然不忍心鹿兆鹏走上死路,但由于这个儿子给他带来了麻烦,他多少也有怨恨,尤其是因为在冷先生面前一直不好做人,所以会说出口气很硬类似"不救"的话,但在他心里,后面这两点显然都跟第一点不在一个层次,不能相提并论。特别是他说让冷先生的女儿名正言顺地再去嫁人,既有气话的成分,但更多的还是在冷先生面前卖乖。冷先生倾尽家财搭救女婿已经把鹿子霖逼到了墙角,在亲家这层关系上可以说让鹿子霖完全被动,鹿子霖把最后的希望放在了鹿兆鹏面对岳父的行为会回心转意、不再拧拗上,没想到的是他的愿望最后会再次落空。

鹿兆鹏被救以后,在书院里与朱先生有一段对话,这段对话包括了朱先生转告田福贤和冷先生的话以及他自己的一些主张。朱先生将他的书院作为搭救鹿兆鹏的中转站,是出于他超然的政治立场,但同时也有一定的风险和担当,因为这种超然已经明显有窝藏、保护中国共产党"危险分子"的嫌疑。朱先生对此也心知肚明,他虽是转告田福贤的话,要鹿兆鹏离开西安,否则救他的人都不得活,这里朱先生自己恐怕也会有所牵扯。鹿兆鹏对时局的主张无法说服朱先生,后者希望的是"国"与"共"合起来,"天下为公共",这显然是不切实际的一厢情愿,却可以理解为这是他保护年轻人和自己弟子的一个出发点。鹿兆鹏无法答应冷先生的要求,说出"倒不如让田福贤杀了我痛快",对此,朱先生的回答耐人寻味:"怎么又变得如此心窄量小了?"在男女问题上,即便是朱先生恐怕也理解不了鹿兆鹏所说得"我能豁出命,可背不起他们救命的债"。在这一点上,他与鹿子霖都很费解,为什么跟自己不喜欢的女人一起,竟会比杀头还难？这就是两代人之间对爱情理解的悬殊。

鹿兆鹏从铡刀下逃脱,其实并没有离开白鹿原附近,在参与了红军三十六军的行动并且失败以后,他又到了朱先生的书院,这之间相隔的时间应该不会太长。在这里他遇见了岳维山和白孝文。这里就有一个问题,之前田福贤用调包计留了鹿兆鹏一条命,是否与岳维山有过沟通？从岳维山的地位和反共态度的顽固,以及后来鹿子霖的老婆说他"整个滋水县凡我求拜过的神儿,只有岳书记是一尊吃素不吃荤的真神"来看,田福贤只能瞒着他干。但如果真是这样,那他现在又看到鹿兆鹏,岂不要十分吃惊？虽然当时他和白孝文没能抓住兆鹏,但事后怎会不严厉追究？而首当其冲的就是田福贤。但我们看到小说里似乎就当什么也没有发生,我似乎想不出这有什么理由,恐怕也只能归于作者的疏忽。

●本章说完鹿兆鹏,紧接着说白孝文,把白鹿原这两个下一辈的代表人物放在一起来说,无疑更显出人生的反差。当鹿兆鹏走了一遭鬼门关幸得逃生的同时,白孝文也几乎走到了生命的尽头,不过他们二者的缘由完全不同,鹿兆鹏是因为自己追求的革命,而白孝文则是因为自己的堕落。死亡的威胁已经迫在白孝文眼前,这种威胁显然比之前的众人鄙视和名誉扫地更让他刻骨铭心。鄙视和唾弃他都能承受并且事实上都已经承受,他已经完全不再顾忌所谓的荣誉和名声,他在家人面前表现出的强硬、拒绝孝武作为家人的劝回,表明他已经决心要将这种因对家族的背叛而产生的"耻辱的报复"进行到底,就像出壳的小鸡不会再回到原来的蛋壳里去,这当然也是对白嘉轩之前对他弃如敝屣的极端态度的一个反弹。但白孝文的这种报复没有达到"以死相抗"的程度,或者说他根本没想到这样做最后会将他置于濒死的边缘,饥饿太可怕了,因饥饿濒临死亡更是如此。当他听说白鹿仓正在发放舍饭时,那一刻他的求生欲望激励他不顾一切地往白鹿仓冲去。经过这生死一线的体验,他对活着的理解就有了"可怕的濒临死亡"的参照,能够活着就显得比什么都好,于是他把人生的意义定在了"只要活着",而且仅仅是为活着而活着,此外的一切,比如灵魂、良心和其他所有东西都微不足道,或者都无法与"只要活着"相提并论,此后白孝文的所有表现都是依据这一信条出发的。舍饭场上,田福贤和鹿子霖倒是给他提供了一条生路,他们推荐他去了县里的保安团。白孝文曾在此后的一段时间里很感激田福贤和鹿子霖的推荐之恩,但在大环境改变后,他也摇身一变为革命者,之后就绝不再念及这些。

鹿兆鹏在经历了死亡的威胁之后,并没有将个人的活着看得高于一切,他之后一直都在生死的边缘东奔西忙;而白孝文却是悟出了他的"只要活着"的人生理念。吊诡的是,鹿兆鹏是守身不正的鹿子霖的儿子,而白孝文是持身严谨的白嘉轩的儿子,这也许并不能说明什么,但似乎还是可以说明点什么,作为小说,其实很多东西未必都要详细言明,读者从中各自去体会、领悟就行了。

●真正到了生命的尽头的是田小娥,她被人杀于自己的住处——破旧的窑洞里。作者在情节上设置了一个悬疑,即没有按正常顺序交代她被杀的过程,而是在后来通过补叙来完成。这就在结构上显得更曲折和富有变化。众人面对现场的推测和议论也与后来真相大白形成意外的反差,增强了小说情节上的悬念——戏剧性效果,从而提升了小说的艺术吸引力。

白孝文对小娥之死的悲伤不能说没有真实的成分,她毕竟在他最潦倒和落魄的时候给予了他异性甚至是兼母性的安抚和依偎,当他的家人连同村里的人都以看败家子的目光看他的时候,这种安抚和依偎也许就成了他生命的全部。事实上,他也是在几乎要饿死的状况下才不得不离开那个窑洞,因而白孝文对她产生一种近似本能的情感并不意外,他努力扒开窑洞也是一种本能驱使下的情不自禁,甚至连最后的发誓"我一定要把凶手杀了,来祭你"仍然是情绪使然,仪式的意义超过实际的打算(小说里真正去报仇并弄清杀人者的是黑娃),白孝文的情感宣泄可以算是一次人生阶段的告别,此后他似乎能够松快一点地开始他的新人生,因此他在窑洞前的这一番表演更多还是为他自己。

第二十章

本章故事梗概：黑娃怀疑鹿子霖或白嘉轩杀了田小娥，在白家将要对白嘉轩动手的关键时候，鹿三挺身承认是他杀了田小娥，父子完全反目绝交。白嘉轩向晚辈讲述白家的家风故事，阐述自己为人处世的原则，同时不赞成鹿三杀田小娥。

●黑娃想到的两个可能杀小娥的人，一是鹿子霖，二是白嘉轩，一个是政治上的敌人，一个是宗法上的敌人。他的思路并没有错，事实上也的确与这二人相关，只是他们实际并未动手。鹿子霖设计要小娥把白孝文拉下水，导致后者人生的大翻盘，而不知底细的鹿三却只把这账记到小娥身上，因此鹿子霖显然脱不了干系，只是这种干系并不是黑娃所以为的政治方面的原因，而更多的仍然是宗族内部的互掐。而白嘉轩的干系在于将小娥视为异类，他始终是鹿三的精神支柱，尽管他绝不至于会在肉体上消灭田小娥，而且他事后还对鹿三说不该杀她，但他的人生信念在间接上还是对鹿三产生了一定的作用，他惩罚白孝文并废了白孝文的族长继承人资格，在某种意义上为鹿三的行为树立了榜样。鹿三已经被这个"家门之不幸"折磨得无法安宁，只是他不像白嘉轩拥有太多有效的手段，加之心性简单、固执、狭隘，他选择了这个极端的做法。作者写黑娃先是到了鹿子霖家，这取决于当他听说小娥被人杀了，"脑子里第一个反应出来的就是鹿子霖那张眼窝很深鼻梁细长的脸"，在听了鹿子霖的解释之后他再到的白家，到了白家还"悲哀地发觉，儿时给白家割草那阵儿每次进入这个院子的紧张和卑怯又从心底浮泛起来，无法克制"。这或许也是他"第一时间"先到鹿家的心理原因之一。鹿子霖和白嘉轩在黑娃面前的解释也有区别,前者只是声明自己没杀,但无法说出信服的理由,而后者则强调自己"一生没做过偷偷摸摸暗处做手脚的事"。当然,正处于对白嘉轩忌恨之时的黑娃没有相信白嘉轩的话,其实白嘉轩的解释是很有力的。

●黑娃想到两个可能杀小娥的人,都有一定道理,也有一定的干系,却没有料到真正的杀人者是他的父亲。鹿三亲手将儿媳杀死的行为在小说中也算是一个情节上的高潮,它同时也是白孝文、黑娃人生的一个阶段性结局,他们二人的人生舞台此后都离开了白鹿原,加上此前已经离开的鹿兆鹏、鹿兆海和白灵,白鹿原上又几乎成了老一辈的世界,此后小说改变了原先基本上以白鹿原上的故事为主的模式,而变成白鹿原上和白鹿原外两条线索并进同时也时有交叉的方式进行。

鹿三杀死儿媳的行为是鹿三形象的重要组成部分,也是我们理解传统的宗法文化的巨大影响力的一个标本。鹿三虽然只是个长工,基本上不具备理性思考问题的能力,但他凭借生活的信条和崇拜的偶像,却可以非常自信而坚定地照着自己的原则行事。他几乎很多事情都并非照着白嘉轩的具体吩咐去做,但又似乎每一件事都是在这个偶像的光照下完成的。"交农"事件中,他代替白嘉轩成为领头人并非出于白嘉轩的安排,但他在行动中"忽然觉得自己不是鹿三而是白嘉轩了"就是最好的说明。同样在捍卫和信服《乡约》的要求方面,白鹿原上无人比他诚心和坚定。这里面恐怕他更多的是出于对白嘉轩个人的诚服,而并非对《乡约》伦理精神的服膺。他屡次声明,白家是仁义之家,这个判断得自白家给予他的恩惠,这种恩惠除了经济和物质方面的以外,更多的是白嘉轩对他人格和精神方面的尊重,比如他为女儿白灵认鹿三为干大,平日总是郑重称其"三哥",以及常常告诫家人要尊重鹿三,鹿三从白嘉轩身上得到的这种尊重和信任自然成了他信奉白嘉轩所倡导的道德信条的动力,并且总是能在实践中围绕着确保白嘉轩的族长权威这个核心来行事。与其说鹿三为白嘉轩做出的最大贡献是他忠心耿耿地为白家干了一辈子的农活,不如说是在村里为白嘉轩树立了一个他最需要的伦常楷模。有人说:"鹿三,是最有道德自觉的长工,是芸芸众生可以被仁义驯服的明证。"[1]这个"仁义"不可能是抽象的信条,而是鹿三眼里白嘉轩表现出的为人的方式和原则。鹿三曾在多个方面比较白嘉轩与鹿子霖行事的异同,结论自然是对白嘉轩钦佩不已。笔者注意到,在小说中,鹿子霖虽然与鹿三亲缘关系更近,但他们之间几乎就没有说过话,相互间基本没有交集,甚至连涉及彼此话语的都没有,唯一一次就是鹿子霖被捕时,他老婆鹿贺氏曾找过鹿三想通过他要黑娃打探情况,结果被鹿三一口回绝。尽管小说不同于实际生活,但其中自有值得玩味的奥妙。鹿三死时,白嘉轩老泪纵横地哭道"白鹿原上最好的一个长工去世了",这个"最好"是白嘉轩站在传统宗法文化的立场上对鹿三的盖棺论定,而绝不仅仅是对他干活干得好的简单评语。通过这些分析,我们就不难理解面对田小娥,他心里为何会梗得厉害。他把黑娃和白孝文先后堕落——一个沦为土匪、一个成为败家子的原因全部归罪于这个女人,这些祸端带给他自己和尊敬的白家近乎毁灭性的灾难。这种"女人祸水"观念显然并不公道也不符合事实,但鹿三的木疙瘩脑袋就是这么认为,这当然与白嘉轩对"来路不明"和"来路不正"的女人的一概轻视和偏见有关,也是他自己缺乏具体问题具体分析的思维导致的结果,当然也可以视为传统礼教观念长期熏陶驯化的结果。即便退一步说,田小娥对黑娃和白孝文的堕落确实负有责任,但鹿三又何能将其置于死地呢?就连白嘉轩也觉得鹿三不该这么做。当然白嘉轩的出发点在鹿三之后怕有麻烦而不是田小娥该不该杀,他说:"这号人死一个死十个都不值得后悔,只不过不该由你动手。"这里我们可以看出主子与奴才在大目标上的一致而在策略上的区别。白嘉轩不愿做暗事,相信打铁须得自身硬,人家不听你的话就不用为其操心的洒脱和见识显然都是鹿三不具备的;而鹿三则会在信念的主宰下不顾分寸地一条道走到底。白嘉轩的担心并非没有道理,任意杀人毕竟非同小可,意识清醒时可以为自己的行为充分地寻找理由,但潜意识里存在的惊恐始终无法消除,鹿三最终要为此付出代价。当田小娥被鹿三的尖刀捅入后心后,她回过头来,惊异而又凄婉地对鹿三叫出第一声也是最后一声"大呀",就注定了这声音会在鹿三心里挥之不去,成为他的心病。此是后话。

●白嘉轩给白孝武口传木匣子的故事,其核心是农耕文化的励志、守本、勤劳与俭朴,这被视为白家的传家宝,拿今天的话来说,这个故事以及讲述它时的庄重的氛围已成为白家的"非物质文化遗产",它既是白嘉轩的信念,也是他的动力,靠着它,白嘉轩就能抵御各种挑战。这类故事通过口口相传得以保存和延续,是中国古代宗族家庭传递文化基因和价值观念的常用方式,它是先人的教诲和神圣化了的行为的结合,具有一种以不变应万变的精神力量,是一个家庭或宗族的精神大法。作者一再表白他写《白鹿原》放弃了以往服膺的"人物典型化"理论而转向"文化心理结构"理论,而这种"文化心理结构"的形成和凝聚于此得到充分的体现,它的稳定性保证了宗族社会里代际之间精神延续与循环的特征。当白嘉轩对鹿三和家人说出"三哥你数数我遭了多少难啊"和"我的心也是肉长的呀"的时候,说明他也有脆弱的一面,也有在承受人世苦难时的心酸与悲切。不过与众不同的是白嘉轩似乎意识到了这一切都不过是他所要选择的人生方式的必然代价,对此他同样有足够的心理准备和抗打击能力,这种能力有时候似乎强到了不近人情的地步,但通过木匣子的故事,我们对这种不近人情应该有一个可以接受的理解,祖上传下来的故事太令人警醒和有说服力了。作为白嘉轩这一代人,祖上的历史和教训几乎是自己人生行为选择的唯一参照,也是衡量家族成员是否成器的唯一标准。白孝文因为被归于违逆祖上精神的负面的一类,不仅被白嘉轩逐出家门,而且连其死活也不管不问。他庆幸自己还活着,否则白孝文作为长子,完全有可能陷白家于彻底破败的境地。白嘉轩在原则上的强硬的确具有领袖的风范,但其机械性的思维未免缺少人性化。他的"各家坟里也就是那几个蔫鬼鬼子上来下去轮回转着哩"的理论,实是将人铁板钉钉地粗略分类,一旦归于鬼类,即刻路见为仇,这种极其简单化的待人方式反映的是农耕文明下的宗法文化的粗陋与原始,这与后来白孝文命运转变特别是又回归祠堂、当了县长之后白嘉轩又觉得欣慰如出一辙。

可见,在白嘉轩的文化视野里他是"以类取人"的,这方面传统文化的确存在值得深入反思之处,20世纪产生的现代文学从"人的文学"入手、着眼新的时代"人"的觉醒和重新塑造不是没有道理,这个新传统在今天重估传统文化价值的时候不能轻易忽略,更不能不分青红皂白一味为封建宗法文化招魂而对此加以轻易地否定。我们从白嘉轩的观念和为人分析甚至吸收可借鉴的元素是一回事,而在整体上确立人的进步和发展的理念从而肯定现代社会对"新的人"和"大写的人"的探索和追求则是另一回事,而前者的最终目的还是为了面向后者。

●本章中黑娃起先要杀白嘉轩,白嘉轩对黑娃说:"你上回让人打断我的腰杆,后来我就权当活下长头了。"黑娃问:"你凭啥说是我让人打断你的腰?"之前黑娃组织对白嘉轩和鹿子霖两家的抢劫和报复,除了白嘉轩凭着行凶的土匪临走前的"你的腰挺得太直"这句话推测是黑娃做的,其他人包括鹿子霖都并不知道何人所为。白嘉轩也只把推测告诉了朱先生,连鹿三他也只求证了黑娃说的"我嫌嘉轩叔的腰挺得太直"这句话而并没有涉及其他。因此这次行动是何人所为除了白嘉轩、朱先生之外应当无人知晓,所以到此时黑娃仍然问"你凭啥说是我让人打断你的腰"也自有道理。问题出在这之前的小说第十六章(本章为二十章),鹿兆海跟白灵为国共两党的话题发生争议,鹿兆海对白灵说:"堂堂的农协主任鹿黑娃堕落成了土匪,领着土匪抢银圆,刀劈了俺爷又砸断了嘉轩叔的腰杆子……"这就有点突兀了,似乎把它作为已经家喻户晓的事情了。也许作者是为了强化兆海表达的需要,但未考虑到此事不仅不是家喻户晓,而是知情者很少,因此这里明显不太合乎情理。

注释:

[1]康桥:《中国现当代文学中的故乡想象与未完成的现代性》,《文艺争鸣》,2013年第8期。

第二十一章

本章故事梗概：土匪大拇指芒儿给黑娃讲述沦为土匪的缘由，他与小翠的相爱不得反遭小人妒忌和陷害，因此杀了仇人而亡命。他与黑娃筹划着如何将队伍扩大。

● 土匪大拇指的身世描述在全书中是一个与基本情节无关的插曲，而且长达一万余字，也许作者在创作积累中搜集到某些相关的故事，创作中不舍得割爱，其实它跟全书之间没有大的关系，只是交代大拇指成为土匪的历史原因和心理变化，这与本书的主旨是游离的，况且大拇指之人在小说中也并不重要，若要说他是为了坚定黑娃从匪的决心，似乎说服力也有限，无论从哪个角度来看，这一万多字都显得太长，值得斟酌。

就这个故事本身而言，其实也不是一个很动人的故事，而且也有点老套，或者说基本还只是一个停留在《故事会》水平上的故事，除了情节上有一些戏剧冲突以外，其意义内涵并不独特和深刻。二师兄和杂货铺一家坑人在前、郑芒儿报复于后，做下一桩杀人放火的大案以后，改名换姓出家做了和尚，之后又做了土匪。总体来说这是一个悲剧，造成悲剧的原因：一是小翠和芒儿的自由恋爱生不逢时；二是老木匠对世道人心理解的迟钝；三是小人的歹毒阴险；四是芒儿的冲动复仇。悲剧死了不少人，其实哪一个本都不该遭此不幸。小翠对芒儿的主动示好，体现了她对自由恋爱的向往，她对父亲老木匠说出事情的原委，希望能趁早了结与杂货铺的婚约，也是基于这一点，所以小翠身上多少有些亮点。但老木匠的迂执与二师兄及杂货铺家人的阴险将小翠送入了绝境；芒儿对二师兄和杂货铺一家的报复虽然过于凶狠,按今天的话来说就是"法理不容",但在当时的环境下,他确实也没有更好、更切实的泄恨手段,拿他自己的话说就是"旁人净给咱造难受叫人活得不痛快,逼得你没法忍受就反过手也给他造难受事,把不痛快也扔到他头上,咱就气解了痛快了"。这种狭隘的报复心理显然无益于社会问题的根本解决,关键是并没有刻画出人性的深度,只是呈现了满足自己一时之快的冲动,其后果就是让自己在社会上彻底被边缘化和极端化,这也是他后来成为土匪的原因。面对这个有一定素材基础的故事,作者在人性上并没有开掘出独特的内容出来,故事的两个主要人物小翠和芒儿只活在这一个与全书关系不大的孤立的故事里,而且多少有些偶然性的味道,并没有融入整个小说。芒儿后来成了三官庙的和尚和土匪里的大拇指,还有一些交代,但所起作用属于情节上的需要,没有成为堪称独立的形象。他的一番说辞对安抚黑娃的情绪似乎发生了一点作用,就是世道难料,做个土匪倒不乏自在,但也仅此而已,毕竟黑娃的遭遇与他还是有所不同 。

第二十二章

　　本章故事梗概:鹿兆鹏在黑娃的山寨试图说服土匪归顺红军。他参加的红军队伍的行动由于内部的叛徒而遭遇了连连的困难。在白鹿书院他与朱先生交流对局的态度,意外遭遇岳维山和白孝文又侥幸逃脱。

　　●鹿兆鹏对革命的忠诚和坚忍不拔令人印象深刻,但其信念与性格形成的内在逻辑交代不够充分,更多时候他都是作为一个已完成的形象出现,其实这种完成甚至在更早就已经发生,他成熟得不像小说中其他人物那样有细致的成长过程,这也许跟作者对这类革命者形象的不熟悉有关,因此在他身上发生的诸多故事都不能与其性格和心理产生吸引读者的关联,这些故事的意义也基本在于故事的本身。从鹿兆鹏在农运失败以后即从事红军领导工作的经历来看,他可以算得上中共最早的一批组织开展(而不仅仅是参加)武装斗争的人,加上政治品质之坚定和斗争经验之丰富,在组织内部应当说肯定具有一定的地位,而小说中始终将他写成一个神龙见首不见尾的飘来飘去的人物,直到 1949 年——从小说前边的描述可以推测,此时他应当有四五十岁了,还只是一个师部的联络科长,之后又不知所终,似乎都不太合乎情理。但另一方面,小说围绕他的活动留下的中共早期武装斗争的描写具有相当的价值,尽管有一些具体情节缺乏原生态的细节,多以作者的叙述交代,但总体仍然清楚明晰。许多过程与其他很多同类题材作品在某种先在观念驱使下的写作体现出明显的不同,而且这些作为全书主要情节和人物活动的时代背景也具有一定的作用。

　　●对黑娃这支土匪力量的争取,一直是鹿兆鹏为发展自己的革命力量的一项重要工作,虽然受当时整体革命形势的影响,这项工作困难重重,但鹿兆鹏的坚韧和顽强依然给我们留下深刻的印象。他参与的地方红军的遭遇为我们还原了第二次国内革命战争时期革命力量的艰苦处境,不仅要面对强大的对手,还有来自内部的各种干扰,冒险、盲动、内讧和叛变,这些都会在顷刻间让自己的力量毁于一旦,类似姜政委这样的人物可以说让读者感到触目惊心,同时也反衬出鹿兆鹏等人的难能可贵。

●鹿兆鹏与岳维山、白孝文相遇于朱先生的白鹿书院,正所谓"冤家路窄",朱先生的超脱、鹿兆鹏的镇定以及岳、白的假镇静都溢于言表。朱先生的一句"看来都不是君子",既是一种判断,其实也含有一丝不屑。正是他说的"到我书院来寻我的人,我一律视为君子,你们两家的冤仇你们去解,但必须等出了书院大门"才使得虽不是君子的岳与白也不敢贸然动手,而利用这句话得以逃脱的鹿兆鹏以"岳维山,我们后——会——有——期"表明自己并不示弱。事后白孝文曾感叹"碍着大姑父的面子我动手动得迟了",可见文化立场与政治立场之间的区别与纠结,但也因为这个面子的主人是朱先生——大姑父,文化的气场太过充足,完全压住了只论政治对抗的岳维山与白孝文,若是别人,则又难说了。

第二十三章

　　本章故事梗概:朱先生结束赈灾又投入县志的编撰,白灵来书院看望他跟姑妈。朱先生由白灵的面相想到她可能的命运,姑妈与她聊家常说及她退婚给父亲造成的难堪。白灵在县城遇到白孝文,二人之间的交谈貌合神离。她参与中共的地下活动,拒绝政府高官的垂青,在白色恐怖下加入共产党,与鹿兆海分歧愈深,对鹿兆鹏越来越觉得志同道合。

　　●朱先生承担的赈灾工作不仅得到了村民的感激——他们主动抬匾相赠说明了这一点,而且也得到时任县长的肯定。当初他排除阻力邀朱先生出山主持此事,要的就是堵塞漏洞、防止宵小之徒从中克扣。小说后面写到这位县长原来是潜伏的中共地下党,似乎为作者的这个情节描写做了呼应。朱先生将一摞清清楚楚的账簿交给他,并且表示"如若发现账目上有疑问,尽管追查",这都让人感觉是只有虚构的小说里才会出现的事情。当然这样写的主要目的是为了塑造朱先生"为生民立命"的形象,在百姓号寒啼饥的当口,搁置紧张的县志编修,体现了他事分缓急但主旨不变的初心。成就他的是不徇私心的主政县长,这事如有一方不廉洁公正恐怕都很难做到。后面写到白灵曾与这位县长有过联系,交代过他为掩护同志所起的作用,但不可忽略此处作者为完成朱先生的形象所做的安排。

　　●白灵的眼睛在朱先生看来似乎比当年的朱白氏即白灵的姑妈的眼睛更富有生气,甚至达到了习文可以安邦治国、习武可以统领千军万马的程度,这其实也是作者借朱先生之眼对白灵的定位与评价。她超出她姑妈的部分导致她走出了白鹿原,而与她姑妈相像的部分则说明了如若留在原上,今天她姑妈的状态和为人就是她明天的状态和为人。此前,对白灵的聪慧与特异作者就已经不吝笔墨:刚刚念书,写的字就胜过两位兄长;小小年纪的女孩,就敢于单独进城去读书;时局动荡之时,积极参与政治活动;"白色恐怖"之下,选择自己的道路义无反顾……如果说前面的这些描写还不过是对她性格形成的铺垫和交代,那么从这时起才算对她的人生命运的正式展开。作者通过补叙,插入她向王家退婚的一段文字,作为这种展开的开始,一方面体现了她的人生与传统家族主宰方式的彻底决裂,另一方面也表现了这种决裂对白嘉轩为代表的传统观念的冲击,虽然白嘉轩做出十分大度的加倍退回彩礼的补救措施来挽回影响,但这仅仅对白嘉轩产生意义,而与白灵毫无干系。在白灵眼里,封建的包办婚姻陈腐至极,对它的抛弃完全可以以一种游戏的态度对待,而这对于白嘉轩来说,则是揭了脸面的过失,以致他对众人宣布:"百姓里没有白灵这个人了,死了。"有意思的是,这是白嘉轩第二次对人宣布"权当她死了",第一次是她从家里逃走的时候。再联想到此前白嘉轩在城里要白灵回家,白灵不肯并且将铁剪子架到脖子上以死相逼,可以说自从白灵离家以后,每一次与白嘉轩的瓜葛无不是以生死相对,这一点对于白灵来说,一切都比较清晰,她要完全走属于自己的路,而对于白嘉轩来说,则是无论如何都搞不明白的。

姑父朱先生为白灵看的面相:"这种眼睛首先给人一种厉害的感觉,有某种天然的凛凛傲气;这种傲气对于统帅,对于武将,乃至对于一家之主的家长来说是宝贵的难得的,而对于任何阶层的女人来说,就未必是吉祥了……整个白鹿原上再也找不到这种眼睛的女子了。"这既突出了白灵的特异,也预示了白灵此后人生的坎坷,可以说,这似乎是对白灵性格命运的一个构思提纲。我们看到,白灵在反抗并最终逃出传统文化的束缚上虽经磨难,但因自己的坚定和决绝尚能过关斩将获得新生,然而在即将面临的新的人生选择之中,却绝非单靠坚定和勇敢就能确保顺利。现代中国革命的复杂性质决定了无数像白灵一样的革命者在成功地冲出封建枷锁投身革命以后却都遭遇了意料不及的困难,可贵的是白灵到死也没有放弃自己的革命信念和追求,因此她的不幸遭遇令读者在阅读时无不为之感到痛心。如果说这是诸多个体在总体的革命向前行进中可能付出的代价,那么这种描写显然相比此前同类作品的描写是有突破的,它没有停止于悲剧即将发生时的类似于"刀下留人"的情节陡转,而是直面革命队伍内部的"整肃",这也成为《白鹿原》一书在面对历史时的冷静与深刻之处。

比较白灵与田小娥两个女性反叛者的形象,是《白鹿原》人物研究的重要课题。首先,二者不在一个层次之上,田小娥具有反抗性,但基本处于低层次的水平,而白灵已经是现代社会里自觉的革命者;其次,田小娥的反抗具有盲目性,甚至还曾被人利用,而白灵则清醒地知道自己的事业的组织性和目的性;再次,二人的结局虽都具有悲剧色彩,都有含冤的因素,但田小娥是不容于封建的礼法,而白灵则是屈死于革命队伍内部的宗派与"左倾"。类似小娥这种被封建礼法所吞噬,以往的文本描写常常有女性当事人自我捆绑、甘当牺牲品的悲剧,作者在翻读志书时就见到不少这种心念节烈、为求褒扬的记载,他之所以要写小娥的不满和报复,这便是后来她所引起的瘟疫,体现了作者通过她对这种极不人道的现象的批判,田小娥的反抗性于此得到了最有力的表现,但田小娥的形象同时又充满了诸多复杂的因素,作者似乎在她身上想要表达的东西太多,同情与鄙弃、可怜与可恶并存,忽而站在弱者小娥的立场,忽而又站在朱先生和白嘉轩的宗法立场,终于使其反抗的意义显得模糊,读者也因此觉得困惑。而白灵的屈死则更多体现作者对革命过程复杂性的认识和反思,她的死让人神伤,虽然她率真耿直的个性对她的悲剧起到了加速的作用,但导致悲剧最终的原因不能不引起读者的思考,让人嘘唏不已。无论作者写作时的倾向,还是读者阅读时的感受,又都明显体现出对白灵的关切和认同,这就是基本态度和对艺术效果的总体把握,这种充满难度的描写既体现了作者创作态度的严谨,也体现了他的艺术勇气,正是这些方面,展示出了《白鹿原》的厚重。

●小说上一章写了鹿兆鹏与岳维山、白孝文在朱先生的书院不期而遇,本章又写白灵也来到书院,加上鹿兆海上抗日前线之前来书院与先生辞行和黑娃最后来书院成为朱先生的关门弟子,这些或回不了家或不愿回家的人都把书院当作一个精神憩息之地,都愿意再一次接受朱先生的教导,当然还有白嘉轩每逢大事也必到书院找姐夫求教。因此书院在小说中是一个重要的关键词,它的象征意义与白鹿、祠堂这些关键词可以在一个层级。李杨认为:"白鹿书院成为20世纪中国的一块精神飞地,白鹿原的各色人等,如共产党人鹿兆鹏、国民党人鹿兆海、纨绔子弟白孝文、革命女性白灵,还有土匪黑娃,他们皆在外受新学干新事,但只要一回到白鹿书院,一站在朱先生目前,就有重受洗礼的感觉,在历史的流转中,他们道路各异,但一回到那里,皆烦乱除尽心中熨帖。这里似乎成了他们把自己联结于中国文化母亲的脐带。"[1]这其实是对传统文化价值的最有力的突出,也是对朱先生这位文化之父地位和影响的最有力的突出。除了这一方面的原因以外,也要看到书院与祠堂和家相比,在情感上具有一种缓冲的地位。上述兆鹏、白灵、黑娃和孝文都是家族、宗族的反叛者,他们不愿回家,不进祠堂,以示和传统宗法制度的对立,但书院和朱先生更多体现的是整个的传统文化,他们对此的情绪要复杂得多,也缓和得多,同时朱先生亦师亦长的身份和平静谦和的为人也全然不同于各自家长的粗暴和生硬,这使他们获得一种久违的长辈的关爱,某种意义上,也可以视作长久被抑制的亲情的一种转移性释放。正如朱水涌所说:"在中国现当代文学的历史叙述中,'出走'已成为一种叙述历史的经典行为,它是冲破黑暗、反抗家族封建禁锢的有效的表达方式,在这样的叙事中,'出走'者往往就与自身的文化母体完全割断了联系,以此显示人物与过去、与旧文化的决裂,但意在揭示'民族秘史'的《白鹿原》的叙事显然要深沉而复杂,它让文化母体的丝丝缕缕缠绕在那些'出走'家园的人的心灵。"[2]小说中朱先生的书院,就是一个联结这种缠绕的节点。当然我们也要看到,书院虽不似祠堂那样体现宗法文化的庄严与权威,但它毕竟同时也是祠堂文化的精神资源,朱先生一边给下一代带来慰藉和温暖,一边也给白嘉轩带来道德实践的支撑,其中对付小娥的造塔方案就是在这里完成的。因此,我们既要看到它与祠堂之间的区别,也要看到它们之间的联系。

相比于鹿兆鹏、白灵、鹿兆海以及下山以后的黑娃对书院和朱先生的割不断的情愫,20世纪60年代和70年代的"红卫兵"们似乎就走得太远,他们眼里的书院和朱先生已经完全成为不仅不值得尊重,而且应当被彻底抛弃和批判的对象,这是小说中的一个重要的揭示。从对前者充满温馨的描述和对后者带有鄙夷的文字中我们可以看到作者的情感倾向,其中体现了他对近现代社会文化浮沉的深刻反思,在"传统中国"与"现代中国"在文化的定位上,陈忠实是有着自己的思考的。

●白灵的姑妈朱白氏跟白灵说起后者的退婚字条给父亲白嘉轩带来的伤害,在白灵这原本没当回事的事情,却让白嘉轩大伤脸面。朱白氏虽然仅仅说到此举对白嘉轩造成的难堪,但显然她也是站在传统一方的立场上的。不过,小说中却未提及朱先生对此的评价。从朱先生择妻时坚持须得自己看上一眼的描写来看,其实他并不赞同完全的包办婚姻,而且表示一旦自己看上的人即便"八字不合也是这个",推己及人,不能不让我们觉得他在面对白灵这样有着一双独特眼睛的聪慧灵秀的女子时,怜惜和关爱应当使他会对她的婚姻归宿有着"理解之同情"。这一层面的细微情绪则是白嘉轩所不具备的。他虽然也疼爱女儿,却不可能违背他的信条,所谓"长于知礼义而陋于知人心",在儿女婚姻大事上白嘉轩体现得尤为明显。朱白氏说他"苦就苦在一张脸上",这就是"面子",这个"面子"承载了白嘉轩的身份、地位、人望和口碑,是礼教观念和人格精神的融合,他看得如同性命一样重要。只要婚姻观念不改变,人的权利观念不改变,白嘉轩就会把这事与他的"面子"紧紧挂钩,成为他"人设"的重要组成部分。

●白灵与白孝文兄妹在县城相遇,二人之间发生了一场表面亲近、内里却十分疏远的对话。作为兄长,白孝文不失其关爱、教诲的身份,而白灵则透出敷衍揶揄的口气;白孝文一再强调他与白灵都有有家难归的共同点,而白灵则深为兄长的职业行径所不齿。这两个同为父亲的敌人的兄妹,相互之间没有遵循"敌人的敌人是朋友"的旧例,反而成为新的敌人,因此当白孝文对白灵说"咱们相依为命"时,白灵的内心其实充满了轻蔑。白灵与白孝文这对亲兄妹成为政敌,而白灵与鹿兆鹏这对同宗兄妹却成了战友,后来更成了恋人,而白孝文对没能抓住鹿兆鹏这同宗兄弟深感遗憾,这些事儿都是白鹿原上老辈人所无法理解的,因此也是白嘉轩的《乡约》文化所难以面对的。有趣的是朱先生在此前后与他们三人都有相处,明显难以对他们的思想产生实质的影响,预示着传统的以"孝"为先的礼法的让位,历史已经到了一个开演新戏的时代。

●20世纪30年代西安市民的生活状态和愿景我们可以从白灵二姑父一家了解,这是一个典型的小市民家庭。二姑父勤恳本分,也怀有家道盈富的憧憬,只是这在那个环境下不过是一个不可能实现的憧憬。他希望通过女儿的高攀婚姻给自家带来好运,最终也没有能够实现。尽管跟白灵相比,他们的人生未免太过于灰色和平庸,却是大量普通市民正常的生活情景,正是在这种反照中,我们看出鹿兆鹏、白灵的特殊之处。当国民政府的官员把"好运"送到白灵面前的时候,这正是二姑父对自己女儿的梦想,白灵对此却无动于衷,极尽揶揄调侃的语气,体现了她内心的鄙视。所在教会学校同学不断地被抓、遇害反倒是更坚定了她献身革命的意志。

●鹿兆鹏领着白灵在西安的啰唆巷15号里进行加入共产党的宣誓:"白鹿原上两个同宗同族的青年正在这里宣誓,向整个世界发出庄严坚定的挑战。"这个世界既包括白灵的父亲白嘉轩代表的传统秩序,也包括鹿兆鹏的父亲鹿子霖所卖力的现实秩序,这是白鹿原上新升起的力量。他们当下所面对的主要对手自然是国民党执政当局,从传统的宗法社会里反叛而出却是他们走上信奉革命之路的第一步,只有迈出这个门槛,才会有新的人生追求和奋斗,这二者之间有着相互联系但又不完全一样的逻辑关系。黑娃可以说也迈出了第一步,并且也曾参与农会斗争,但显然没有真正达到进入第二步的自觉。在以往的文学描写中,我们所见到的大都是将这二者混同而不加区分的情形,也就是将旧传统秩序与当下统治秩序当作一个对象,只看到他们作为革命力量上的共同的一面,没有注意到政治上的你死我活与文化上的相互对立之间的差别,像岳维山、田福贤对付鹿兆鹏的"必欲除之"

和白嘉轩对待黑娃的竭力挽救明显就有所不同，而像《红旗谱》这样缺少文化视角的作品，在这方面就显然没有类似的区别。20世纪50年代欧阳山的《一代风流》也是家族小说，在那里面家庭的出身成分成为一个决定人物人生最终选择的重要元素，与周家的工人、陈家的买办和何家的地主这些不同背景直接挂钩的是面对当下统治秩序的不同态度。

在极其险恶的政治环境下，白灵实现了她加入中国共产党的愿望。她和鹿兆鹏畅谈着对革命的信念和忠诚，不约而同地神往起家乡人所憧憬的白鹿，白灵更是直接说道"我想共产主义就是那只白鹿"，这里共产主义的信仰在二人心里具体化为白鹿所呈现的吉祥。从理论上说，这种联系或比喻并不严谨，或许还体现了白灵身上的某种幼稚和浪漫，却是很接地气的、很率真的一种表达，给人传达了一种具体而可感可触的温馨。首先这是白灵心目中所曾拥有过的最美好的图景，其次她是白鹿原上所有人，包括所有弱者都能领受的幸福，最后她是把一种本来比较抽象的理想化为很生活化的图景，这样就更加具有一种独特的生命体验在里面，除了原有的信念的力量，还能激励感性的兴奋与投入。这种独特的生命体验对人的心理、行为的影响是相当巨大而明显的。比如前面已经提到过的黑娃总是嫌白嘉轩的腰杆挺得太硬太直，就一直成为心里的梗，是一种属于他的独特的生命体验，尽管他知道白嘉轩对他好、对他仁义，但这一切都没有成为刻骨铭心的生命体验，也改变不了上面的"梗"在心里的难受，因此非得通过某种行为得以释放不可。一个人是这样，一个群体、一个家族乃至宗族甚至民族可能都是这样。小说创作一旦触及了整个民族的这种"梗"，就可以说是"揭示了民族的秘史"，陈忠实写《白鹿原》本就有这种抱负。揭示得如何，读者可以见仁见智，但这里就白灵和黑娃两个人物而言，通过揭示他们独特的生命体验来表现他们的行为选择还是十分深刻的。

注释：

[1]李杨：《〈白鹿原〉故事——从小说到电影》，《文学评论》，2013年第

2 期。

[2]朱水涌:《〈红旗谱〉与〈白鹿原〉:两个时代的两种历史叙事》,《文艺理论研究》,1998 年第 5 期。

第二十四章

本章故事梗概：鹿兆鹏结束了他在白鹿原上的东奔西忙，回到西安，与白灵结为假夫妻从事党的地下工作，共同的信念和默契的配合使工作顺利推进，同时二人之间建立了深厚的爱情，他们终于结合在了一起。

● 白灵与鹿兆鹏在西安一道参与地下斗争，由假夫妻发展到真相恋，是继之前黑娃与田小娥、白孝文与田小娥之后的第三个逸出宗法规范之外的二人世界的故事。虽然三者不可同日而语，但其实也有着相同之处，他们都是为传统的宗法文化所不许的：对白嘉轩来说，黑娃带回田小娥他是不许他们进祠堂的；白孝文私通小娥更是被他视为家族耻辱遭受惩罚的；而早先鹿兆海与白灵相处，他就有过反感，现在女儿和鹿兆鹏一起过，冲着鹿兆鹏是鹿子霖的儿子，加上他在原上早就有过女人，他无论如何也不会答应。但殊不知男女之间的事是"亲老子都顾不上"的。如果说黑娃和白孝文可能"顾"了，但终于还是抵御不住诱惑而不肯再"顾"，那么白灵和鹿兆鹏却真是完全不顾。至此，传统宗法文化在男女问题上的约束和限制经过黑娃、白孝文的有顾忌的抗争再到白灵、鹿兆鹏的完全无视，可以说已经基本丧失。尽管鹿兆鹏和白灵投身革命并非仅仅为了实现自由恋爱和婚姻自主，但在"革"封建专制的"命"的意义上，实现这两点也正是题中应有的含义。如果不走向坚定的现代革命之路，他们就做不到这一点；如果没有革命的信念支撑，鹿兆鹏就走不出原上有媳妇的阴影，而白灵也不会有一张纸条就解除了与王家小子的婚约的轻松。所以"亲老子也不顾"确实还需要一个大的背景的存在，正是这种大的背景提供的新的信念给他们带来的自由，反而使他们对这种新的信念的持守更加坚定。

鹿兆鹏与白灵通过假夫妻身份开展工作并发展到真心相爱，让人想起电影《永不消逝的电波》里男女主人公的故事情节。作为 20 世纪 50 年代的红色经典，这个电影在年纪较大的观众心里印象深刻，这使得小说由于同类模式的运用而减弱了它的艺术新意，有论者指出这仍然是因为作者对当年地下工作的不熟悉和缺乏了解。但是我们现在读到的《白鹿原》的小说与那部电影之间还是有所不同的。首先，电影里的男女主角并没有从传统宗法文化里脱离而出的背景，他们之间的结合显得比较单纯，而白灵和鹿兆鹏的结合是可以同时视为追求新的人生的一个组成部分；其次作为红色经典，电影在二人的男女之情方面尽量淡化，而是着重突出事业工作的配合与一致，还有李侠这个老战士如何带领帮助新战士的成长，而小说则是 20 世纪 90 年代的产物，市场化、大众化等倾向无疑对作者的创作有所影响，况且作为小说，其创作禁忌也不同于作为红色经典的电影，因此作者可以说是充满激情地描写了鹿兆鹏与白灵之间的情与爱，其中的性描写更是充分而热烈，就效果而言，几乎冲淡了他们所从事的工作。也许作者内心有一种考虑，小说前面虽然有白嘉轩、鹿子霖、黑娃、白孝文等诸多性的描写，但都缺少真正立足于爱的成分——即基于事业、理想一致的情爱结合，所以这里必须有一个弥补，以展示基于爱情的性行为的独特魅力。西方社会生物学家莫里斯曾将人类性行为归纳为以下十三种功能，即生殖、爱情、欢愉、交流、游戏、认证、征服、炫耀、麻醉、逃避、商业、政治和升华，这个当中难免还有交叉和混合，我们不妨将小说中曾出现的诸多男女之间的性行为与此对号，就不得不承认，只有白灵与鹿兆鹏的结合主要体现的是爱情的功能，其中当然也有政治的因素。从小说中那些充满诗意的文字，我们可以看出作者的描写明显不同于上面那些文字，而且作者还通过补叙的手法让白灵事后从容地加以回味，更显得意味隽永和绵密。这是全书诸多男女关系中唯一的一对建立在现代爱情观念上的结合，作者为此倾注的情感也更多更热烈。拿作者自己的话来说，就是："我以朦胧和象征的文字，写了白灵的诗样儿的美的感受，无疑也是我对新的最理想的婚姻的抒写。"[1]值得一提的是,白灵在激动之中,仍不忘拉着兆鹏"得先拜天地"。这说明在白灵看来,他们的举动与此后的结合是一体的,而不仅仅是一次男女间的行为,通过天地做证,他们获得了一种名分。虽然省略了他们认为不必需要的"拜祖宗""拜长辈"等程序,但仍然是严肃而正式的结合。在电影中倒是有一个细节,就是男女主角的联系人告诉他们"组织上已经批准你们结婚",重点还是在"组织"上,目的似乎只是为了能够更好地工作,并没有从男女人物的关系方面去展现,情的成分基本没有,更不用说性了。通过两者的细加比较,我们可以发现,小说作者在沿用"假夫妻"这种模式的同时,还是赋予了人物不同的内涵和承载,展开的角度和领域都有所区别。

●虽然鹿兆鹏和白灵的结合是对传统宗法文化的无视和颠覆,但对乡土文化当中某些温馨成分的眷恋仍然成为共同的精神依偎,这种沉淀在血液中的文化基因是不易也不必消除的,即便塑造的是走出故土的革命者的形象,也不需要将其完全抹去,而成为一个抽象、干枯的类型式人物,陈忠实无疑注意到了这一点。正是这样的描写使鹿兆鹏和白灵这一对结合体充满了更多的人情味和烟火气,从而使他们之间的联系除了信念上的同归还有情感上的共鸣。上面提到的对白鹿的神往就是这样,还有当鹿兆鹏对白灵说"准备做晚饭吧,让咱们的烟囱先冒出烟来",竟然一下子让白灵的心情变得激动起来,还有两人对家乡清明节时全村人一起参与荡秋千的回忆,等等,说明他们所献身创造的美好新世界还是有着现实感性生活记忆的参照的。特别是在白灵的回忆中,还有荡秋千之前,"家家户户提前吃了晌午饭便去上坟烧纸,然后集中到祠堂里聚族祭奠老辈子祖宗,随后就不拘一格地簇拥到碾子场上"。这也许是小说中唯一提到"祠堂""祖宗"不仅没有让白灵产生反感情绪,反倒有亲切和温馨之感的场景,这一刻的白灵和鹿兆鹏体现出了他们作为白鹿原的儿女与家园、故土乃至文化相依的一面,而这些带有地方风俗的乡土文化本身也具有值得怀恋和承续的一面。虽然白灵之后"奇怪自己怎么会想起来秋千的往事",更表明这种相依怀恋是下意识的、不由自主的,这对丰富他们的形象和性格是十分重要的。

●处决了叛徒、喝了祭奠牺牲的同志的酒,白灵和鹿兆鹏算是为一段时间的奔忙做了一个了结,也算对一直不平静的心情有了一种抚慰。本就对鹿兆鹏充满了敬慕和爱意的白灵终于忍不住表达了出来,这是小说中第三个由女方主动向男方示爱的描写,前面两个分别是田小娥对黑娃和小翠对芒儿,将这三次加以比较,会发现其中有很大的不同。小娥对黑娃是出于爱还是性?恐怕是后者大于前者,至少最初引诱黑娃时是如此。小翠对芒儿是一种朴实的民间的爱情,由于没有顾及他们生存的社会和文化的大小环境,其中多少含有不切实际的盲目成分,很快就以凄惨的悲剧结束。而白灵对鹿兆鹏却既包含强烈的爱的激情又不乏深思熟虑的自然迸发,是一种建立在共同的人生追求和对彼此的欣赏基础上的相互吸引,鹿兆鹏对白灵也是一样,他在梦中叫着白灵的名字已经泄露了这一点,只是两人的年龄、性格和经历的不同才会表现得有所区别,而一旦这层纸被捅破,相互间热烈的程度就正如小说中所描写的那样似"火山爆发"。作者有意通过白灵的回忆来重现那激动的时刻,显然已经是做了趋于冷静处理,但仍然是激情四射、诗意盎然。"他的整个躯体就是一座潜埋着千万吨岩浆的火山,震颤着呼啸着寻求爆发。她那时候突然意识到自己也是一座火山,沉积在深层的熔岩在奔突冲撞而急于找寻一个喷发的突破口;她相信那种猛烈的燃烧是以血液为燃料,比其他任何燃料都更加猛烈,更加灿烂,更为辉煌,更能使人神魂癫狂;燃烧的过程完全是熔化的过程,她的血液、她的骨骼和皮毛逐渐熔化成为灼热的浆液在缓缓流动;她一一任其熔化,任其流散而不惜焚毁。突然,真正焚毁的那一刻到来了,她的脑子里先掠过一缕饱含着桃杏花香的弱风,又铺开一片扬花吐穗的麦苗,接着便闪出一颗明亮的太阳,她在太阳里焚毁了……"这文字读起来,仿佛像郭沫若笔下《屈原》的《雷电颂》,又像是交响乐《梁祝》中最高潮时的旋律,可以说是作者一生中最为抒情忘我的文字,也许作者笔下太少出现这种"合理而又完美的结合"[2]了,才会如此动情、如此陶醉。还需指出的一点就是,作为一种"合理而又完美的结合"中二位当事人的状态与此前鹿兆鹏跟鹿冷氏的结合的状态以及白灵对王家婚事的不屑是形成强烈的反差的,抵制"父母之命"的鹿兆鹏和白灵对传统婚姻最不能接受的就是无视男女之爱,此刻他们用热烈而忘我的爆发演绎着他们所追求的结合,这无疑也是爱情和婚姻观念上的一次突破和革命,他们并不拒绝和排斥男女之情,而是不能容忍没有爱这个基础。

如果按照白鹿原上宗法文化的标准,白灵与鹿兆鹏的结合是完全不符合族规的。首先鹿兆鹏屋里是有媳妇的,即便再娶,也得有相应的程序;其次白灵在未经家长许可的情况下,私许有妇之夫也同样不合规矩,从性质上说,这二人的结合与黑娃和小娥的由偷情到结合是一回事,撇开当事人的主观状况不论,这中间并没有什么实质的区别。但就是这同样的事在不同的环境下发生在不同的人身上,就似乎让人觉得不可等同而论。若要想得到宗法秩序的允许、想进祠堂得到认可,这种行为断然会被视为"忤逆",而对立志要背叛旧的礼教秩序的人来说,则偏偏要如此体现自己对婚姻自由和两性幸福的追求和向往。

●鹿兆鹏与白灵在西安租住房子的房东魏老太太经历过的世事不同一般,别的不说,"我十六岁嫁人,到二十五岁跟现今这老头子成婚,九年嫁了七个男人,六个都是浮不住我成了阴司鬼"。又是一个"七",又是一个能否被"浮住",仅凭她告诉白灵的这一点,几乎跟白灵的爹——白嘉轩属于一个级别,而且作为女子,应当更显特别,只是她的故事在小说中并未充分展开,只是点到为止,但写她有能耐在敌人的眼皮底下保护白灵,想必也不算夸张。

注释:

[1]陈忠实:《寻找属于自己的句子》,上海文艺出版社,2009 年版,第 125 页。

[2]同上。

第二十五章

本章故事梗概:一场瘟疫降临在白鹿原,鹿三妻子和仙草也先后染病而死去,她们死前都梦到田小娥怨怒地哭诉。接着鹿三被田小娥魂灵附体,道出被杀的真相。族人在鹿子霖鼓动下,要白嘉轩为田小娥修庙以平息瘟疫,白嘉轩顶住压力,在朱先生的支持下,决意造塔把田小娥的阴魂镇住。

●《白鹿原》开篇的第一句话"白嘉轩后来引以为豪的是一生里娶过七房女人"被普遍认为是借鉴了拉美魔幻现实主义作家加西亚·马尔克斯《百年孤独》的开头,关于拉美魔幻现实主义对作者创作的影响,我们在作者所著的《寻找属于自己的句子》里可以得到确证。这种与传统现实主义不同的创作将幻象与现实、神话与现实水乳交融,大胆借鉴象征、寓意、意识流等现代派文学各种表现技巧、手法,以鲜明独异的地域色彩为特征。魔幻现实主义用丰富的想象和艺术夸张的手法,对现实生活进行"特殊表现",把现实变成一种"神奇现实"。把神奇和怪诞的人物和情节,以及各种超自然的现象插入反映现实的叙事和描写中,使现实的政治社会变成了一种现代神话,既有离奇幻想的意境,又有现实主义的情节和场面,人鬼难分,幻觉和现实相混,从而创造出一种魔幻和现实融为一体、魔幻而不失其真实的独特风格。从本质上说,魔幻现实主义文学所要表现的,并不是魔幻,而是现实。魔幻只是手法,反映现实才是目的。了解了这些,我们再来读本章白鹿原上突如其来发生的瘟疫,理解起来就比较容易了。从科学的角度来说,瘟疫是由一些强烈致病性微生物(如细菌、病毒)引起而蔓延的传染病,而像冷先生说的"这不是病,是一股邪气,是一场劫数。药方子只能治病,可不能驱邪"并没有科学上的依据,也可能是当时的医学水平对这种传染病还无法认识和对付的原因,所以人们将它视为邪气,并把它与人为的因素联系起来,小说里也正是这样来处理的。不论是小娥托身鹿三来为自己鸣冤,还是她的魂灵在她死后在白鹿原招来一场瘟疫,都可以算是整个小说中最突出的一个魔幻表现了。当然她托身鹿三说出被杀真相并直接与白嘉轩叫板,也有鹿三因为沉重的心理压力而导致精神恍惚的可能,这属于鹿三的意识分裂,但小说中已经写到当鹿三向黑娃道出是他杀了小娥之后,之前萦绕心间的忧郁得以解脱。因此,这里的托身鹿三与招来瘟疫应当看作是一个完整的部分,即都是作者通过魔幻的手法,来表现一种非传统意义上的现实,即田小娥这个弱女子被宗法礼教所吞噬的冤与愤,这种表现手法同时多少也糅合了当地民间某些传统说法,因而是一种引进的魔幻写法与土生土长的观念的结合。在染上瘟疫的人中,第一个就是鹿三的妻子和白嘉轩的妻子,他们都在临死前仿佛见到小娥被害的样子,而且是在她们面前道出真相、表达控诉。面对瘟疫,白鹿原上的各色人等做出的无奈、恐惧、迷茫直到最后白嘉轩的力抗都展示了非常丰厚的文化内涵。作者在阅读地方史志所产生的为无辜妇女遭受冤屈而怒发的不平声音,结合着白嘉轩维持纲纪不惜触犯众怒、大义凛然的举动,这也使情节的发展出现了戏剧性的冲突。正如周燕芬所论到的:"一部《白鹿原》,是一个巨大的矛盾体,留给读者的是新旧文化惨烈撞击后的一片狼藉。《白鹿原》创作的发生得益于时代变革的机缘,也必然难以逃避文化价值分裂的历史宿命。"[1]丁帆也在一篇文章中指出,从整部作品来看,作家是在两种价值观念的相互纠缠和相互排斥的混战中行进着的。一方面是对五四新文化的向往,另一方面却是对封建的乡绅文化的深刻依赖,这构成了陈忠实在两种价值观中的彷徨与徘徊,以致使得小说更有了一种价值的"漂移"状态[2]。在前面第十三章的论述中,我们也引用过雷达先生意思相近的话,针对的也是这种小说价值"漂移"的现象。为什么会出现这样的矛盾呢?何西来先生曾作过论述,他说:"作家文化价值取向上的这一矛盾不是凭空产生的,既有历史的根据,更有其现实的根据。从历史的根据来看,陈忠实在《白鹿原》里面对的是二十世纪前半个世纪的历史生活,而他的立足点却站在世纪之末。这就是说,实写的前五十年是包含了后五十年历史生活的参照和文化观念的演进的。如果前推五十年,在前半个世纪刚结束时,《白鹿原》这样的作品,是不可能出现的。文学的反思,是从历史实际出发的,不是从抽象的政治或文化理念出发的,而历史本身就充满了矛盾,怎么能指望作家的观念变成单一无矛盾的呢?《白鹿原》的力量,恰恰在于它非常真实地提供了像生活本身一样充满了矛盾的历史画卷。"[3]陈忠实在创作《白鹿原》之前的作品,虽然有生活积累,但大多是跟进潮流而缺乏独立的反思品格,其立意就比较单一和外露,而《白鹿原》创作上的突破正是体现在这一方面的改变(《蓝袍先生》可以视为一个转折的过渡)。这个当中,与陈忠实创作同时的一些作家作品和当时介绍进来的国外文学作品对他起到了启发和警示的作用。国外的像拉美魔幻现实主义的创作的影响在本书第一章我们就已经提到。国内作家的创作,作者自己特别提到了王蒙的《活动变人形》和张炜的《古船》[4]。特别是后者,与《白鹿原》一样,同为家族小说,同为乡村社会题材,叙述的历史时间也部分相近,陈忠实甚至一度有过将小说取名叫《古原》的念头[5]。张炜的《古船》虽然体现了强烈的人道主义色彩,表达了对弱者的同情和对暴虐的鞭挞,这些方面在《白鹿原》中表现得并不突出,但《古船》对旧有家族叙事的突破,尤其是以《红旗谱》为代表的将家族冲突与政治集团的交锋相重合、把家族仇恨与阶级对立相联结的叙述模式的改变,却对陈忠实从文化的角度重新思考家族小说提供了启示和借鉴。吴培显先生在论文《英雄主义——人道主义——文化人格主义——从〈红旗谱〉〈古船〉〈白鹿原〉看当代"家族小说"的演进及得失》[6]中,曾具体分析过其中的演变,从这种演变当中,可以看出《古船》作为家族小说对陈忠实创作《白鹿原》思想和艺术上的影响;而王晓明先生主持的一次由华东师范大学中文系研究生参加的"漫谈"也充分肯定了《古船》的创作对于陈忠实的《白鹿原》写作具有"开创道路"的意义。王晓明认为:"倘说在 20 世纪 50 年代以来的小说创作上,《故乡天下黄花》和《白鹿原》触目地标示出一条新的道路,我对这两部作品读得越仔细就越清楚地感觉到,这条道路的起点,正设在《古船》当中。……可以这么说,它的重心不再是人物,而是历史,20世纪中国的历史,也不再是图解某种权威的历史结论,而是表达作者个人的历史见解,这就是我所说的新道路,它或隐或显地贯穿在《古船》以后的许多小说中,而《故乡天下黄花》和《白鹿原》,则构成了它的两块最醒目的路标。"[7]

●白嘉轩在听了冷先生关于众人染病的说法以后,也倾向于相信这不是简单的病,而是邪气引起的瘟疫,于是安排起家人离开躲避。这里面有三点值得我们注意。一是老母亲居然不愿到书院去,并且说"我跟那个书呆子没缘儿,我不去",理由是烦朱先生,这是小说里唯一的一处表现白鹿原人对朱先生不敬的文字,虽然她自己也不清楚烦的原因。二是白孝武想顶替父亲留下来守家,白嘉轩却说"你守不住,你走"。这说明白嘉轩预感到此事并非一家一户各自应对那么简单,作为族长,他似乎还有更多更大的责任,这就为后面塑庙或造塔之争留下了伏笔,倘若留下来守家的是孝武,那么在鹿子霖下的套子和众人的群情推波下,他乱了方寸的可能性极大,而在白嘉轩不在场的情况下,一些后果就几乎无法挽回,这里充分体现了白嘉轩作为老族长的角色意识和判事眼光。三是仙草最终没有离开白嘉轩并在接下来也染上了瘟疫,成为白家唯一的一个死者,这对白嘉轩打击很大,也体现了这场瘟疫对白家的侵害,从而让白嘉轩在后来的塑庙与修塔之争中不是一个自家没有死人的"局外之人"。

●仙草与鹿三妻子一样都是带着深深的遗憾离世的。鹿三的妻子死前最后一句话是对鹿三说的"你咋狠心下手杀咱娃媳妇",这或许会成为鹿三活在世上最大的心理负担。而仙草死前只想见见被丈夫赶出家门的儿子和女儿,但这个心愿也被白嘉轩掐灭了。仙草一生唯白嘉轩是从,她几乎不对白嘉轩的任何主张有过异议,在白家尽心尽责,即便最后染上瘟疫,也还欣慰地觉得"我说我先走了好。我走了就替下你(指白嘉轩)了"。可以说是贤惠之至,但作为一个母亲,她毕竟还有自己的情感,尤其是儿女之心却不可能像表面对白嘉轩的服从一样说有就有、说没就没，这个一生勤劳、温厚的善良女性的临死遗憾其实也是对传统宗法社会男性权力至高无上的质疑和控诉，也就是说，她的这个最基本、最属于自己的人伦权利其实也掌握在白嘉轩的手中。但从宗法社会的礼义来讲，白嘉轩又实在无法让步，他是个性格完整统一的人，他知道这一步一旦退让，必将前功尽弃，以致后来众人要他为田小娥修庙也难以抵挡。我们可以说白嘉轩实在太不近人情，但这里已经不是人情的问题，而是他信守并践行的文化理念所致，只能说传统文化秩序与人之常情之间一直存在着裂缝和矛盾的。

　　鹿三妻子和仙草临死前都说见到小娥被刺死时的情形，但二人的态度泾渭有别，鹿三妻子我们之前已经说过，仙草则是依然使用着"不想见的""烂脏媳妇"这些充满否定的词语，这种差别道出了人与人之间深层次的不同。从小娥最终是自己儿子黑娃的媳妇这一点来说，鹿三妻子无论如何对她都会有一份牵挂，并对小娥的死露出了痛心，更何况是在即将离世的时候，也许她还人生第一次对鹿三的行为发出了埋怨；而对仙草来说，更牵挂的是自己的"马驹和灵灵"，这倒也合乎情理，但她对小娥依然充满了不屑，这多少让人感觉到一丝冷酷。常言道，人之将死，其言也善，仙草临死，面对已死的小娥却态度如一，这倒是将其描写得倾于"一贯"，尽管因为白嘉轩的原因她临终时无法见到自己的骨肉，但她依然与白嘉轩保持着思想上的"高度一致"。

　　●鹿三妻子和仙草相继死后，在白嘉轩和鹿三心里也是造成很大冲击的，二人的相互激励恰恰印证了内心的失落。之后鹿三突然变成田小娥的模样在白嘉轩面前的发难，一层意义自然是前面我们已经说过的作者用魔幻的手法表现小娥的诉冤，另一层意义则也可以看作是白嘉轩本人的一场内心冲突，变身小娥的鹿三所说的所做的可以视为白嘉轩内心对自己所作所为的怀疑和担心的层面，再意志坚定和内心强大的人，心理世界也不会是铁板一块，尽管最后的决定可能显得很坚决而果断，但前前后后仍然会有程度不同的反向干扰。白嘉轩与变身小娥的鹿三的对决，我们就不妨视作是白嘉轩内心对决抗衡的"公演",经过这个过程,白嘉轩对自己坚持的主导倾向是更加坚定和义无反顾,这就使接下来的拒绝塑庙而执意造塔的行为顺理成章,因为在面对公开的塑庙主张之前,他已经"关门闭户在屋里待了一天一夜,一个惩治恶鬼的举措构思完成"。

●围绕为田小娥是修庙还是造塔,也就是将这个女人视为神还是当作鬼的分歧再一次将白嘉轩推上了风口浪尖,也可以说是小说中塑造白嘉轩这个宗法文化的维护者形象的最后一个最大事件。此事的复杂性在于,它不仅仅关涉对田小娥的态度,而且是面对不断地死人,且众人都认定这灾祸是由田小娥引来的众议。许多本不关心田小娥但关心死亡威胁的人在此紧急和危难之际,也难免饥不择食、慌不择路,只要认为是能救命的稻草也会抓住不放。更值得注意的是鹿子霖瞅准了这是一个逼迫白嘉轩让步的时机而不断地从中挑唆和使力,他根本无意去关心瘟疫的威胁本身,而是努力将村民的情绪引向"怨恨杀死小娥的鹿三以及秉承主家旨意的白嘉轩"。他拉上村里的五名老者和冷先生,几乎是将内心企图和盘托出地表示就是要白嘉轩出面承办为田小娥修庙,从"看他给不给面子"这充满火药味的话里,可以看出他是如何处心积虑地要赢下这一回合。他还怂恿经验不足的白孝武:"娃娃,你这回领着原上人把庙修起来,你日后当族长就没说的了。"从这居高临下的"娃娃"称呼中,分明隐含着希望孝武主动跳坑的诡诈,这所谓的"当族长就没说的了",其实是一开始就会在鹿子霖面前矮掉半截,首先在鹿子霖眼里就谈不上没说的了。此时此刻的白嘉轩面临的挑战确实严峻,小说也将读者带进了十分吸引的情节。设想假如白嘉轩答应了这个要求,那他当初拒绝田小娥进祠堂、惩罚田小娥的一系列行为都会被人重新提起并成为事关自己的笑柄,而他一生践行的《乡约》精神的努力也将付诸东流,而且还有一个鹿三杀死小娥的正当性问题也会随之被提出,这庙一旦修成,就会让鹿三在原上无容身之地,这一切都会给鹿子霖变成嘲笑他的污点,这个"多米诺骨牌"效应的后果他看得很清楚,正如他在祠堂里所说的:"我只能按族规和《乡约》办事,族规和《乡约》哪一条哪一款说了要给女人塑像修庙?"这就从宗族的基本原则的角度给自己确立了制高点,话语虽然简单,却一方面可以回应普通村民的要求,另一方面也是提醒那个"乡约"鹿子霖背后十分起劲的徒劳。不能不说白嘉轩作为一位宗族领袖能在如此时刻力排众议、临危不乱且敢于担当,的确显示了他不凡的政治头脑和坚强的心理意志,而且在当时的村民对鬼神的认知水平下,这样做的利害后果还属于未知。白嘉轩本人也就做过请法师驱鬼的事情,因此他的行为尤为难得。虽然他的想法离不开姐夫朱先生的支持和完善,但最基本的还是立足于他自己的态度。鹿子霖之所以告诉孝武"跳过嘉轩哥这一关总不好嘛!顶好的办法还是由嘉轩哥执头儿,由他承办才名正言顺",其用意昭然若揭。正是想透了这前前后后的所有关节,白嘉轩才做出了令"剧情反转"的决定,他斩钉截铁地宣布:"我不光不给她修庙,还要给她造塔,把她烧成灰压到塔底下,叫她永世不得见天日。"这种强烈主体意识的表现充分体现了他"卡里斯玛"型的人格和意志。接下来他对白孝武说出的也恰是与鹿子霖截然相反的结论:"你能把塔造成功,你日后才能当好族长。"此一回合,鹿子霖显然又输了,白鹿原上矗立的这座塔此后多少会成为他的一块心病,与他原先期待出现的庙恰成对比。从白孝文的半途而废,到白孝武的关键时刻动摇,可见当好一个族长要面临的考验如何严峻,这也更加显出白嘉轩的难能可贵,用小说中屡屡出现的"最好的先生""最好的长工"的说法,白嘉轩亦堪称是宗法文化里"最称职"的族长了。从白嘉轩的处变不惊和力挽狂澜而言,显示出的是一种超常的领袖素质和能力。他对"瘟疫死人死得人心惶惶,大家乱烧香磕头我能想开",但要他低头让步绝不可能,重要的是不让步之外还有自己完全相反的方案,那就是不修庙而是造塔,把原来的退守改为进攻,由面临失分变成主动得分,这不能不说充满了坚定的意志和令人叹服的政治智慧,那座竖立在白鹿原上的六棱砖塔也就成为这种意志和智慧的文化遗存。有许多文章提到白嘉轩造塔的情节,都认为这体现了他对小娥这样违背礼教的女子的残忍,显出了他平日满嘴"仁义"的虚伪,这是脱离了整个小说文本和白嘉轩的整体性格来孤立地就事论事,前面已经说得很清楚,这个事件涉及的前后关系决定了白嘉轩只能这么做,他如此强硬正如他在其他方面的"仁义"一样是出自同一种信念和原则,或者换句话说,这也正是他的"仁义"观念的另一面,这二者不仅不矛盾,反而是一种深层次的一致。就艺术形象的塑造来说,白嘉轩性格的坚定和强大对于读者是具有明显的心理震撼的。作为传统文化的代表性人物,白嘉轩在以往的革命文学文本中,更多的是体现出顽固和保守的一面,总体上大都属于负面性的形象,因此作者往往也难以同时表现出其身上的优点和长处,倒是更多的同时具有狭隘、固执甚至阴鸷等特点。在经历20世纪80—90年代的文化寻根和反思之后,读者才对此产生了多元和复杂的认识,甚至还有了文化的审美期待,陈忠实的创作不能不说是受到了这种情绪的影响,至于他笔下的朱先生、白嘉轩做得如何,他们身上的精神到底体现得怎样,读者也许会见仁见智,但至少是有相当的读者能共鸣的。畅广元先生在谈到这一点时曾说道:"白嘉轩这个艺术典型给读者关于人类存在的真谛的启示主要是:人应该自主、能动地生存,为使这种生存有意义,人必须认真地建设自己、提升自己;这种建设和提升的一个根本原则,是不能脱离本民族传统的美德和修养,这样才能获得巨大的持久的人格力量。正因为白嘉轩这个艺术典型能够给读者以关于人类生存真谛的深刻启示,《白鹿原》才能够为人们提供一个独特的审美空间,让人们情不自禁地将自身在现实中所产生的关于生存的基本焦虑,在与白嘉轩的生存焦虑的对比分析中,有所反思,有所选择,进而或丰富其人生经验,提高其精神境界,强化其生存意义中的民族文化精神,或猛然惊醒,觉今是而昨非,愤然重构自己的理想人生。"[8]这话虽然具有优秀的文学形象的共同特征,却是由白嘉轩的形象而生发。

●六棱砖塔的建立是白鹿原的宗法文化对田小娥的一个盖棺论定,塔的威严矗立也许还更象征了男性在这个世界里的主宰地位,这既是白嘉轩作为这个男性社会当家人的意志体现,也是作为宗族领袖权威的体现,但是并不代表完全的道义上的胜利。前面我们已经分析过,田小娥的形象同时又充满了诸多复杂的因素,作者似乎在她身上想要表达的东西太多,同情与鄙弃、可怜与可恶相互并存与纠结，忽而站在弱者小娥的立场，忽而又站在朱先生和白嘉轩的宗法立场，终于使其反抗的意义显得模糊，读者也因此觉得困惑。因此，白嘉轩的立场并不完全等同于作者和读者的立场。现在我们不妨换个角度来看待这个问题，就是先不纠缠田小娥这个人物本身的是非评价，而是由郜元宝先生在分析这个形象时提供的其在文本中的独特意义，他指出："田小娥和《白鹿原》中任何一个人物都迥然不同。她恰似一面镜子，先后照见黑娃的善良与倔强，照见白嘉轩和鹿三基于儒家文化伦理偏激、愚昧与残忍，照见白孝文混合着真情的虚伪，照见鹿子霖灵魂和身体的邪恶和肮脏，照见小娥的穷秀才父亲的面子文化，甚至某种程度上也照见了貌似客观冷静的叙述者面对这个不幸女人时经常陷入的情感与价值判断的游移暧昧。"[9]这个自己似乎让人一言难尽的形象，倒是让读者对认识其身边相关的人物提供了难得的帮助。很显然，田小娥形象本身的复杂暧昧和一言难尽，也许正因为她承载了太多的"文化意义"，以致造成这种"文化大于人"[10]的现象。房伟先生认为，对于田小娥"作家始终不能在'批判'和'同情'外，找到恰如其分的整合方式"[11]，这是批评家言，对于作家来说，难度是很大的。不过还有一层含义是我们不能忽略的，就是六棱塔下虽然压住的是田小娥，但白嘉轩面对的这个违背宗族礼法的女子，却是与她的一系列具体行为相联系的，这些行为的背后又都有着不同的男人，而每一次又都是他们在共同地实施着违背宗族礼法的行为。白嘉轩惩罚的人是田小娥，但同时也指向这些行为，那塔下压着的也有鹿子霖、白孝文甚至年轻时黑娃的部分魂灵，这才能真正达到维护礼法的作用和目的，毋宁说，这对白嘉轩来说才是最根本的。

　　●这一章里有一个值得关注的细节就是冷先生对鹿子霖怂恿发起的修庙倡议"出人意料地表现出灵活的态度"，他说的"我早说过这瘟疫是一股邪气嘛！而今啥话都该搁一边，救人要紧。只要能救生灵，修庙葬尸算啥大不了的事"这话鹿子霖爱听，但出发点与冷先生并不相同，不过冷先生却并未意识到这一点。此前冷先生在和白嘉轩谈论预防瘟疫的时候，已经表现出对鹿子霖的嘲笑,本来一向在白嘉轩和鹿子霖二人之间保持平衡的冷先生此时已明显更倾向于前者,因此这里说出这番能让鹿子霖爱听的话颇为耐人寻味。其实道理也很简单,就是他毕竟是个郎中,不可能像白嘉轩那样时时处处有着极其敏感的"政治意识"。再说他开的药方始终无法救回一个染病的人,这也使他更倾向于认定这是瘟疫和邪气,再好的医生也无能为力。正是通过对冷先生的这个描写,小说才更加突出白嘉轩的不同凡响,突出他对付"瘟疫""邪气"以及背后的暗流所体现的担当和勇气,这就显然比冷先生光能治病要高出一筹了。打定主意要拒绝众人之意的白嘉轩对冷先生倒并无责怪,只是要他"你既然来了就甭走,跟我到祠堂去看看热闹",实际上就是要给冷先生开这个窍。

注释:

[1]周燕芬:《〈白鹿原〉:文学经典及其"未完成性"》,《西北大学学报》,2018 年第 1 期。

[2]丁帆:《〈白鹿原〉评论的自我批判与修正 —— 当代文学的"史诗性"问题的重释》,《文艺争鸣》,2018 年第 5 期。

[3]何西来:《关于〈白鹿原〉及其评论》,《小说评论》,2000 年第 5 期。

[4]陈忠实:《寻找属于自己的句子》,上海文艺出版社,2009 年版,第 39 页。

[5]李星、陈忠实:《关于〈白鹿原〉与陈忠实的对话》,《小说评论》,1995 年第 3 期。

[6]吴培显:《英雄主义——人道主义——文化人格主义——从〈红旗谱〉〈古船〉〈白鹿原〉看当代"家族小说"的演进及得失》,《中国文学研究》,2002 年第 2 期。

[7]王晓明:《〈古船〉的道路——漫谈〈古船〉〈故乡天下黄花〉和〈白鹿原〉》,《当代作家评论》,1994 年第 2 期。

[8]畅广元:《〈白鹿原〉与社会审美心理》,《小说评论》,1998 年第 1 期。

[9]郜元宝:《为鲁迅的话下一注脚——〈白鹿原〉重读》,《文学评论》,2015年第2期。

[10]同上。

[11]房伟:《传统的发明与现代性焦虑——重读〈白鹿原〉》,《天津社会科学》,2016年第4期。

第二十六章

　　本章故事梗概：瘟疫过后的鹿三精神日渐萎靡，白孝武为弥补在修庙和造塔上的过失倡议而主持了敬填族谱的仪式。鹿子霖被上司猜疑，耍了计谋又陷入后悔。白嘉轩为三子白孝义完婚，朱先生给他带来白孝文要求回乡祭祖的消息。

　　●从魔幻的角度来表现鹿三，当然也不失为一种文学的方式。但我们若从鹿三本人心理的角度来看，其实也有内在可循的脉络，这还是杀死小娥留下的严重后遗症。从黑娃知道了是鹿三杀的小娥，曾对他说"大！我最后叫你一声算完了。从今日起，我就不认得你了"，再到鹿三妻子因染上瘟疫成为村里第一个死者，死前对他所说的"你咋狠心下手杀咱娃的媳妇"，两个至亲的家人如此的态度再加上小娥临死前对他喊出的"大啊"的情境，再是铁石心肠的人也难以承受，尽管他一直在试图抗争，并且声明自己不后悔，但内心深处的纠结毕竟无法平息。白嘉轩把塔造好后，鹿三虽然不再被小娥"附身"，那仅仅是在宗法秩序的层面为田小娥"盖塔论定"，能为鹿三增添一点伦理支撑，但并不能解脱鹿三的心理郁结，所以他依然精神萎靡，以往的神韵消失殆尽。应当说，鹿三一生都是被"他者"附身的，之前附的是白嘉轩的宗族伦理，这几乎耗尽了他大半生的心力，当他以杀死自己的儿媳结束这种附身时，却让被杀的冤魂附了身。而一旦无所附身时，他就没有精神了，因为他失去了自己，或者说原本就没有自己。正如郜元宝所分析的："鹿三是白嘉轩的义仆，始终被这个'义'字囚禁着无法舒展。"[1]

　　●白孝武的过失虽然让白嘉轩失望，但毕竟不同于白孝文的过错，后者是违反族规的主动性犯错，前者是没有站稳族长立场的被动性错误，性情严厉的白嘉轩脑子里也曾闪过将其废弃的念头，但最终还是给了他改过的机会，那就是要他将塔造好。这里面自然还有一个重要的因素就是，白嘉轩已无更换的人选，族长继承制度限定了继承人只能在有限的范围内取舍，老三白孝义的德行明显不足，再说白孝文已经被废，再废老二白孝武，白嘉轩当然要顾及颜面、影响和后果。无论是一闪之念还是让位于冷静、综合的考虑，白孝武幸运躲过一劫。他顺利将塔造成自不必说，忐忑之心却未必平稳，他必须还要有进一步的主动作为来冲淡和弥补自己的过失，于是有了接下来的"敬填族谱"的动议，这个想法的出发点是他觉得"肯定会符合父亲的心意"，果然他得到了白嘉轩"你会想事也会执事了"的称许。

修填族谱的活动对白嘉轩来说，几乎是小说中他作为族长最后的一次主动性作为，也象征着他这一轮任期的一个带有总结性的工作，他同意白孝武的动议并放手让他去做，也包含着向下辈交接的考虑，可以说既为自己画上一个相对的句号，又为下辈提供一个清爽的开始。虽然后面还有像为鹿兆海治丧、接受白孝武、黑娃回归祠堂都仍然是他亲自出面，但那并非主动性，而是应对性的，他这样做，反倒是更体现出他的善于权衡轻重、把握大局的眼光和能力，也显出他比表面滋润、内里却越来越别扭的鹿子霖更踏实和处理问题的游刃有余。

●敬填族谱的仪式在传统宗法社会里是一项重要而神圣的宗族活动，也是整个家族修谱活动的组成部分，它对宗族的承传和凝聚作用巨大，即便仪式本身也能让族人产生心理和情感上的共鸣和熏陶，获得一种宗教般的感化效果。祖先的意识、根脉的意识、代际的意识以及个体与群体的意识正是在这种熏陶中被强化的，以此成为宗族维系和管理的重要环节。随着宗法社会的瓦解，这类传统的仪式已不复存在，但其中留存的文化遗传密码仍然值得重视，某些地方近些年某种程度上对这些做法的恢复，也同样值得我们研究，哪些东西该继承、哪些东西该舍弃，应当要有一个清醒的认识。

●鹿子霖的纠结自然与他自身的性格有关。按说他儿子鹿兆鹏投身革命,本不会成为他里外难做人的根本原因,白嘉轩的女儿白灵也投身革命,只是鹿子霖却热衷于要做"乡约",这就让自己夹在政治势力之中为难。其实在对抗红色革命方面,鹿子霖也算是坚决而明确,但作为要仰赖岳维山、田福贤的政治爪牙,他除了能为自己谋得一点实际利益以外,并没有任何真正的人格分量,因此在当时的统治势力范围内,在那个本就缺乏信任而且充满相互猜忌和倾轧的群体,他被轻视和欺负也就并不奇怪。而鹿兆海拉上团长羞辱岳维山为父亲出气,却让人感到这位曾经的热血青年竟也被当时的龌龊之气所沾染,同时也多少显出了鹿家祖传的门风。当田福贤甩出来几句嘲讽的话后,鹿子霖马上又为自己的轻浮而不自在起来。这就暴露出之前冷先生说他的心性比白嘉轩差远了的毛病。假如鹿兆海此刻适时地劝阻父亲别再做什么"乡约",他也欣然接受,那也许就是另一回事了,但是没有假如,他的性格不会有这种假如,同时作者也不倾向于这种假如,鹿子霖的一切就是白嘉轩的反衬和对照。

●白孝武敬填族谱展轴和卷轴之时,都告诉了鹿子霖时间,但他始终没有露面,白嘉轩说:"你把他当个人,跑圆路数就行了,他来不来不算啥。我看那人这一阵子又张张狂狂到处串。人狂没好事,狗狂一摊屎喀!"鄙夷之情,溢于言表,这似乎并不像白嘉轩平日谨严的风格。可见经过庙塔之争以后,白嘉轩与鹿子霖之间的芥蒂是越来越深。鹿子霖不来露面,自然是公开不把宗族的事和新老族长放在眼里,而白嘉轩此前在冷先生面前对鹿子霖的嘲笑和这里充满刻薄的嘲谑,都说明二人之间的矛盾几乎突破了先前心照不宣的相互顾及颜面的底线。虽然小说中的诸多情节表面看来似乎与他们二人之间的关系并无直接关联,背后却处处体现了他们二人的暗中较劲,这是小说整体结构上的一大暗扣,许多看似无关的情节都跟这个暗扣有着紧密的联系。

●小说对白嘉轩三儿子白孝义娶亲各个环节的描写,充分体现了作者对乡村婚丧喜事的熟悉和兴致。作者长期工作和生活在乡村,平时也热心于为邻里乡亲的婚丧帮忙,自然于农民的婚丧文化有自己独到的体会和积累。孩子结婚,在乡村是难得的当作节日的大事。"因为是德高望重的族长的儿子完婚,白、鹿两姓几乎一户不缺都有人来帮忙。"参与帮忙的人家的多少,在乡村往往是衡量一户人家口碑和人脉的重要标志,白嘉轩无疑在这方面是众望所归,虽然其中不乏势利和违心之人,但更多人还是希望从喜事中沾得喜庆和吉祥,这正是传统民间文化的富有人情味的一面。鹿子霖成为婚礼的执事头,白嘉轩对此也表现出充分信赖的大度和认可,都把彼此间的芥蒂放在一边,根本看不出二者内心深深的敌意,这就很真实地表现出了人与人之间关系的多重性和弹性,也表现了特殊文化情境对人性的制约和化解,尽管随着情境的复原,一切又会照旧如初,但这片刻的改变注定会存留于当事人的记忆,成为全部交往的组成部分。

●白嘉轩关于定亲娶亲和女人在家庭中的作用的一段思考虽然似乎与女人在其心中的地位不甚吻合,但这里偏重于居家过日子的实际考虑,应当说体现了他对家庭人际的思考和生活观察的精细。白嘉轩作为族长的一个可贵之处,就是他并不仅仅看重族长的威势和满足于行使族长的权力,而是能够站在更高的层面上思考和琢磨宗族的生存和发展,他对灾祸、生死的理解,虽然用的是朴素简单的车轴的比喻,却能够为面对生活的各种艰难去寻找支撑的动力并引导村民顽强地继续前行。这种来自民间的精神力量是中国传统文化中值得挖掘的资源,用陈忠实的话来说,就是通过"剥离"是可以吸取其中的积极因素的。乡村建设中最重要的动力和落脚点都是人民,光靠政府、国家显然事倍功半,必须动员和发挥基层本身的力量,这是我们面临的课题,也是《白鹿原》能够给我们的启示。不过白嘉轩的认识中也有偏狭之处,他认为"黑娃要是有个规矩女子肯定不会落到土匪的境地",似乎过于局限于一家一户的范围来看问题。黑娃沦为土匪,有着诸多复杂的原因,他是由参加革命失败而落草的,这种社会的、政治的因素显然没有进入白嘉轩的视野;再说他后来娶了应该说是"很规矩"的高玉凤,一心要"学做好人",却没有逃脱被镇压的结局。可见,白嘉轩的认识仍然是停留在封闭的传统宗法秩序的格局内,对子女的婚姻也是从父母包办的角度来看待的。

我们今天面对这种传统文化资源,可取之处在于如何认识和重视妇女在农村家庭中的地位,提高她们的素质,发挥她们的作用,而不可能完全像白嘉轩那样保守、狭隘地看待这个问题。

●个体的成长过程中有一些重要的因素会在某些关键节点上对人产生大的影响,比如婚姻、变故、亲近之人的聚散等等。白孝义因娶了媳妇,一夜之间顿觉自己成了大人,之前未有的生理体验转化为一种心理上的巨大改变,既形成"告别娃娃家"成为"大人"的自觉,也让我们体会到婚礼等仪式的特殊意义。孝义因之对仍为"娃娃"的伙伴也显现出"大人"应当保持的距离,这就必然会影响甚至结束他与兔娃之间的"发小"情谊,这种变化需要以强烈的心理刺激为动力,婚姻中的婚礼仪式和性行为显然属于这种强烈刺激。研究和探讨性行为对人性格的影响和成长的意义,不仅是关于性的科学研究的课题,更是涉及人的成长变化的社会性课题,理应成为文学作品所要关注的对象。文学中的性描写只有达到这个层次,才会具有内在的深度,成为作品整体内容的有机组成部分,同时也才不会因为流于表面的色情而成为忌讳和诟病的对象,所以性与婚恋在文学作品中没有能不能写的问题,而是怎样写、如何写出性文化、婚姻文化的内涵和深度的问题。

注释:

[1]郜元宝:《为鲁迅的话下一注脚——〈白鹿原〉重读》,《文学评论》,2015 年第 2 期。

第二十七章

　　本章故事梗概：白嘉轩答应了让白孝文回乡祭祖。黑娃被保安团捕获，白嘉轩积极搭救。黑娃终于在包括白孝文在内的各方相助下成功越狱。白孝文回乡祭祖，上演浪子回头的好戏。白灵在城里参加抗日活动，白家遭到特务搜查，她和鹿兆鹏在城里也无法安身，鹿兆鹏安排鹿兆海送白灵出城。

　　●白孝文要回白鹿原祭祖，这是这个人生事业正处于顺风期的浪子向众人显示回头的举动。凭借他的才干，在保安团里干得风生水起这并不奇怪，问题是他原来的堕落似乎并未影响他在县里的发展，而现在为何又要来补上这一页？其实小说里插入的黑娃被抓又越狱的情节，不仅仅是时间上刚好发生在一起，同时也能帮助我们更好地认识白孝文。

　　白孝文抓捕黑娃，那是他的职责，若能尽快除掉他，不仅是显示业绩，而且还能去掉心里关于田小娥的疙瘩。起初父亲白嘉轩要救黑娃的提议被他一口回绝，可当外来的压力对其及家人的生死造成了威胁时，他便转而加入了帮黑娃脱险的阵营，之后还煞有介事地在上司面前上演引咎辞官的好戏。于此可见，此人不仅无操守、无信念，而且虚伪和狡诈，实际上已成为一个极端自私自利又无耻至极的政客。当他得知黑娃在逃脱之后表示勾销了与他之间的冤怨时，他顿觉在此事件中他得到了很多好处！他的感觉是舒心和轻松，而丝毫没有因为徇私而产生的不安和负疚。这样一个人如今要回归祠堂祭祖会是真心学做好人而不是演戏吗？尽管连朱先生在劝说白嘉轩同意白孝文回家时都说："他学瞎，你不认他于理顺通，他学为好人，你再不认就是于理不通。"朱先生也只是就白孝文想回来这件事情本身评价，"回来祭祖"一事其形式在某种意义上可以视为"学好"的内容,正如朱先生说的"他想回来给你认错"一样,我们并没有看到白孝文后来对自己的"错"有什么反思、今后该吸取什么教训,反倒是有一种"衣锦还乡"的惬意,所以他觉得他主动要求回来就足以显示"认错",显示"学做好人",至于内心到底打的什么算盘,这个形式本身却不会显示出来,所以朱先生说得并没错。而由起先的不答应到白孝文回来以后听到族人的热烈反应,白嘉轩居然也感到荣耀,而且心理得到了补偿,白孝文营长的头衔似乎是白家德仪门风的写照,这正是传统文化以外在身份、荣誉取人的反映,一切都只看形式,虽然有着诸多"正意诚心修身齐家"的内在要求,但实际衡量起来还是表面的荣光。真正能思考回来的意义的倒是白孝文,不过他并不是真要学做好人,正如他自己清醒地意识到的:回来之后接触到的一切,都使他潜藏心底的那种悠远的记忆重新复活。这些复活的情愫仅仅只能引发怀旧的兴致,却根本不想重新再去领受,恰如一只公鸡发现了曾经哺育自己的那只蛋壳,却再也无法蜷伏其中体验那蛋壳里头的全部美妙了,它还是更喜欢跳上墙头跃上柴火垛顶引颈鸣唱。他对妻子说:"谁走不出这原谁一辈子都没出息。"这没走出去的人当中包括朱先生和父亲白嘉轩,所以他的回来认祖纯属虚伪做戏,他的意味深长的"回来是另外一码事"妻子不懂,旁人也不会懂,只有他自己心里有数。一个把活着本身当作活着的全部目的的人会利用一切途径为自己获取有用的资源,搬演一番回归祠堂、乞祖宗宽容的形式流程纯粹是为他"以一个营长的辉煌彻底扫荡白鹿村村巷土壤和破窑里残存着的有关他的不光彩记忆",并为下一步的发展在道德层面加分,他太清楚在他人生的这一个关键时刻跪倒在祠堂里的价值了,这才是他此行的真正目的。作为一个"成熟"了的政客,白孝文体现出了比田福贤和鹿子霖这些唯利是图的劣绅更深邃的心机和谋略,其身上的虚伪性和欺骗性也更大。本章写白孝文回乡这一部分文字的开头,作者在描述四月这个原上顶好的时月里的气候和麦香之后,却冷不丁写下这样一句话:"罂粟七彩烂漫的花朵却使人联想到菜花蛇的美丽……"这似乎就别有深意,似乎也提醒我们要对白孝文的行为做些其他方面的联想。

●黑娃被捕,白嘉轩要去探监、并且还要争取将他释放,白嘉轩的理由是"我要是能救下黑娃,黑娃这回就能学好,瞎人就是在这个当口学好的,学好了就是个好人"。应当说,看着黑娃长大的白嘉轩确实是真正了解黑娃的人,他知道黑娃骨子里到底是个什么样的人。尽管黑娃一生与他为难不少,但他坚信这都是源于两个人同样具有的"又执又拗"的性格,即民间所谓的"彼此犯冲",而实际上并非真正水火不容。黑娃嫌白嘉轩腰板挺得"太硬太直",完全是一种心梗;而白嘉轩坚持己见并不以他人喜好改变自己,而且要最终让黑娃意识到这种"又硬又直"的价值。白嘉轩对此充满信心,并且一直在做着努力。他把黑娃面临的生死关头看作是"浪子回头"的契机,一方面是出于对黑娃的了解和信任;另一方面也是出于自信,这从他借孔明自比中可以看出来。所以,与其在这里肯定白嘉轩的肚量和德行,不如更深入地看到他的眼光和信念。事实上,黑娃后来终于实现"学为好人"也证明了白嘉轩的判断,只是这比白嘉轩所期望的"这个当口"要稍迟一些了。

●作者用倒叙的手法,先写军统对白家的搜查造成白家上下的恐慌以及对白灵的挂念,这跟当日白天因白孝文回归形成的气氛恰成了对比,印证了事后白嘉轩福祸相继、相反相成的人生感悟。再从头讲起事情的原委,就是白灵在城里如何动员抗战以致身份暴露被迫转移至根据地的经过,然后又一次回过头来,再写白家围绕白灵的话题。这里面叙述的顺序和角度几度变换,但情节交代依然清晰,既能和全书的基本情节形成对应和联系,又能符合人物形象发展的轨迹,避免了白灵、鹿兆鹏、鹿兆海的故事与原上生活过于脱节的可能,这里充分体现了作者构思上具有的全局观和整体观。

●白灵与鹿兆海、鹿兆鹏兄弟的恩爱纠葛直到白灵去了根据地也就是与他们此生相互告别之时才算结束。虽然白灵和鹿兆鹏由同志发展为伴侣的关系已经十分稳定,但鹿兆海对白灵依然痴情未改。当他得知自己嫂子白灵已有身孕时,其惊讶、怔愕甚至几近愤怒的反应可想而知。他对鹿兆鹏的怨怒既合理也不合理。自己的亲兄弟夺走了自己的心上人当然觉得沮丧,对他居然还反过来求自己帮忙更是恼火,所以他的怨怒、他骂兆鹏脸皮厚确也合理。但是他与白灵已经明确属于两个不共戴天的政治阵营,结合已无可能,白灵根本不可能接受超越政治立场和斗争的爱情,而鹿兆海始终还抱有这不切实际的幻想,因此他的怨怒属于不合理的单方面情绪。好在作者对他多少还有一些好感,让他在听说了白灵因主张抗日甩了国民政府陶部长一砖头而不得不转移时表现出了爱国青年的正义感,否则尴尬的气氛还难以化解,当然这也符合当时的历史实际和鹿兆海的基本性格。小说中鹿兆海护送白灵的这一段应当说写得比较生动,这个情节的设置也体现了作者构思的精妙。其中鹿兆海对鹿兆鹏的挖苦和埋怨虽说近乎激烈,但读者对兆海、兆鹏均不会产生强烈的反感,反倒能细细品味这些言语所蕴含的情致。

●白嘉轩虽然表面上不认白灵这个女儿,也不许家人谈论她,但内心的骨肉亲情却是仍然割舍不断的。老母亲白赵氏因思念牵挂孙女积郁成疾,他在哄骗她时,说及灵灵时的态度,全然不再是对外言及她时的严厉和决绝,而是充满着舐犊之情,这自然是在最亲密的范围内才会流露的,然而也是最真实的。这种特定环境下特定人物面对亲情的内与外、真与假、自然与无奈的态度对于艺术作品来说拥有极大的表现空间,可以以此去寻觅人物最真实的内在的心理以及外在环境对这种心理的干扰和限制。

第二十八章

本章故事梗概:鹿兆鹏乡下媳妇鹿冷氏因长期的孤单和压抑而发疯,具体起因则是鹿子霖行为不检点,其父冷先生下猛药加速了她的死亡。白灵在根据地错误的肃反中被冤杀,死前托梦给父亲白嘉轩,白灵亲生儿子鹿鸣在其死后近半个世纪才真正了解清楚其母死亡的具体经过。

●鹿子霖媳妇发疯的原因从表面上看是因为受到挑逗、激起了久久压抑的欲望而最终又被掐灭和斥责所造成的刺激,但根本原因并不在此,作为冷先生的女儿,无论家教和秉性都和这样的结局似乎联系不起来,这是一个长期扭曲和压抑的过程所造成的结果。从大处说,造成这种局面的原因首先是家长制的包办婚姻,鹿子霖、冷先生一厢情愿地将儿女大事作为联结家庭利益的筹码,没有去考虑他们本人的意愿。不过在包办婚姻的年代,这种情况很普遍,虽然这个账主要应当记在制度的头上,但这未免过于泛泛,没有涉及这一对婚姻的具体性和特殊性。当鹿兆鹏明显地表现出对包办婚姻的抵制并且事实上已经离家参加革命时,冷先生和鹿子霖为了维护他们的脸面而不能面对实际,反而继续维持这个已形同虚设的婚姻,虽然冷先生曾有过让兆鹏写一纸休书的念头,但一来并不坚决,二来还抱有回转的希望,这从他舍尽家财救兆鹏可以看出;鹿子霖屡次信誓旦旦想拉回鹿兆鹏却一无所获,正是他们的共同影响使鹿冷氏彻底失去了新生的机会和希望。从鹿兆鹏的角度来看,他投身革命,其中背弃封建婚姻本是必然结果,无意顾及鹿冷氏的命运也是自然之事;但从念及无辜者的角度,若能明明白白告知鹿冷氏,早早离开鹿家为好,也许显得更加富有人性。但问题是,即便如此,鹿子霖是否又会答应？本来他们的结合就是鹿子霖几记耳光的结果,鹿冷氏的悲剧是小说中田小娥的悲剧之外,作者对宗法社会里女性不幸命运的再一次揭示,只是她的悲剧内涵还包含了时代转换之际更多复杂因素的综合作用。若说田小娥的结局更多是女性主动越轨行为所导致的,那么鹿冷氏的结局则更多强调女性被动接受命运主宰的后果。

鹿子霖一向自私好色,这从他对待田小娥以及在村里有诸多相好可以看出,有此秉性的人在酒醉之后对女人做出不检点的举动并不奇怪。但鹿子霖毕竟又是一个有头脑而且在村里又有一定身份和名望的人,他尽管不像白嘉轩那样自律,但也绝非毫无约束的恶棍,酒醉之后对女人有非分之想与清醒之时的长幼之别会同时在他身上发生。如果把他照着肆无忌惮、不顾一切的路子写下去,那就落入了以往写坏人非走极端不可的老套,这个人物在读者心中的复杂感受就只剩下了厌恶和鄙视,他在全书中与白嘉轩的明争暗斗的情节就失去了分量,白嘉轩拥有这样一个对手,其中的味道就淡得多,这对白嘉轩的形象及整个小说的内涵都会造成削弱。事实上,现在的鹿子霖在读者心中虽有他不堪的一面,但也还有让读者亲近和同情的一面,不是一个绝对的坏人,这正归因于作者对他把握的度,这个度就是上面说的他最终"止住脚"。我猜想,作者写这个情节时,或许脑中又有他深受影响的柳青的《创业史》中富农姚世杰强奸素芳的情节(之前我们在谈到鹿子霖跟田小娥时曾提到过)。而作者之所以没有像柳青那样去处理,就体现了他与柳青对人物把握的不同态度。《创业史》对待人物是单一的政治角度,政治上的敌人,在道德上往往也是一败涂地;而陈忠实的《白鹿原》则是文化的角度,政治态度与道德原则、文化观念并非简单对应,鹿子霖作为小说中的一个重要角色,有着政治、道德和文化多方面的存在使命,不可能像《创业史》中的反面政治人物那么简单处理,因此作者没有采用那种极端化和绝对化的写法是有道理的。

●鹿子霖在面对儿媳突然发疯的情况时显得惶惶不安,他不在乎家人,甚至也不太在乎村人的议论,但他却不能不在乎如何面对冷先生。这种事传播很快,而且不免被添油加醋,"像打碎的瓷器一样不可收拾",小说里用了一个词语叫"难以箍浑","箍浑"一词不常用,意思是"用条带物围扎周全",估计鹿子霖是有口难辩,唯一重要的是能得到冷先生的谅解。其实此时心里最难受的莫过于冷先生,但这悲剧的源头又与自己有关,对女儿的心疼、对鹿家的失望及怨恨,也许还有对自己的过失的自责,统统在他那不动声色的表情背后折磨着他,最后他下重手开出的药方,应当是他心头的血滴落而成,但这明明又是在剥夺一个鲜活的生命!为了什么?颜面?名声?家风?看来鹿冷氏的死,也许能引发我们思考的东西并不比田小娥的死要少。最能理解和体味冷先生的无疑是白嘉轩,他自始至终未对此事置一词,他知道无论说什么,都是对冷先生的伤害,即便矛头对着鹿子霖,冷先生也不免会中枪。这样,在白嘉轩、鹿子霖和冷先生这个因儿女亲家组成的"三维组合"中,因儿女的缘故其间的关系已发生重大的变化。白孝武顶替白孝文成了族长,冷先生自然也沾上荣光;而嫁入鹿家的女儿却是如此结局,其情形恰成两极,本来一直企图在白家和鹿家之间不偏不倚、保持平衡的冷先生最终是"这人(指鹿子霖)早都从我眼里刮出去了,我早都不说这人的三纲五常了,不值得说"。这对冷先生来说,已是最大的鄙视了。但这里有个偶然的因素,就是假如当年冷先生的二女儿按最初的意图嫁给了白嘉轩的长子白孝文而不是二儿子白孝武,那就完全可能与这个大女儿的命运相差无几了,是白嘉轩觉得其中的大小格局或许会对他不利,才做了调整,却不料事后竟有如此结局,抑或是作者在构思和写作过程中的谋篇布局所致,他得将白嘉轩、鹿子霖和冷先生这个三人组合的关系处理成现在这个样子。

　　●鹿冷氏安葬之日竟然也是白灵离世之时。白嘉轩奇怪的梦被朱先生不幸猜中。谜底的揭开在将近二十年后,新中国的同志来向白嘉轩报告白灵的死讯,当然没有细说牺牲的原因,但白嘉轩却惊人地说出了死亡的具体时间,这得益于朱先生要他记住这个日子。此时的白嘉轩反常地"浑身猛烈颤抖着哭出声来",骨肉之情这一刻得到了真切而彻底流露,完全没有当年的冷漠,前面说到的外在环境的限制也不复存在,此时的白嘉轩对于白灵就只是一个父亲,亲人毕竟是亲人,而且是他从骨子里最疼爱的一个孩子。此前他也不过是将这种亲情埋藏在心底,外表上表现出决绝甚至愤怒的冷酷,那是他族长的身份而不是父亲的身份决定的,这就是为人的多种不同身份导致的性格的多样性和复杂性,只有在他卸下了各种外在的"名分"成为一个整日晒太阳的"闲人"了,反倒会有此真情一现的时刻。其实,他做的这个梦,根本无须去找姐夫朱先生来解,一般的人都会有不祥的预感。好不容易睡着,却"看见咱原上飘过来一只白鹿……端直直从远处朝我飘过来,待飘到我眼前时,我清清楚楚地看见白鹿眼窝里流水水哩,哭着呢,委屈地流眼泪!……刚掉头那阵子,我看见那白鹿的脸变成灵灵的脸蛋,还委屈地叫了声爸"。这当然是事关白灵的吉凶,白嘉轩也不会迟钝得感觉不到。可他为什么还要来求朱先生解梦呢?是因为他实在不敢也不愿朝不吉利的方向去想,他希望朱先生给他的是一个否定的结论,尽管他并不知道能不能得到,但重要的是他的这种极度不安的心理促使他去寻求哪怕一根稻草样的安慰之绳。当然朱先生毕竟还是不同寻常的,他能确定白灵就是这个晚上没了,而并非一般的不吉利,尽管他没有说出来,只是要白嘉轩记住这个日子。

白灵的惨死让人悲叹,除了表现历史的无常和革命的艰危之外,陈晓明为我们提供了另一种意义的解读,他针对的是白灵整个人物的意义,其中也包括她的死。陈晓明指出:"白灵这个人物作为白鹿原上的象征,她寓示着白鹿原的自然意义指向美好与灵性。白灵的早逝灭,就是在最为概括的意义上表达了作为自然存在的白鹿原与现代激进变革的历史构成的冲突。向往现代变革的白灵毁灭了,她被归于泥土,但作为白鹿原的自然象征,她却是回归了大地,归于是其所是的永恒。"[1]但我认为,陈晓明所说的这种"自然意义"上的美好与灵性只能类似于原上人对白鹿的梦想,是一种希冀和期待,现实的"作为自然存在的白鹿原"同样是历史和矛盾的产物,白灵固然死于现代变革的内讧,但原上传统的村民对她同样有着鲁迅小说《药》里所描写的百姓对革命者的隔膜,她的毁灭,可以看作是原上人又一次追逐白鹿梦想的破灭。

●作者将弄清白灵死亡过程的任务交给了一个小说故事之外的人物，由他代替作者来告诉读者，这个人竟然是白灵的儿子——鹿鸣。而鹿鸣在知道自己的身世之前，竟然又曾在土改之后的合作化运动中结识了自己的外公白嘉轩（当时他并不知道），并且将他作为顽固落后的形象写进自己反映合作化运动的小说，这当然是十分吊诡的事情，虽然这都是陈忠实小说中的事情，但又不能说没有真实的成分。三十年后，鹿鸣知道了自己的身份，也会为历史的阴差阳错而感慨吧。陈忠实为讲述白灵的死因，做出如此的艺术设计，其中包含了很多值得注意的考虑，一是通过鹿鸣这个特殊的角色的讲述，增添了故事叙述的新鲜感，避免了作者直接叙述的单一性，而且强调鹿鸣了解真相是访问了知情人后得到了第一手的材料，这虽然属于写作上的障眼法，却能给读者以更真实的感觉，似乎这并非作者在虚构小说。二是作者有意将鹿鸣搞清真相的时间放置在 20 世纪 80 年代，这也符合国内实事求是地评价历史问题的大环境。在 20 世纪 50 年代除了总体认定白灵应为革命烈士之外，对于具体的细节只能"全都不说"，如果那时候鹿鸣想去了解，恐怕也难以如愿；而即便是了解了，也难以表述，这实际上把整个小说的语境置于了当下的历史环境，是一个历史故事的当下叙说，从而使其具有了"当代史"的意味。三是特别值得我们注意的，就是上面提到鹿鸣曾在 20 世纪 50 年代写过反映合作化的小说，并且把白嘉轩当作顽固落后的典型。陈忠实走上文学道路其实是很受这类小说影响的，而《创业史》的作者柳青还一直是他心目中的导师。但在他创作《白鹿原》的时候，虽然他对柳青、对当年给过他影响和启发的小说仍然充满着敬意，本书中我们也一再提及他在诸多细节方面明显对《创业史》有所借鉴，但在总体上已不再停留在对那些作品的认识和水平上。陈忠实同样把白嘉轩写进了作品，但已经不再是一个顽固和落后的典型形象，而是在他身上重新挖掘出了传统文化中更深刻、更丰满同时也更复杂的内涵和价值。作者正是借鹿鸣的这一笔，表达出了自己对历史、文化、乡土以及人物的超出以往文学描写的重新认识、重新发现和重新评价，显示出当下写作与以往写作的区别，从而与他在小说扉页上所引用的巴尔扎克的名言"小说被认为是一个民族的秘史"的话相印证,也间接地表达出对以往写作价值的质疑。这里鹿鸣的《春风化雨》的创作也不妨看作是作者自己曾经有过的那一段对历史和文学的认知。

至于鹿鸣的反映农民走集体化道路的小说《春风化雨》,因是出于作者的虚构,我们无由得见,据"唯一可能知道这部小说内容"的陈忠实说,白嘉轩是作为"顽固落后势力的一个典型人物的生活原型"被写进小说的。从之前表现的白嘉轩的性格来说,处身全然不同的新的时代,他的不适应、不理解是完全可能的,但是他又并不是一个狭隘、偏执和极端自私的人,他对生死、名利其实都很看开,尤其是晚年,更是有一种世事洞达者的平和与超脱,"一手拄着拐杖,一手拉着黄牛到原坡上去放青,站在坡坎上久久凝视远处暮霭中南山的峰峦"。在面对农村合作化、集体化的历史大潮时,我真的很想了解作者会如何表现出白嘉轩的"顽固落后"。就现有的反映农村集体化题材的小说而言,我们见过的"顽固落后"的典型,除了带有阶级斗争、路线斗争色彩的敌对性人物之外,就只有一些对个人经济利益考虑计较比较多的人物角色。第一种人白嘉轩肯定不能算,因为他没有那种意识和诉求,在几十年的你死我活的政治对抗中,他坚守的都是文化的立场。而充当第二种人虽有可能,却又有疑问,因为其一,他的儿子白孝文是人民政府的县长,作为县长的父亲——这个令他后来有些自豪的身份多少会对他有所影响和约束;其二,土改时他的成分没有被定成地主,但在原上尚属殷实,这也许会成为他抵制集体化的一个重要原因,但问题在于,在当时那样的大环境下,经历过太多风风雨雨、早已洞悉人世祸福的白嘉轩会不会就此出头来做这个"顽固落后"的典型? 即便真的做了,他又会如何来做? 他难道不明白属于他的时代真的已经过去? 在此之前还属于过渡时代的时候,他就常常教导他的家人,有些事看在眼里就行了,不能说,何况现在? 小说《白鹿原》表现了白嘉轩这个传统文化的"最后一个族长"在20世纪50—60年代之前波诡云谲的历史风云中如何坚守他的文化立场,而在20世纪50年代之后,这样的坚守是否可能? 即便真有事实上的可能,它与时代、环境和历史的纠结又会如何展开？这些可以说是我们对"陈忠实轻描淡写地点出的《春风化雨》这部小说内容"的好奇。尽管这部小说事实上根本就不存在，但陈忠实这虚晃的一枪着实意味深长，它告诉我们在他的《白鹿原》讲述的故事之后还有更多的故事。鹿鸣的《春风化雨》无疑是属于柳青《创业史》那一类型的作品（孙先科先生从"互文性"理论出发，认为《春风化雨》指的就是柳青的《创业史》，并且通过其中的人物比较来阐明这一点。[2]但我觉得过于狭窄，应当理解为这一类的作品比较妥当，这里面首先包括《创业史》，如果不拘于年代，甚至还可以包括后来浩然的《艳阳天》和《金光大道》等），里面关于农民和乡村的文学表达是20世纪50年代的产物，而到了20世纪80年代作者"现在在渭河边的乡村里早出晚归所做的事，正好和30年前柳青在终南山下的长安乡村所做的事构成一个反动"[3]的时候，他真正觉得需要重新思考和回答生活给他提出的重大命题，这实际上也正是《白鹿原》的创作缘起。但陈忠实并未直接去面对20世纪50—80年代的这段历史，而是动用20世纪50年代以前的已成为过去的乡村生活材料，在一个更大的时空背景下来思考中国农民的命运和人生，其真正的指向是非常明显的。正如有论者指出的："今天我们阅读《白鹿原》，为什么强烈感受到陈忠实笔下的所有历史叙述与家国忧思，都指向现实生活，指向中国的当下和未来？因为作家是以他亲身经历的1949年后为出发点提出问题，再回溯历史的。"[4]《白鹿原》写在《春风化雨》之后，所以能够对《春风化雨》这一《创业史》类型的创作进行反思，而《春风化雨》又是《白鹿原》里的故事中出现的，它属于《白鹿原》故事的年代，《白鹿原》故事的年代和《白鹿原》创作的年代是两个概念，这个区别不能混淆。当作者站在后一个年代的角度对前一个年代进行反思时，糅合了自己的亲身经历和思想历程，他选择同样作为小说的《春风化雨》作为特定的对象，就将这一点体现得特别明显。

注释：

[1]陈晓明：乡村自然史与激进现代性——《白鹿原》与"90年代"的历

史源起,《学术月刊》2018 年第 5 期。

[2]孙先科:《〈白鹿原〉与〈创业史〉的"互文"关系及其意义阐释》,《杭州师范学院学报》(社会科学版)2004 年第 4 期。

[3]陈忠实:《寻找属于自己的句子》,上海文艺出版社,2009 年版,第91 页。

[4]周燕芬、马佳娜:《〈白鹿原〉:文学经典及其"未完成性"》,《西北大学学报》(哲学社会科学版)2018 年第 1 期。

第二十九章

本章故事梗概:鹿兆海死于颇有争议的战斗前线,族里为其举行隆重的祭奠,白嘉轩亲自主持。朱先生受抗日气氛的触动,带领八位书生毅然投笔从戎,却被拦阻于后方,复杂的政治形势迫使他回到书院。鹿兆鹏来到黑娃的山寨,劝土匪归顺游击队。因大拇指突然死亡,土匪陷入混乱,黑娃在征得众人同意后整体归顺了保安团。

●朱先生从事县志的编撰工作,此前除了赈灾而中断,其他的一般性事件是不会受到影响的。此次因为兆海的公祭再一次停止,而且朱先生表现得十分激动,主动要为兆海守灵,并说出"民族英雄是不论辈分的"这样的名言,这都是突出朱先生这样的传统知识分子在大义、大节面前的操行,事有大小、时有缓急,这是儒家文化入世精神的体现。此前他为兆海和他的师长手书"砥柱人间是此峰"和"白鹿精魂"条幅,用心目中自勉自励的仁人君子的追求许以奔赴战场抵御外敌的将士,足见先生的民族大义和处事修为。当然,其中也饱含了他对军人在国难当头时的期待。同样,白嘉轩破例再一次前台主事,仍然尽心尽力、不计前嫌,展示出极其宽容和大度的胸襟,还有冷先生也是一样,"一直守候在身边,对轮番昏迷的鹿子霖和鹿贺氏施扎冷针",暂时把以前的不愉快放在一边,这都是大义当先的基本要求。白嘉轩既尊重部队和政府的各项新式葬礼的议程,也不忘了族里的传统规矩。当然我们也可以猜想,他此时心里到底还想些什么,至少他不会像朱先生那么简单朴实,他既不至于在这样的场合把得分的机会变成失分的结果,也还有自觉的宗族整体的意识,他说的是"咱们族里一个娃娃死了! 兆海是子霖的娃娃,也是咱全族的娃娃",他的话恳切动情,但又滴水不漏,既能安慰死者家人,又能感动每一个听者。

接下来朱先生更是有着惊奇的表现,他竟然要亲上前线,而且不是一般的停留于想法的冲动,而是义无反顾地诉诸行动。这种表现当然可歌可泣,而且还带动了其他七位先生要与之同行,只是现实的严酷没能让他带领的一班老夫真的走上战场。更重要的是起先还不太明了时局状况的他倒是通过这一经历知道了一些真相,包括兆海的真正死因以及接下来的军事走势,他本来一再声称不关心哪党哪派,但这一切又不随他的意志影响国家命运的走向。他要亲上前线,其中一个重要的因素是国难当头,他实在不忍见国人还在内战,他左右不了大局,但他情愿"碰死到倭寇的炮筒子上头,也叫倭寇看看还有要咬他们的中国人"。尽管之前兆鹏的话说服不了他,但此行之后,他毕竟知道了情况并非他所想象的那么简单。

●本章中有一个细节曾引起了评论家的争议,就是朱先生燃烧日本兵的毛发来祭奠鹿兆海。2000 年 10 月 7 日陕西的《三秦都市报》发表了题为《青年文学博士直谏陕西作家》的文章,文中李建军对《白鹿原》中"狭隘的民族意识"提出批评,这篇文章后来在《文艺争鸣》同年第 6 期上也刊出。文章认为《白鹿原》中的民族冲突是中日战争。日本是中国的近邻,也是自明代以来,给中国人民造成骚扰和伤害最多最深重的国家。中国人对这个尚武、偏执的民族怀有戒备甚至仇恨心理,是完全可以理解的。但是,人类是凭着爱意与人道才能活下去的,才能使自己生活的这个世界真正变成人的世界。而文学正是为人类提供这种伟大启示和精神支援的,所以,伟大的文学可以表现民族情感,但不能狭隘,而应该有更博大的人道情怀。在这一点上,《白鹿原》是不能令人满意的。小说写朱先生等人发表抗日宣言等等都是可以的,但在这之外,我们没有看到陈忠实为我们提供更博大的情感空间和更可取的人道立场。我们可以通过与《静静的顿河》的比较,来具体说明这一点。这两部小说都写了民族战争,都写到了敌人的死亡,但读者感受到的作者的情感态度是完全不一样的。肖洛霍夫谴责战争,对所有死于战争的生命都给予同情和怜悯。陈忠实没有做到这一点。例如，两部小说都写到了一绺头发，在《静静的顿河》中格里高里杀死了一个德国士兵，他非常痛苦、难受，慢慢地走到死者的身边，发现他的口袋里有一个小夹子，他打开来，看到一个德国姑娘的照片，与照片一起，还夹着姑娘的一绺金黄的头发。"可怜无定河边骨，犹是春闺梦里人"，实在催人泪下。平心而论，李建军的观点有一定的道理，我们也很为那些具有理性、健康的爱国情感的行为点赞，而不赞同狭隘的、缺乏人道精神的极端做法。很明显，以朱先生提议的这个举动来看朱先生那一代人的人道水准，确实都普遍存在着这种意识，对待入侵者基本上都普遍不具备更高的"人类大爱"的想法。有论者不同意李建军的观点，畅广元认为"在中华民族处在生死存亡的紧要关头，展现更广阔的情感空间的提法是不妥的、荒唐的"[1]；还有屈雅君所分析的："《白鹿原》中朱先生烧头发，体现了被凌辱的民族将对军国主义的仇恨发泄在军国主义的牺牲品——个体生命的身上，而《静静的顿河》中格里高里对金色头发的感慨，则反映出受凌辱者将法西斯主义的牺牲品——宝贵的个体生命从法西斯主义中剥离开来。"[2]这种剥离在整个中国近现代以来的文学创作中是整体稀缺的，这是实事求是地对待历史的态度，《白鹿原》恰好也暴露出了这个问题。那么陈忠实是否也很认同这个做法呢？我们看到，他确实没有像肖洛霍夫那样提供"人类大爱"的东西，但我们一不能把朱先生的主张完全等同于陈忠实的主张，他写这个细节，主要还是表现朱先生的性格，即常常有"出人意料的惊人之举"；二无论就整个《白鹿原》的内容构成和其中人物的性格而言，这种"超越战争状态下民族对立"的意识很难融入其中，当时的百姓在事实上和现在的读者在审美上都难以接受；三是即便陈忠实创作中并未对此产生警觉，也应当是一种心理和意识惯性所致。据邢小利的《陈忠实传》记载，陈忠实少年时代读的第一本外国小说就是《静静的顿河》，但显然上面李建军提到的那个细节，在他写作《白鹿原》时并没有在他脑中成为一种具体的参照，或许就没有意识到两者之间的差异所体现出来的不同，所以对这个问题，既要考虑到民族文化传统和文学创作的实际,也要有一种理论上的清醒。

●黑娃率土匪归顺保安团,在20世纪40年代后期,也是比较平常和正常的事情,只是其中的细节原委也许永远都是个谜,这连当时的黑娃都弄不清。里面的关键是大拇指的死。起先鹿兆鹏一再动员他投靠游击队,他始终不答应,而大拇指蹊跷的死,却使山寨出现混乱,连维持现状都不可能。从这个角度看,有外力渗入造成变动是完全可能的。鹿兆鹏、白孝文各为其主,况且之前鹿兆鹏也同意黑娃投保安团,而白孝文更是"适得其时来到山寨"促成此事,因此他们两人都有可能是这个外力。虽然白孝文说有情报证实是鹿兆鹏所为,但从黑娃归顺后他对黑娃说"我欠你的……到此不再索赔了吧",以及论功行赏时他受到了嘉奖来看,他确实更有可能。还有一点就是保安团扩编新增一个营,把黑娃这股土匪收编正好可以满足这个需要,因此作为一个完整的计划,白孝文先安插卧底,毒死他无法掌控的大拇指,制造内部的混乱,再把责任栽到鹿兆鹏头上,这种推断完全符合情理,所以白孝文这样做的可能性更大。他念念不忘把私利掺乎其中,与鹿兆鹏的用心显然有所不同,他用的是阴谋,而鹿兆鹏在这件事上一直是光明正大的阳谋,而一向难以心思缜密的黑娃始终不得要领倒也符合他的性格。

注释:

[1]《三秦都市报》,2000年10月7日。

[2]屈雅君:《批评的超越——由"狭隘的民族意识"所引出的思考》,《文艺争鸣》2001年第1期。

第三十章

　　本章故事梗概:鹿子霖因与加入共产党的儿子鹿兆鹏之间的瓜葛嫌疑被抓捕入狱,白嘉轩设法加以搭救。黑娃率土匪归顺保安团,出任炮营营长,再次结婚后爱上读书,并成为朱先生的关门弟子。他回乡祭祖,表现出对之前行为的真实忏悔。鹿三却到死也没能振作起来。

　　●国民政府对行政机构改名,将乡约变成了保长,似乎也暗示了基层官员职能的转变,由原来的"约"变成了"长",弱化了文化规约,强化了政治权力,明显地突出政治斗争的需要。至此,正如有论者所指出的,乡贤治乡模式已经让位给了乡官治乡模式[1],宗法社会传统虽然在乡村仍然有着影响,但基本是作为一种民间的力量在起着作用,在新的政治格局中,已经失去法律意义上的话语权。面对鹿子霖的被捕收监,白嘉轩、冷先生也都和旁人一样猜不出缘由,得通过白孝文、黑娃这些"体制内"的人去打听。

　　●关于鹿子霖被捕的原因,村里人的各种猜测,其实也正是对他一生为人的一个总结,分别从法律、政治、道德的角度来看,这些猜测的确都指向鹿子霖的硬伤。虽然最终的原因还是政治上的,小说却让白嘉轩从文化上来为其诊断并寻找病因,他的结论是鹿家"家风不正,教子不严",其结局是无法违抗的,从而也更加坚信自己处世治家的原则。白嘉轩的结论能够给人很大的启示,但小说中对此过程展示得并不充分,也很难说能令读者信服。首先,白家四子女、鹿家两儿子,说鹿家的鹿兆鹏家教不严,那白家的白灵在遵守传统规矩上岂不一样?况且他们的私德并无大亏,倒是白家的白孝文令人不安,虽说他的堕落与鹿子霖有关,但根子还在自身;其次,面对子女的教育两家也都同样重视,虽说白嘉轩坚持耕读传家,但他的儿子一个可以继承族长,另一个事实上也在做官,鹿子霖没有耕读传家的传统,他支持儿子出去发展,这一方面如他自己一样有他的苦衷,另一方面也体现了一种比白嘉轩更深长的眼光,本身也谈不上家风正与不正。当然白嘉轩关键时刻能够大义灭亲,这一点鹿子霖也许做不到,但白嘉轩毕竟是族长,他的大义灭亲也有身份色彩,而鹿子霖则没有这样的负担。总之,作者借白嘉轩之口表达的这两家的对比,参之事实,似乎说服力不是很强,在这个问题上,白嘉轩也没有太多可以藐视鹿子霖的理由。白嘉轩所持的这种僵化和静止的家庭观念已无法面对变化了的时代环境,更看不到这个时代环境对年轻一代的影响,过于执守他的宗族文化立场,得出的结论就难免有些迂腐和勉强。倒是鹿子霖正因为不是宗族嫡传制度的"既得利益者",反而更容易睁开眼睛向外去寻找新的拓展空间,尽管他渴望的是"出人头地",但客观上对新的事物更易接受。回到鹿子霖被捕上来,我们也可以发现这其实还是源自具体的政治斗争,即鹿兆鹏的政治身份对统治者的威胁以及岳维山的处心积虑,之后鹿子霖与岳维山的对话也说明这是后者为向上级交代的一个举动,似乎与白嘉轩的那些类似哲人的想法并没有什么关系。他对鹿子霖被捕一事的关心倒是与他的这些想法有关,他要让对方和其他人知道自己是怎样做人的、怎样以德报怨的,他要从心理上征服对方,因此,此时的白嘉轩仍然在和鹿子霖较量。

　　抓捕鹿子霖的岳维山对鹿子霖的审讯,读者似乎也感到几分荒唐和徒劳,鹿兆鹏的行踪通过鹿子霖来了解确实是无的放矢,这一点其实岳维山心里也不是不知道,这就难怪连鹿子霖本人对这种抓捕与审讯也不以为意,甚至还反唇相讥,对审讯者包括岳维山有些嘲弄起来。他由起初的愤怒、恼火很快变得平静和通达起来,这个经历了太多世事的人明白了这一切的无聊和做作。当审讯者说"你把你的儿子的行踪供出来,就放你回去"时,读者恐怕都会和鹿子霖一样感到有些可笑,但是这样虚张声势又毫无结果的审讯是常常会出现的,这就值得我们探究,这样的审讯中审问者到底要得到什么？真相是不可能有的,那就只能要么一无所获,要么被审者为了过关而胡编,以满足审问者自己邀功过关的需要。

●白嘉轩的某些类似哲人的想法在小说中的确也得到了印证,或者说是作者帮他印证了。比如他说的:"凡是生在白鹿村炕脚地上的任何人,只要是人,迟早都要跪倒到祠堂里头的。"这种强烈的自信是支撑白嘉轩行事的动力,也是作者努力赋予他的性格。黑娃的洗心革面和回归祠堂对于白嘉轩是一个极大的安慰。虽然白嘉轩上面的话是有感于白孝文和黑娃两人的行为而发,但显然后者的分量更重,无论就叛逆的时间还是强度而言,黑娃都更加突出。而他的回归则从当事人本身的角度对白嘉轩此前针对他们所做的一切表示了最终的认可和接受。他领着新婚妻子在白嘉轩的主持下在祠堂祭拜祖先,不仅表明对之前的完全告别,更重要的是为白嘉轩的信条提供了正确的证明,这种证明对白嘉轩十分重要,甚至比之前针对田小娥的造塔还要重要,因为他深知当黑娃领着新的妻子高玉凤在祠堂里跪下的那一刻,"来路不明的"田小娥才真正已经被有形和无形的塔都镇住了。

黑娃的回归与白孝文的回归是不同的,因为他是真正的浪子回头,而白孝文只是需要那种形式而已,或者说他根本就谈不上归还是没归,他刚走出村子的第一句话"谁走不出这原谁一辈子都没出息"就是最好的说明。而黑娃的回归就真诚得多,需要的也不是一般的动力和决心,只要我们认真比较一下两人回归时的不同心态就可以感到这种明显的差别,黑娃声泪俱下的"不孝男兆谦跪拜祖宗膝下,洗心革面学为好人,乞祖宗宽容"的真诚忏悔白孝文是没有的,后者见了祠堂、槐树以及砖塔,心里仍然是"一阵虚颤,又一股憎恶"。白嘉轩虽然坚信白孝文迟早会回归,可他并没有说明其中的理由,而主要强调的是结果;即便他说了,估计也会是人人都差不多的几条,否则他怎会如此自信"凡是生在白鹿村炕脚地上的任何人,只要是人,迟早都要跪倒到祠堂里头的"呢?但黑娃的情形太特殊,仅仅依据白嘉轩这几句笼统而宿命似的判断似乎回答不了这个个体的"所以然",我们到底该如何来看待他性格的如此突变?我以为这里面随着年龄增长带来的身心疲累和新的婚姻带来的心理慰藉这两个因素非常重要。

黑娃从小就性格执拗,十七岁离家给人打工,因为田小娥跟父亲鹿三翻脸,此后闹农协、搞暴动、当土匪,始终过着不断斗争的日子,无论身心都处于高度紧张和亢奋的状态。而且他的所作所为更多的是出于感性现实的需求,而没有精神信念的支撑,这就使得在长期的这种状态之下的他,一旦"作对"的氛围与环境失去,会马上变得松劲起来,特别是人到中年以后身体力量的消减更会加速这种松劲的过程。二次婚姻之夜的自责与卑怯似乎很难让人相信这个男主角是一个曾经做过匪首而现在依然是一个保安团营长的人。他脑中反复出现的此情此景与和小娥相关的一切的对比都在加深他心理的刺激和懊悔。而此时新婚妻子的善解人意和知书达理为他的转型提供了诱导和信心。当黑娃告诉她自己不堪的过往时,她回答她只看从今往后,而当黑娃婚后第一天起床时,妻子已经在边烧火边看书,这一切都在黑娃空寂的内心里填上了下一步生活的因子。如果说此时他对妻子说的他要开始念书,可能还有一时冲动的成分,那么接下来通过到朱先生门下受教,其学为好人的追求已经日渐强烈,他主动提出回原上祭祖不仅是这种内在追求的体现,而且到了渴望得到外在认可的地步。从情节发展的顺序来说,黑娃产生回乡祭祖的念头,是他确立"学为好人"观念和实际践行这种努力的一个结果,这就把黑娃的人生方向扭回了传统的宗法秩序。他睡在母亲生前睡的炕上,对妻子说"我这会真想叫一声妈",这就是黑娃此刻的心态,已经完全不是与田小娥相处时的那种追求。因此我们在分析黑娃的性格变化时,必须重视个人心理这个因素,其他的外在原因也是通过他的心理中介才发生作用的。他是一个很有自我主见的人,这一点继承了父亲鹿三的基因,只有当本身的心理需求产生时,新的改变的出现才有可能。认识到这两个因素之外,我们当然还可注意到其他的原因,比如土匪活动整体生存环境的变化、白鹿原浓厚宗族文化气氛的影响等等,都对黑娃和他的同伴的归顺发生了作用。白嘉轩的话,从结果上来说,也许并不是错,这代表了他的执着和自信,但面对一个个不同的个体,总存在着不可一概而论的具体过程和原因,写作中就需要这二者之间的相互印证,否则,像这样的"哲人般的概括"就显得空乏无当。就艺术层面来说,黑娃的这种转变还有一个因素,就是何启治先生提供的思路,他在《永远的白鹿原》中写道:"由黑娃这个刚烈不屈的灵魂,很容易使人联想到《静静的顿河》中那个一会儿在白军,一会儿在红军,而最终厌烦地把枪扔到顿河急流中去的格里高利。"[2]而《静静的顿河》正是作者喜爱的外国小说之一,这种人物外在行为上相似的借鉴在艺术上是可能的,至于内在的原因则还是基于人物本身的性格和心理。此外有一点需要指出,就是在黑娃的这个转变上面我们所能领悟的作者的创作意图,不能说是由这个意图决定了黑娃的转变,但至少可以认为是这个转变体现了这个意图。这就是我们曾经提到过的,作者写作《白鹿原》初始的冲动来源于之前中篇小说《蓝袍先生》,而后者中的许多感悟也在前者的写作中得以延续。《蓝袍先生》的主角是徐慎行,从他身上,我们可以看到《白鹿原》里白孝文、黑娃等多人的不同影面,但就结局而言,即从"劫后余生,他才重新明白慎独的重要意义"[3]来看,则与黑娃的结局更有几分相似。徐刚先生对此有过分析,他指出:"《蓝袍先生》中'慎独'的'归去来',让陈忠实顿觉一个重大的命题由开始产生到日趋激烈日趋深入,由此上升为'关于我们这个民族命运的思考'(此乃陈忠实本人语)。这种辩证法的惊人历险昭示着,一切的现代似乎都是毫无意义的折腾,只有类似精神奴役的创伤的超稳定的文化心理结构才是永恒的现实。"[4]作者写黑娃的回归显然正是这个命题思考的继续。不过"回归"后的黑娃最终未得善终,这又不免让人嘘乎!在此,我们不妨可以理解为"回归"乃当事人心理所寄,而结局则并非由人所愿,正是在此,显示出了小说作为"文化挽歌"的意味。

面对白孝文和黑娃的回归,白嘉轩的态度有着一定的区别。首先,白孝文提出要回原上祭祖,白嘉轩一口回绝,是朱先生等帮忙说情以后他才答应,而黑娃提出要回来,白嘉轩对孝武不干脆的回答很不满,表现出充分的热情;其次,孝文回来,白嘉轩是"弯着腰扬着头等待他的到来",而对黑娃则是没有先例地亲自到祠堂门口迎接。谭桂林先生曾对此做过分析,他说:

"在他(白嘉轩)看来,白孝文是受过礼义教育的人,他的荒唐是自作孽,应该自责自负,而黑娃没有真正受过完整的礼义教育,他的作孽应由家族负上一半的责,所以,当黑娃洗心革面,并且拜朱先生为师学习仁义道德时,白嘉轩是真心地为他高兴,并且将其价值看得远远超出白孝文的回头。"[5]还有一点也很重要,就是黑娃从一开始叛逆,似乎就是冲着以白嘉轩为象征的宗族规矩,将祠堂视作罪恶的渊薮并对其主动攻击,而白孝文仅仅在祠堂里受过他的惩罚,因此二者在白嘉轩心里自然也会有所不同。白孝文回归时,白嘉轩在祠堂里面对祖宗,只说了不孝男回乡祭祖、乞祖宗宽容;而在黑娃回归时,他却另外强调了"洗心革面学为好人、幡然悔悟回过自新"以及"领军军纪严明、为本族祖宗争气争光"等等,这些话语背后其实都有着黑娃先前砸祠堂、毁碑文行为的对照。也许在族人面前,他不便对自己儿子多做评价,他对黑娃的肯定却实实在在、内涵丰富,可见他为此所感到的兴奋。

与之形成对比的是,鹿三对儿子的回归却并未能表现出应有的兴奋和热情,这似乎有些出人意料,连白嘉轩都觉得他"太淡"。鹿三的过于冷淡和乏味的反应原因何在? 这父子俩紧张对立时间很长,之间还有因为他杀了小娥导致不再相认的坎子,照理说,作为家人总是希望趋向和好,况且这种和好还是以黑娃"学做好人、主动让步"为前提的。鹿三自己对此的解释是:"那劣种跟我咬筋的时光,我的心劲倒足,这崽娃子回心转意了,我反倒觉得心劲跑丢了,气也撒光咧。"劲丢了、气没了,首先是"确实累了,此前鹿三一直是勤勉自律、从不松懈,尤其是与黑娃的长时间较劲使其身心也同黑娃一样紧绷,此刻一旦松动,实无再聚之力,要知道他毕竟已快接近生命终点。其次是杀了小娥之后,毕竟有心理压力,尤其自家女人的那句"你怎忍心杀咱娃的媳妇"让其背上很重的精神负担,无论后来白嘉轩造塔镇住小娥还是黑娃以行动否定过去,确实都无法真正让其释怀。他之所以强调黑娃回归得"晚了,迟了,太迟了",其实也许就指的这事已经发生而又无法挽回了。其三,他在道理上也知道应当为黑娃的回头高兴,他对白嘉轩说:"你的话对的,我也能想到。我想打起精神,可精神就是冒不出来嘛!"这就表现得很生

动,他自己或许也为此奇怪和不安,这正是小说描写的心理深度,许多事情本来就是从常理上很难解释的。

●黑娃的回归显然让白嘉轩感到兴奋,但兴奋之中的他并未失去冷静,他同时还惦记着对今后的考虑,这在他接下来做的两件事上可以看出。一是要白孝武躲到山里去,推掉田福贤要他出任的保长、总甲长,免得既净做得罪乡党的事,又让人议论是顶了鹿子霖的缺,当然最实质性的原因还是白嘉轩的宗族传统意识不认同这份"官饭",而这正是他与鹿子霖的最大的区别。当然白嘉轩的推辞比较讲究策略,他没有让儿子硬辞,而是用山里药店要去打理来"躲"。二是直言不讳地对鹿三说其对黑娃的回来表现太淡,说明在黑娃回来的过程中,白嘉轩始终细心关注着鹿三的状态。他希望鹿三打起精神,尽管他的愿望最终并没能实现,这个"白鹿原上最好的一个长工"没等重新振作起来就离世了。

注释:

[1]朱言坤:《乡贤、乡魂、乡治——〈白鹿原〉乡贤叙事研究》,《江苏社会科学》,2018年第1期。

[2]何启治:《永远的白鹿原》,人民文学出版社,2018年版,第13页。

[3]徐刚:《后革命的"史诗":〈白鹿原〉论》,《当代作家评论》,2017年第1期。

[4]同上。

[5]谭桂林:《论〈白鹿原〉的家族母题叙事》,《河北学刊》,2001年第2期。

第三十一章

本章故事梗概:鹿兆鹏来到黑娃的驻地,给他讲述国内的政治形势并对其寄予希望。白鹿原上众多捐税和抓丁弄得民不聊生。鹿子霖出狱回家,一副看破尘世的人生态度。一个女人带来了鹿兆海的儿子,他又忍不住寂寞到联保所干了起来。白嘉轩让儿子躲掉保长、甲长的差事,又忙于为三儿媳妇不生而操心。

●黑娃虽然到了保安团,当了炮营的营长,但鹿兆鹏见了他仿佛就是自己人,谈起中国共产党领导的革命即将打倒"国民党反动派"好像是自家人在交流一样。尽管黑娃还念叨"我们弟兄成了两路人",但在鹿兆鹏看来并不如此,他说:"既是兄弟就不说这号话,你占住炮营营长比谁占那个位都好。"这是着眼于重要的时刻黑娃和他的炮营能够发挥有利于中国共产党一方的作用,至少不至于成为相反的力量。这里的兄弟显然并不仅仅是血缘上的,他与兆海是亲兄弟,但真正走的是两条路,他与白孝文也是本家兄弟,但要黑娃小心这个"乡党",因此鹿兆鹏所说的兄弟更多的是认定黑娃在政治上的同盟。首先固然是因为二人从小的友情,他了解黑娃绝不负人的性格;其次是他们毕竟一道进行过农协革命、共同参加过最早的武装斗争;再次就是鹿兆鹏知道黑娃对他始终保持信任,除了他没有第二个人能对黑娃受到一致称赞(包括朱先生)的祭祖行为提出异议。在鹿兆鹏看来,黑娃投诚保安团只能是一时的权宜之计,学做传统意义上的所谓好人更是迂腐,因为他眼里的黑娃就应当并且只能跟他闹革命。

●鹿子霖经历了因为儿子而坐牢两年多的过程,家里真正是人去楼空。

他的妻子难得地能在家里做主，居然表现出一般男人都少有的果决和干练，毫不顾惜地为救自己男人出狱而卖房卖地，此前白嘉轩的母亲在丈夫死后儿子尚未成人的时候，作者也是这样描述，可见，在宗法传统浓厚的乡村社会，女性受压抑实在太过普遍，只是面对这种压抑的质疑还远未提上议程，少数女人也只有在某种非常情况下偶尔露露角。

鹿子霖的命运基本上是失败的，他所谓的已将世事看透不过是面对失败的无奈。本想要在白鹿原上与白嘉轩抗衡而去出任"乡约"，到头来在岳维山和田福贤眼里不过是打手和工具，被捕收监更是表明这个工具的价值极其低微，而且坐牢时间长达两年零八个月，这已根本不可能实现岳维山当初抓他时所说的目的——说出鹿兆鹏的行踪，只是不负责任地将他关着。其妻子鹿贺氏只还一味为救他出狱而几乎耗尽家财。而最后能给他带来唯一安慰的还是家庭人伦的转机——孙子的出现，只是这新一轮转机之下当事人却依然顺着老路走去，他要到田福贤那去帮忙，为的是替孙子挣馍来吃，这就为他最后的结局埋下了伏笔。

●鹿兆海本来是除了白灵谁都不娶的，当得知白灵与鹿兆鹏一起之后，理智告诉他自己与白灵的缘分已尽，但情感上终究难以忘怀。之后找到的女子不过是白灵的替身。这里面既含有几分自私，也有几分酸楚。不过比较起来，鹿兆海与上一代只将女人视为传宗接代的工具而根本不考虑爱情还是有着明显的不同。他留下了子嗣，满足了鹿子霖的人伦愿望，同时重新鼓起了鹿子霖生活的乐趣和劲头。鹿子霖以崭新的打扮行头和"高涨的气势到联保所供职了"，这在白嘉轩眼里，纯粹是"官饭吃着香咯"。看来，二人之间的较量似乎还没有结束。

●鹿子霖带着鹿兆海的遗孀和孙子去给鹿兆海上坟，看到自家祖坟周围屎尿遍地，气得骂道："我在村子里的时光，狗也不敢到这儿拉一泡屎；我鹿子霖倒霉了坐牢了，祖坟倒成了原上人的一个官茅房了。"再等看到鹿兆海"墓前那块半人高的青石碑面上拉着一泡稀屎，业已干涸的稀屎从碑石顶端漫流下来，糊住了半边碑面，可以看出恶作剧的人是不惜冒险爬上碑石顶端拉屎撒尿的",鹿子霖怒不可遏。这是一个当年曾经与白嘉轩共同缔造了"仁义白鹿村"荣誉的人对眼前的白鹿村人的道德认定,虽然其中充满了因涉及自身利益的情绪色彩,但多少还是让人产生一些思考。一是或许原来的荣誉不过是官封的称号,百姓另有看法。二是或许之前确实比较"仁义",而在时局变化之下正不断处于滑坡,这一点可由朱先生的感慨来证明证。朱先生翻阅历代县志,虽然各种版本的县志出入挺多,但关于滋水县乡民的评价是一贯的八个字:水深土厚,民风淳朴。朱先生想:在新修的县志上,还能做如是的结论吗? 三是鹿子霖由个人家庭等方面的遭遇产生了极度的心理失衡,因此迁怒于乡亲……"仁义"从来不可能抽象地存在。

●一面是旧体制最后的疯狂,用绳索将抓来的壮丁捆绑着押上战场,一面是鹿兆鹏这些年在原上发展的中国共产党比黑娃手下炮营的人数还多,白鹿原同样无可避免地成了现代政治势力角逐的舞台。虽然不见正面的交锋,但潜在的博弈已经对民众生活产生重要的影响。白嘉轩于是召集族人宣布,除了新年敬祖,啥事都不要再找他和孝武了。这是一个宣告退场的宣言,在处理现实事务方面,传统宗法机制已无力应对日益激烈的现代政治斗争所产生的复杂形势,征粮、派捐、抓丁这些最为急迫和重要的事情都无关乎宗族社会传统的关注,而且其执行的规则也大相径庭,难怪连白嘉轩在知道自己居然是免征户时,竟然还有些许尴尬。但征丁中出现的类似闹剧的千奇百怪的现象又使他犯不着去较真,一个一辈子活得有原则且认真的人终于也陷入了一种无奈而又茫然的状态。尽管他的内心对现状并不认同,他只是觉得"这兵荒马乱的世事他无力回天",他认同的"天",依然还是他一直信奉的传统,这种传统在当下以至接下来的很长时间里,都不再能重现白嘉轩所期望的光耀和权威,而只能作为一种被压抑的深层意识,日后又渐次转化为民间意识在心理层次对民众的行为产生影响和规约。整部小说《白鹿原》在某种意义上就是这种传统的挽歌,白嘉轩的无奈正是表明了这一点。

●白孝文执意要买回被鹿子霖买走的门楼,让白家的宅基上重新竖起昔日的格局，并且十分在意这是在他经手下完成的，表面上他说是对祖宗赎罪，其实用意已经在着眼后白嘉轩时代他在白家的地位。他的儿子吃喝嫖赌、携枪逃跑，他的态度居然是"兴许再见面时他当师长了哩"，完全一副实用混世的眼光，其实是对自己人生原则的自得，所以，他表面的所有光鲜、他对祖宗的赎罪、向祠堂的回归都掩盖不了他内心的极端自私、虚伪和唯利是图。

●白嘉轩的三儿子孝义婚后多年不见生育，白嘉轩咨询了冷先生以后，"构思完成了一个比冷先生说得更周密的方案，然后交给母亲白赵氏去实施"。以前在分析白嘉轩的形象时，论者大都提到他与鹿子霖换地和率先种植鸦片这两件事，认为是白嘉轩一生中仅见的两件不光彩的事情，白嘉轩自己认为只有前一件是他"一辈子做下的见不得人的事"，这些都值得读者去探讨。所谓那个实施的方案来自冷先生。

冷先生的建议是叫他儿媳上棒槌会，这是当地不孕女子求子的风俗，这种风俗有深厚的文化内涵，反映了在医学不发达的情况下先民解决不孕问题的对策，也是把"有后"看得极其重要的体现，其中自然包含让人很难接受的苦楚。冷先生如此建议也确实出于"话丑理通"的无奈之举，白嘉轩断然不能接受，他设计的是让鹿三的儿子兔娃来承担此任。无论白嘉轩出于何种考虑选择兔娃，比如他与鹿三的情谊、兔娃比较懵懂、儿媳与兔娃很熟悉等等，但让一个未婚少年在毫不知情的情况下替人做传宗接代的工具，并且还要承受不准说出去的心理压力无论如何都是不道德的。也许在白嘉轩眼里，他这是对兔娃的信任甚至恩惠，但这只是他的想法，而完全没有顾及对方的意志。另一方面，他的这种做法其实对儿媳也是十分不尊重甚至是伤害，只是后者在"无后"的精神压力下暂且无法去顾及这种强加的性行为的别扭。"无后"即可能被休，而"被休"则是女性一生最大的耻辱，这种不人道的宗法观念在她是无法抵御的。正是在这种观念的支配下，她只能由夫家摆布，她无论与谁交媾其实都不能出于自己的选择，而是要由白嘉轩来决定，这里尚且不论她的不孕到底是她的原因还是孝义的原因。白嘉轩一方面对田小娥的行为不能容忍，另一方面却又同时导演了兔娃与儿媳的媾合，虽然他这是在"不孝有三，无后为大"信条的大旗下发生的，把"有后"当第一等大事实在难掩其性道德观的虚伪和混乱，不知他在萌生这个念头的时候，他当年推行《乡约》时的一身正气去了哪里？倒是让人感到回到了巧取"风水宝地"的时候。其实他的这种虚伪和混乱对自身也是伤害，白嘉轩为此做的善后工作表明多少有着心虚，而白赵氏不仅心虚，更是由恶心终致不治。小说中孝义媳妇的文字不多，许多读者可能对她都有所忽略，或者仅仅记住了上面提到的这个情节，其实她应当也是一个宗族伦理的牺牲者，如果用孙绍振先生分析田小娥的文章的观点来看，整个事情的过程中，"这个女人当时的情感和感觉等于零"[1]。即便不说等于零，起码也在健全的人以下，当然上面说了她的苦衷，她或许是被迫等于零。撇开外在动机不论，她对兔娃的行为是能让读者想到小娥对孝文的勾引，尽管二者之间有着很多的不同，但白孝文毕竟是成年的男人，而兔娃还是一个没有任何性经历的少年。田小娥当时受到鹿子霖的挑唆而失去自己的理智，孝义媳妇同样是被宗法观念控制了失去了自我。从后来她果然受孕来看，其实不孕的原因应当在孝义身上，但事实上"不孕"的责任一直都是她在承担，包括不仅差一点导致"被休"，也包括上面提及的由公公导演的与兔娃的媾合。

●前面我们曾经指出过，朱先生是白嘉轩生命中的"贵人"，正是他的指点，让白嘉轩得以知晓他发现的蓟草类似一只白鹿，于是有了后来家道中兴的故事。而在白嘉轩家底尚处殷实的状况下，朱先生却要他"辞掉长工自耕自食"、种不过来的土地"撂给穷人就完了"，这对于一辈子谋求家业的农民来说，简直是难以置信，这却正显示了朱先生对世道演变的突出敏感。当然他得出这个结论，并非靠的"掐指一算"，而是对当时国内政治形势和政治力量的主张的了解。后面他和黑娃的最后一次谈话中，谈及的几件事可以为此佐证。一是朱先生说毛泽东的书他看过，写得好。二是朱先生说，天下注定是"朱毛"的，这虽是他根据当时"国旗"图案说的带玩笑的话，但其中也不乏他的预判。三是他不愿为岳维山发表"反共声明"，并且做好了被抓的准备,这一方面体现了不想被他人利用、介入党派斗争的一贯立场,另一方面也含有他对时局发展的考虑。综合上述,他对白嘉轩的提醒表面看来轻松随意,其实包含了深思熟虑,尽管白嘉轩只听了一半,但在"土改"中幸免被划成地主。

白嘉轩在"土改"中被幸免划成地主,这在小说中属于"预叙",前面提到的鹿鸣的小说《春风化雨》也是用的这种叙述。本来在作品中,作者可以"预"的东西很多,为什么偏偏要突出说明这一点?表面上当然是表现朱先生的先见之明,但似乎并不仅仅为此,作者更深刻的用意还在白嘉轩身上。朱先生要他辞掉长工、把种不完的地撂给穷人,他听了前半句而没听后半句,这是因为鹿三这个"最好的长工"之后,他感觉他不可能再找到他理想的长工,他跟鹿三之间建立起来的那种主仆关系让他对雇用长工有着远远超出仅仅为他干活的理解,他索性不再雇人,既是对他与鹿三之间情同手足之情的怀念,也是宣告了一个"仁义"温情时代的结束。至于土地不肯丢弃,这对于一个世世代代以土地为生命的农民来说并没有什么难以理解的。另外将白嘉轩的政治身份定为"富农"而不是地主,也有意减弱了他作为传统的族长与被推翻的旧政权在政治上的关联程度,凸显了他始终一贯的文化人格。

注释:

[1]孙绍振:《什么是艺术的文化价值——关于〈白鹿原〉的个案考察》,《福建论坛》,1999 年第 3 期。

第三十二章

本章故事梗概:黑娃配合了中国共产党游击队的行动并处死了游击队的叛徒。他最后一次去看望朱先生,听他讲论天下。朱先生拒绝了岳维山要他发表反共宣言的要求,完成了县志的最后编撰和印行,叫来全家吃过团圆饭后平静离世,留下了独特的遗嘱和感言。

●黑娃与韩裁缝的合作以及处死陈舍娃等等,似乎就像安插在保安团里的地下党,这种描写虽然基于此前他跟鹿兆鹏的关系,但毕竟交代不很充分,就像前面已经论及的他与兆鹏之间的默契一样,总感到多少是出于兆鹏对他的无保留的信任,但仅于此,似乎还有某些单薄,给人一种交代不很清楚的感觉,因为此时的黑娃对未来、对前景似乎处于一种茫然的状态,学为好人只是一种对自身的修养要求,并不直接涉及当下的政治态度。他之后去拜望朱先生,还很忐忑地问道:"先生依你看,他们能得天下不?"因此,充其量黑娃应该算是一个曾参加过革命、至今仍对革命有着同情、可以争取的对象,这跟小说里实际呈现的成熟应当有所区别。

●黑娃最后一次去看望朱先生,两人的谈话表面上虽然轻松,却难掩心底的沉重。黑娃对未来呈现的是茫然,是一种学为好人却无处着落的忧郁,而朱先生对自己在时下无处依归即将谢幕早有预感。他不愿为岳维山发表"反共宣言"自是不肯当人工具,同时也包含了对现实的不满,其中也许也带有对中国共产党以及毛泽东等的依稀认识。他精心编撰的县志虽然在文化继承和保护上功劳不菲,但在那个年代,却只能靠自伐书院的老树以抵印资。他说县志印成,他便完成了在世上的最末一件事,其实这并非真正的心里话,而是一种知其不可为的无奈,一种想做很多事而根本不可能再做的清醒,这种既清醒又无奈的状态应当说是具有一定的代表性的,波诡云谲的政治风云里心灵难以落地的又岂止朱先生一人! 他利用送书的机会又一次游览滋水故地,所得的感受十分大气和深刻:"滋水县境的秦岭是真正的山,挺拔陡峭巍然耸立是山中的伟丈夫;滋水县辖的白鹿原是典型的原,平实敦厚,坦荡如砥,是大丈夫的胸襟;滋水县的滋水川道刚柔相济,是自信自尊的女子。"这样的山水对钟情于自然的人来说当激起对生活和未来的美好憧憬,朱先生却是满心的无奈,其间的反差形成一种审美张力使文本意蕴显得厚重而绵长。

　　●朱先生走了,走之前似乎对自己的命数相当清楚,履行了他力所能及的应有程序,与山川、故土和家人之间十分平静而又不露声色地告别,吃饭、剃头,与平时并无特别两样,心里却是了如明镜,留下一切从简、不要喧嚷的遗嘱,一个人居然可以这样离开世界! 可以说既了无遗憾又充满遗憾,既无病无灾又愁绪满腹。他走了,带走了他的清醒和无奈,也带走了他的睿智和困惑。当然,他还留下了他的人格和风范、他的故事和县志、他注入弟子心间的精神和文脉、他为百姓树立的好人的风仪……黑娃的挽词"自信平生无愧事、死后方敢对青天"和白嘉轩的慨叹"世上肯定再也出不了这样的先生啰"仿佛内外两个不同角度对他的盖棺论定。而沿路"五十多里路途之中几十个大小村庄,烛光纸焰连成一片河溪,这是原上原下亘古未见的送灵仪式"表达了民众的崇拜。作者并没有让先生走在功成名就、充满光环的氛围里,相反倒是充满纠结、失落和诸多不解的状态中,真正体现出一幕文化挽歌的景致! 他在后来被挖掘出来的砖石上留下的"天作孽,犹可违;人作孽,不可活",代表了他对世事和人事的总体态度,也是他站在传统文化角度对时局的诊断,虽说是入木三分,但换个角度也说明了他与时代的脱节,他的思想和判断基本是建立在传统文化的根基之上,以之衡量新的时代,难免方枘圆凿,与情节不符。先生并不迂执,为人为事也不死板教条,甚至在诸多事情上与传统的"儒教"要求并不符合,尤其少言儒家的纲常伦理,比如选择妻子需经亲自看过一眼,他留下的那些格言警句,比如"不义之徒自有灾池等着他,何必你兴师动众""朋友之交,宜得删繁就简""民族英魂是不论辈分的"等等,虽然充满智慧但并非儒家教条的演绎,以至毛崇杰先生认为此"关中大儒"并非"真儒",或乃"现代-后现代大儒"[1],即作者立足 20 世纪 90 年代文化语境对儒学的言说产物。但无论怎样说,朱先生在社会人生的基本观念上,只能属以儒家为中心的传统一脉,其中虽不乏今人普遍难以做到的种种品格,但毕竟与现代社会的潮流与旋律有着隔膜。起初先生办书院,但在时势的动荡中,传统的书院已再无生员;后来是精心修志,但在诸多方面也是困难重重。讲学意味着维持伦理,修志意味着塑造历史,这本是传统宗法制度得以维持的两大支柱,当这两点都遇到了困难,朱先生的生命意义无疑受到了限制。谭桂林先生认为先生也姓朱,而理学的大师朱熹的讲学地也叫白鹿洞书院,与朱先生的白鹿书院只差一字,这"也许并不是完全巧合"[2]。换句话说,朱先生一开始和后来基本的态度还是属于"儒"的,其身上体现出的"似儒而非儒"的一面,正是作者立足当代文化语境对儒学的反思和言说,寄托了一种现代性背景下的对传统的重构,我们除了要懂得黑娃和白嘉轩将朱先生推崇为圣人的"故事发生年代"的意义,更要懂得作者心目中这一圣人的"讲述故事年代"的内涵,此所谓"任何历史都是当代史",作者对朱先生的塑造,明显具有现代性意义上的想象。

●小说中把白鹿的传说当作白鹿原人最美丽的故事和期待,而这只白鹿在作品中除了传说中的以外一共出现了两次,一次是白灵遇害时变身白鹿托梦给家人,一次就是朱先生离世之时,可见作者心目中这两人作为"白鹿精魂"的重要性,按李杨先生的话说,"这两个人物,恰好是小说《白鹿原》的灵魂。他们是小说主题最好的承载者——白灵用来反思革命,朱先生则被用来回归传统"[3]。但在后来改编的电影中,这两个极其重要的人物被编导删掉了,这就使电影《白鹿原》的思想和艺术内容与小说原著之间差异太大,这很值得专门研究中国现当代小说影视改编的学者予以关注。

●在笔者拥有的《白鹿原》较早的版本里,包括 1996 年 8 月太白文艺出版社出的《陈忠实文集》的第四卷《白鹿原》里,本章最后还有一段话在后来的版本中被删掉了,删掉的原因在作者出版于 2009 年的《寻找属于自己的句子——〈白鹿原〉创作手记》和邢小利著的《陈忠实传》中都没有提及,但在本书前面提到过的何启治的《永远的〈白鹿原〉》一书中专门做了交代,这跟 1997 年 12 月的第四届茅盾文学奖有关。针对当时有些人对《白鹿原》提出的不同意见,评委会"从总体上肯定《白鹿原》是一部艺术精湛的长篇佳作,在作者接受修订意见后决定授予茅盾文学奖"[4]。也就是说作者是以删削过的《白鹿原》(修订本)最终获奖的。当时评委会的意见是:"作品中儒家文化的体现者朱先生这个人物关于翻鏊子的评说,以及与此有关的若干描写可能引出误解,应以适当的方式予以澄清。"[5]另外一句就是前面提到过的关于性描写。"鏊子"的比喻在修订本中依然存在,与原版本并无改变,修订本中删掉的却是朱先生死后有关墓穴砖石上的文字。那么这段话写了什么呢? 我们不妨看一看:"一个男学生用语言批判尚觉不大解恨,愤怒中捞起那块砖头往地上一摔,那砖头没有折断却分开成为两层,原来这是两块磨薄了的砖头黏合成一起的,中间有一对公卯和母卯嵌接在一起,里面同样刻着一行字:折腾到何日为止。学生和围观的村民全都惊呼起来……"在这段被删掉的话之前,就是上面提到过的有一块砖头的两面分别刻着"天作孽,犹可违"和"人作孽,不可活",比较一下这两段文字,可以看出是同一意思的延续,表现了朱先生对当时时局的失望,有了后一句,更突出了失望之外的愤懑,但都缺乏对当时政治形势的明确倾向,而是试图以笼统的文化立场表达对政治斗争的排斥甚至厌恶。从文本表达的角度,结合朱先生的性格,其实后一句话也确实可以不写,因为前一句引用的古语已把朱先生想要表达的立场基本上写了出来,后一句倒是像为这种立场确立了一个具体的针对物。其实对朱先生这样睿智的学者,在他临死留下的文字中,我倒觉得是更虚远一些、所指范围更开阔一些、更哲理一些更符合他的身份,也更有文化上的启示性,至于具体所指,可以由不同时候的读者去领悟和理解,所以,修订本的删掉部分,不论从其他方面的原因,还是就文本本身而论,亦无不可,至于删掉段落中所写学生们的表现,那本来与小说情节没有大的关系。若说其中表现了朱先生的某种预见性,那现有的文字里已经有体现了。关于要求作者修改,上面提到的何启治先生在《永远的白鹿原》一书中,披露了自己作为原书的组稿人、终审人和责任编辑之一在当时的看法,他提出了三点:一是"修订并不是如有人所顾虑的,是伤筋动骨而至于面目全非。修订过的《白鹿原》不过是去掉枝叶上的一点瑕疵,而牡丹的华贵、价值和富丽却丝毫无损";二是"如果我是茅盾文学奖的评委,我会痛痛快快地给《白鹿原》投上一票,而不会要求它进行修订。因为《白鹿原》在深刻思想内涵和丰厚审美意蕴上的出类拔萃是毋庸置疑的客观存在。至于作品的缺点,那是世界文学名著也在所难免的,是改不胜改的";三是"如果《白鹿原》的作者只有作适当的妥协才能使它获得茅盾文学奖,那么,我是理解并且支持作者作适当的妥协的。因为《白鹿原》获得当代中国长篇小说之最高荣誉,对繁荣长篇小说创作有利,对发展整个当代文学有利"。这三点意见概括起来意思是:可以不改;若为获奖,可以修改;实际改动不大。何启治先生出于对小说的厚爱可以说考虑得非常全面和实际。郜元宝先生有一段评论虽未涉及"评奖"问题,但似乎也可以从另一角度看作是对此的看法,他说:"如果舍弃人性和文化,纠缠于鳌子之喻是否模糊了社会政治史叙述应有的价值判断,甚至争论《白鹿原》是不是一部针对现代革命历史的翻案之作,是否颠覆了传统固化的现代史观,如此解读法,并不适合于这部主要着眼于人性和文化的长篇。"[6]

●《白鹿原》里涉及的时间下限最迟的是关于鹿鸣知道自己的身世以及母亲白灵死亡过程的文字,那是20世纪的80年代。这个年代对鹿鸣能够了解历史真相有重要意义,但毕竟不是小说故事发生的年代。小说故事发生的年代最迟的下限就是本章中写到的20世纪60年代"文革"中红卫兵住进白鹿书院闹革命以及"又过了七八年"又有一群红卫兵到朱先生故里来掘朱先生的墓。朱先生因他特有的文化身份而成了特别的沟通历史的存在。当然时过境迁,最能留存的东西无疑是文化,最能穿越时间的也是文化。假如真有白鹿原(事实上也的确有),那原上的人们今天能够对外夸耀的,我相信依然还是朱先生所代表的文化。就时段上说,从白嘉轩开始他的故事,到20世纪七八十年代,差不多正好一个百年,小说《白鹿原》也就是这百年中国文化从乡村角度的一个俯瞰。如果从这个"百年"的角度来看,作者之前用的"翻鏊子"的比喻以及这里写的朱先生刻在砖头上的文字,似乎正体现了小说创作的年代——20世纪八十九年代国人经历了一系列动乱之后对民族命运的一种深刻认识,这无疑是一个具有思想和文化深度的揭示。但作者通过朱先生之口说出这个话,又让人觉得认识和反思还不够深刻、透彻,似乎是与他无关的另一种文化影响的产物,或者还以为他"背弃"了他所信服的传统文化。这里表现出作者一方面要表达出写作小说的年代受到当时思考"国民性"思潮的影响进而对种种现象的反思,另一方面对其产生的历史文化原因并未能给予真正清晰的探究,许多问题似乎只停留于表面甚至是想当然。

注释:

[1]毛崇杰:《"关中大儒"非"儒"也——〈白鹿原〉及其美学品质刍议》,《文学评论》,1999年第1期。

[2]谭桂林:《论〈白鹿原〉的家族母题叙事》,《河北学刊》,2001年第2期。

[3]李杨:《〈白鹿原〉故事——从小说到电影》,《文学评论》,2013年第2期。

[4]何启治:《永远的〈白鹿原〉》,人民文学出版社,2018年版,第23页。

[5]同上。

[6]郜元宝:《为鲁迅的话下一注脚——〈白鹿原〉重读》,《文学评论》,2015年第2期。

第三十三章

本章故事梗概:鹿子霖因小孙子的出现重新激起了生活的热情,他把祖上传下的家风发挥得淋漓尽致。鹿子霖的祖上忍辱负重凭着一把铁勺在西安闯出名头创出家业,给后人留下不惜一切出人头地的家训,白嘉轩对此极为鄙视。

●本章大部篇幅属于鹿子霖。在小说接近尾声的时候,作者有意停下主要情节的发展,仿佛流水在途中打一个回旋,专门为鹿子霖安排如此一章,用意之一是让小说回到最主要的人物及其命运,回到了鹿子霖,也就同时回到了白嘉轩,回到了白嘉轩,就引出了章末白嘉轩与冷先生对鹿子霖的议论。鹿子霖黑间躺在孤清的屋内会觉得与白嘉轩等人的争斗"十分可笑十分没意思",但早晨醒来以后"心境就决然不一样",依然顾我地到处颐指气使、收受征丁派捐的分红,并且毫无收敛地拈花惹草,这一切皆源自祖上传承下来的家族理念。当白嘉轩说到"这是祖传家风。鹿家人辈辈都是这式子"时,可以看出两人之间的芥蒂和怨怒,小说又一次回到了《乡约》与"乡约"的较量的基本主题。白嘉轩说这话时,本是和冷先生谈论游击队袭击联保所的事情,而且照参与袭击的人的话说"原上现时暗里进中国共产党的人多着哩",但是白嘉轩仍然还是活在他的人生情节和章程里,他不关心多少人参加了中国共产党,他仍然只关注鹿子霖。上面曾说到朱先生与时代的脱节,白嘉轩其实也是脱节的,在某种意义上,他甚至还不如鹿子霖,只是后者虽然能面对新的时势,却并没能掌握新的时代的要领,只能成为如今这脱了旧的轨道又不知新的列车该驶向哪里的飘萍。而白嘉轩正因为他的坚定,成了传统文化精神的化身。作者在新旧文化的冲突、碰撞的动态环境中来展示人物的性格和文化的命运,显然比单一环境地面对和静观要深刻和丰富得多。

鹿子霖人生信条的形成与其家族的历史传统——家风文化大有关系,这个传统和文化从本质上说与白嘉轩所信奉的应该属于一个大的系统,却是这个系统中不占主流并且常常要与主流显得有些磕磕碰碰的支流,其形成的根本原因就是前面我们已经分析过的宗族的嫡长制继承原则造成的鹿家对宗族核心和观念的游离,这最突出的表现就是在祠堂之外寻找另一个出人头地的机会,这便与白嘉轩信奉的“耕读传家”不仅产生了距离,甚至还会对其宗族秩序产生威胁。当鹿子霖的先人靠掌勺出了名、挣了钱、兴了家的时候,他给后人留下的叮嘱就是要进入上流社会坐一把椅子占一个席位,为此可以呕心沥血、卧薪尝胆。这一方面自然为家族延续注入了“进取”的基因,但另一方面由于全部的目标仅在于出人头地,所作所为难免缺乏道义基础和伦理制约,这就使得作为宗族核心的白家对此不能不保持警惕,白嘉轩对能干的鹿子霖的不屑甚至鄙视概源于此。小说在表现白嘉轩对传统文化的守望和维护时,一方面写了他对时代变化而引起的对传统的冲击的反应,另一方面还写了他与鹿子霖之间这种在传统文化格局内固有的矛盾,尤其是后者在时代变化的新的环境里呈现的背靠新的政治势力和氛围的新情况,无论鹿子霖怎样宣称“革命”、怎样充当国民党区分部委员以及新政权里的“乡约”和“保长”,白嘉轩始终是以传统的宗族文化标准来看待他的,而事实上的鹿子霖确像钟摆一样在欲望的放纵和身份的约束之间摇晃,他最多只能算是旧秩序的脱轨者,而不是新秩序的追求者,正如有论者指出的:“他们在挑战族长的权威和固闭的社会秩序时,双脚依然立于传统价值的船只上,尚未做好登上觉悟的现代价值的准备。”[1]需要指出的是,鹿子霖家风中这种“出人头地”和“卧薪尝胆”的思想观念在笔者看来其实也是中国传统文化的固有成分,只是前面说了,它始终不处于占据显赫的主流统治的位置,在中原儒文化以外的地方或者民间,它就具有一定的市场,比如“卧薪尝胆”

一词本来是得自越王勾践的奋斗故事,在传承和衍化中它跟"励精图治"相结合成为一种重要的激励精神整合进了中国传统文化的整体系统,鹿家对它的推崇其实谈不上有何原罪,不过在白嘉轩眼里,这正是这一家人不安分的精神源头罢了。

要出人头地,不惜卧薪尝胆,这正是鹿家区别于白家——这个具有祖荫"世袭"特权的长门既无奈又不甘的选择,为此鹿家人付出了不小的代价,鹿家这座精美的四合院最后之所以显得"稀汤寡水",或许正与此相关。鹿兆海英年早逝,不管最后死于谁手,但其一生终究属于有抱负、有担当,有鸿鹄之志,并且做到了忍辱负重,其身上彰显的"卧薪尝胆"精神十分鲜明。而鹿兆鹏性格刻画虽不明朗和清晰,基本特征却是毋庸置疑。他投身革命坚韧不拔、百折不挠、遇困时东躲西藏,甚至做过滋水上的背客,也更是体现了呕心沥血、卧薪尝胆的品格,正是身上流淌的这种基因决定了他们不可能守在田地里、围着自家的四合院做宗法秩序下的顺民,至于兆鹏媳妇——鹿冷氏的命运其实也正与鹿兆鹏的这种选择有关。在小说即将结束的时候,作者如此详细地叙说一番鹿子霖这带有独特文化意味的家风,一是彰显了其与白家的不同,并让白嘉轩站在奚落的角度予以道明,二是实际上也让读者在一个更高的层面来看待这两家所经历的是是非非,也许读者的感受未必会与白嘉轩的奚落完全等同。如果说鹿家的选择不可避免地带有从一家利益出发的自私性,那么白家站在宗法社会族长的立场所做的选择也未必就不自私,尤其从下一代人的角度来说,白家的白灵、白孝文首先就跳出了这种"本分"文化的局限,能够信守的只剩下平庸的孝武和孝义。而鹿家的子弟则早早就确立了走出白鹿原的志向,再加上情况特别的黑娃,有出息的年轻人都更多地信服着不是白嘉轩的信条反而是"卧薪尝胆"出人头地的追求,这也正构成文化上"守成"与"求变"的矛盾,而上述"求变者"不同以往,还有一种新的时代的精神感召在他们心里或身上激起的回应。若按照白嘉轩的哲学,那就永远只有信服命中注定和停滞不前。停滞里有安稳而进取中则多荆棘。孝武、孝义、兔娃虽然平庸,可至少有日子的平静,但白灵、兆鹏、兆海还有黑娃则是凶险不断、坎坷连连。假如出现相同的社会时代背景，在后来者中，自然会有人愿做孝武这样的安稳者，但同样依然会有人选择那种虽有凶险但更有生命激情的道路。当然到底哪一种选择才更符合人的价值？才更值得人去追求？这种问题着实是不好回答的难题。回到白嘉轩与鹿子霖的《乡约》与"乡约"的较量上来，我们除了看到有现实的利益因素以外，其实也有源于不同文化背景的差异和源于不同生命方式的差异，这一切在特定的时代社会变化的作用下，更显得比以往激烈和突出。

●鹿子霖"小孙孙不期而至，一下子给衰败的屋院注入了活力，使情绪跌到谷底的鹿子霖的心里开始荡起一股暖流"，让他觉得人的珍贵："钱再多家产再厚势威再大，没有人都是空的。有人才有盼头，人多了才热热闹闹；我能受牢狱之灾，可受不了自家屋院里的孤清！"鹿子霖的这段对生活的领悟充满了很具有人情味的世俗哲理。他对小孙子到来的喜悦，虽然也有"鹿家有后"的因素，但同时更着眼世俗生活的温馨与充实，这其实也是中国文化的重要成分。如果说白嘉轩看重"有后"更多考虑门户传承的意义，那么鹿子霖在经历了人生的风风雨雨之后，终于发现了"有人才有盼头"的另外的意义，"自家屋院里的孤清"是比坐牢还要让人受不了的，鹿子霖的发现其实也有着很朴实很本色的意义。

●白嘉轩不仅以传统的文化标准看待鹿子霖，对其他人也是一样。一个老亲戚的孩子参与洗劫联保所负了伤，向他讨要伤药。听说他也参加了中国共产党的游击队，白嘉轩震惊之余，向他训斥道："你家人老几辈都是仁义百姓，咋弄这号出圈子的事情？"在白嘉轩眼里，"仁义百姓"是不兴"出圈子"的，参加中国共产党的活动无疑就是出了圈子。他自己的儿子白孝文在保安团当差，那是政府的部队，他能接受他的回归。这里我们若给白嘉轩简单地扣上"政治反动"的帽子是容易的，却不免过于简单和草率。第一，他的立场只是"不出圈子"，不去参与与庄稼人身份不合的活动，并非专指参加中共游击队，他本人也没有任何实际的反对的行为；第二，事实上他的确还帮助了这位亲戚的孩子，而且还为他保守了秘密；第三，白孝文在保安团当差，这虽然不合白嘉轩"耕读传家"的家风,但当时确实是政府的官饭,他也能够认可,关键是,他与白孝文曾经有过不痛快的反目成仇的经历,他又岂能反对得了?

注释:

[1]申霞艳:《〈白鹿原〉的身份建构与认同危机》,《文学评论》,2017年第1期。

第三十四章

　　本章故事梗概:鹿兆鹏联系黑娃,组织策划了保安团的起义。白孝文打死了态度略显不爽快的保安团长。随后白孝文夺得起义的首倡之功,成为县长。而副县长黑娃却被逮捕,他的申诉无效,被处以死刑。白嘉轩一直企图救下黑娃但遭白孝文拒绝,他在处决黑娃的枪声里得了"气血蒙目"。小说最后白嘉轩看见精神失常的鹿子霖,说出了为当年设计换地而为之道歉的话。

　　●鹿兆鹏策划的保安团起义十分顺利,顺利得仿佛那些官长早就在等着这个时候,这对黑娃来说,也确实如此。但其中顺利的第二个原因,即白孝文的"反水"却是内含蹊跷的。首先之前没有任何迹象显示他与效命的政权的决裂;其次他根本不给本也可以争取至少不会抵抗的团长考虑的时间,极不耐烦地开枪打死这个既重用他又曾是结拜兄弟的上司,这个团长临死前"仰起头来紧紧盯着白孝文"时,似乎真正彻底了解了白孝文的为人,连鹿兆鹏都会感到他心里那种"扒皮撕裂"的景象。遗憾的是,团长没来得及把这种了解告诉任何人就带着他的"扒皮撕裂"的感觉死了;鹿兆鹏虽然想过白孝文"有无必要迎面放这一枪",却也是一闪而过,又不知去向地忙别的事去了;另一位营长焦振国心里抹不掉对白孝文开这一枪的恐惧,早早回到了老家乡下。这样,知道内情的人就只剩下黑娃一人,接下来发生的事情几乎与上述情节有着逻辑上的必然,即白孝文不仅抢夺了首倡起义的功劳,而且不择手段地置黑娃于死地。他置黑娃于死地,一是为自己此后往上爬剪除对手,因为黑娃的历史和在起义中的作用都胜过他,二是消除隐患,因为黑娃对他的历史比谁都清楚。在此过程中,黑娃不像白孝文存着害人之心,这无可非议,但他同时也没有防人之心,尤其是在和白孝文这样的人共事的时候并且从事的还是政治,他不仅没有比被他视为心胸狭隘的焦振国更有远见,而且似乎把从朱先生身上学到的"好人"原则用到了一个已完全不相同的新的环境,黑娃此时处身新的政治语境,他基本上未从朱先生的精神世界里走出。不说朱先生本人始终觉得自己根本就无法从政,更不用说政治环境上的巨大变化。当我们读到一生坎坷的黑娃在白孝文的主持下被政府处以死刑时,不禁感叹历史的阴差阳错及人的命运的扑朔迷离。其实正是黑娃的结局,才更明确地表明朱先生时代的结束和传统"好人"文化的式微。如果从微观角度来分析,也许鹿兆鹏最大的失误就在于他没有将他所经历的这一切,包括起义的具体经过以及脑子里闪过的白孝文"有无必要迎面放这一枪"等都详细地告诉后来接手的人,按照常规,他是应当有一个这方面的总结报告提供给当地成立的新的组织。他之前曾提醒过黑娃要小心白孝文这个"乡党",可为什么在白孝文开过这一枪以后不仅自己没有同时对黑娃也没有再次提醒呢? 假如他在上述任一方面再细心一点、周密一点,黑娃的冤屈或许不会发生,而白孝文的投机和对黑娃的陷害也不会那么轻易得逞。小说里,黑娃在牢房里对妻子说"你要去寻兆鹏。你寻不着,你死了的话,由儿子接着寻"。可见黑娃此时的心愿与鹿兆鹏实际的情形有着极大的反差,这让我们对黑娃"几乎是一生服膺鹿兆鹏"感到很感慨。当然,鹿兆鹏的失误也并非有意,他忙于战事,连起义的正式仪式都来不及参加,或许他没有想到后来居然会出现那样的结果。值得我们思考的正是这些地方,一些想不到的悲剧总是这样那样不以人的意志而发生,邪恶总是会无孔不入地钻进每一个可以置身的环境,然后在其中滋生、发酵,最后祸害了那些健康的细胞。鹿兆鹏作为一个成熟的老革命者,实不应该对几乎一生都信任他并跟着他的黑娃犯下如此的过错,尽管他绝非是有意。当然,历史不能假设,提出这个问题,目的是分析鹿兆鹏的形象。另一个能为黑娃做正面证人的人就是韩裁缝,他不仅部分见证了黑娃与鹿兆鹏的交往,而且至少在处死陈舍娃这一问题上他也算是当事人。凭韩裁缝在当时已是秦岭游击大队政委的身份,他若为黑娃做证应当有不小的分量。然而韩裁缝在这关键的时候居然也消失了,这不知是巧合还是作者的有意安排。韩裁缝其实在小说里有过几次出现,时间跨度也挺大,读者知道他一开始就和鹿兆鹏一起从事农运活动,直到作为游击大队政委迎来全国的胜利。可惜对韩裁缝的描写太缺乏性格的深度,更多的只是满足情节的需要而出现,也可能是作者到底对这一类人物不熟悉和不了解所致。

黑娃的人生命运真是起伏而又跌宕,给读者的审美体验也特别新鲜和独特。他既不是像朱先生和白嘉轩这样从小说开始性格就基本定型的人物,也不同于以往革命小说中那些"单向成长"的人物,他的深刻复杂也超出了鹿兆鹏、白灵这种基本稳定而又缺少深度的人物。他的遭遇和命运还原了人性与历史、环境和社会文化当中极其复杂的形态,揭示了其中丰富多元的内在纠结,在整个小说的年轻一代中,他和白孝文无疑都是刻画得具有丰富内涵和深度的人物。

●岳维山的结局也是值得一提,他一生反共,中国共产党的胜利即是他的末日,这也在情理之中。他最后并不是输于与中国共产党军队的正面交手当中,而是被他经营多年、用来对付中国共产党的保安团士兵"背缚着双臂"押到鹿兆鹏面前。此前一刻,他应该还是保安团的绝对领导,但转眼就成了敌人和俘虏,政治动荡时代政治人物的命运常常是这样出人意料。

●白孝文在最后的抢夺起义功劳和取得新政权的信任上进行得顺风顺水,其中包括上面提到的对黑娃的陷害,小说没有正面从他的角度去表现他的构想和心思,都是从旁的角度简单提及,这就让这个问题不仅具有悬疑而且是以一种不经意的态度将悬疑埋伏在文本之中。白孝文对新的政权和新的社会到底是什么态度?他真的在信念上接受新的价值观念了吗?还是仅仅是一种政客的投机?他又是如何如此迅速地实现自己的转身并进展得如此顺利?这些问题应当说都涉及当时人们对当时政治形势和政治环境的判断和思考,应当说这些是很难由作者来进行正面描述的。很多读者大概不会相信他是真的转变,而更倾向于认为他就是一个彻头彻尾的投机者。但为什么他的投机会如此轻而易举地就如愿以偿?他曾经的族长、营长经历为他积累的政治经验与他在新的政治舞台上的表演有着什么样的关系?等等,尽管白嘉轩把他的这个县长之位多少还有归于"白鹿精灵"的想法,但读者似乎更多倾向于认为是白孝文的投机狡诈所致,不然,倒是对白鹿精灵的一种亵渎和颠覆。换句话说,白孝文最后的命运故事已经不属于白嘉轩那个传统的范畴,而应当归于一个新的话语世界。这个旧范畴与新世界两者之间存在着怎样的意义关联?一个因堕落而被废去族长资格的人竟然之后还会在新的环境里如鱼得水,这个结局虽然让人意外,但又具备生活的可能性,正是这些问题和由这些问题引发的更多的问题都将会给读者带来更多的思考。

●白嘉轩在处决黑娃的枪声中得了"气血蒙目",他弄不懂为什么黑娃学好了还容不得他,也弄不懂为何容不下他当县长,还不能容他回原上种地务庄稼,他要为黑娃担保,得到的是当县长的儿子这样的回答:"新政府不瞅人情面子,该判的就判,不该判的一个也不冤枉,你说的是哪朝哪代的老话呀!"也许在这些不懂当中,白嘉轩最不懂的应该是他的这个儿子,这实际才是问题的关键!他并不知道黑娃的结局与白孝文有着脱不了的直接干系,仅仅把话问到了"黑娃不是跟你一搭起事来吗"的地步,而白孝文的上述回答得无耻而虚伪。仅此,也足以让白嘉轩这个给他以及整个家族带来荣耀的儿子真正让他这个信守老话的人"气血蒙目",白孝文与黑娃的不同结局从正反两面宣告了白嘉轩时代的结束,他自知他的眼睛的好与坏已经无关紧要了,因为无论他看错看对都已经不起作用,所以他才对为他施了手术的冷先生说:"你当初就该让他破了去!"更重要的还在于这个结局预示着即将开始的新时代中,许多方面会与以往有所不同,但人性的善与恶、真与伪会依然存在,并且对人的命运产生重要影响。白嘉轩的上述问话是整篇小说中唯一的面对白孝文等人即将开始的新的历史含有评价意义的话,其中分量绝不一般。费秉勋先生在评论白嘉轩时写道:"作为一个封建性人物,虽然到了反封建的历史时代,他身上许多东西仍呈现出充分的精神价值,而这些有价值的东西却要为时代所革除,这些有价值的东西就显出悲剧性。"[1]这个悲剧性,已经不限于白嘉轩这个人物和他身上所体现出的精神,而是涉及整个中国社会文化更大的范围。虽然在上面诸多论述白嘉轩的文字中,我们也曾指出他人格局限的一面,但历史地评价一个人不可能抱着"完人"的标准,就代表着中国传统文化精神的意义而言,白嘉轩身上确实体现了我们今天该当重新认识的某些特质和精髓,这个在整个现代文学史中尚未出现过的人物形象,留给我们太多启示和思考,其中自然也包括在新的社会历史背景下他实际已处于一种失语的境地。企图救回黑娃的性命可以说是白嘉轩站在传统家族和宗族立场上所尽力做的最后一件事,但他不知道他所求的这个人虽然是他的儿子,但白孝文此时的身份已不是作为他的继任者的族长,而是更类似为了出人头地而不顾一切的鹿子霖的精神后代。作为一种宗族内部的"离心力量",从鹿子霖到白孝文,算是把白嘉轩的家族意识形态彻底地解构了。有意味的是主持对田福贤、岳维山的正法并将鹿子霖吓疯的正是白孝文,倘若当初不是田福贤和鹿子霖的举荐,白孝文又如何有今天?很难想象这个场合白孝文面对田福贤和鹿子霖时是一种什么表情和神态,不过对于这种人来说,还有什么是做不出来的呢?

　　●白嘉轩的"气血蒙目"虽然严重,但在冷先生的果断处理下只坏了一只眼睛;而鹿子霖的精神崩溃却让冷先生无能为力,他的有灵性的生命已经结束。这让白嘉轩能够清醒地面对没有一丝生命灵性的他道出内心最难的歉意:"我一辈子就做下这一件见不得人的事,我来生再给你还债补心。"白嘉轩说的这见不得人的事就是小说开头的换地,白嘉轩为什么要道歉?这里面包含的意思十分丰富,可以从几个方面来解读。一是这种结果本来应当是属于鹿家的,换了风水宝地也就把两家的结果互换了。二是或许正是换地的后果造成鹿子霖今天这样的局面。三是他在参加公审黑娃等人的大会时,"瞅见高台正中位置就座的儿子白孝文,忽然想起在那个大雪的早晨,发现慢坡地里白鹿精灵的景象",而眼下看着鹿子霖这精神失常的模样,他

第三十四章

197

又一次"忽然想起以卖地形式作掩饰巧取鹿子霖慢坡地做坟园的事来,儿子孝文的县长,也许正是这块风水宝地荫育的结果"。综合上述,可以看出白鹿一宝地一儿子一县长这根思绪链条在他心里渐渐明晰,而这对他来说,感受到的并非是单纯的欣喜,而是十分复杂的情感。其一,这绝非他当时所为的初衷,当初他祈求宝地荫育的主要是护佑他当好族长,这里面包含的内容很多,有子嗣、家业等等,但绝不包括冒出一个县长来。其二,黑娃跟孝文一共搭事起义,黑娃如今丢了性命,儿子孝文却做了县长,其中的原因他弄不通,因此他心里多少有点惴惴,这也是他始终保持低调的原因。正是这些结果,让他对自己一直感到欣慰的发现宝物——设计换地一事产生了不说是动摇至少也是有些茫然的心绪,进而对人生的祸与福产生了与以往不同的更深一层的理解。"气血蒙目"之后的白嘉轩肯定已不是之前的白嘉轩,他给鹿子霖道歉,并且表示来生再给鹿子霖还债补心,预示着他已经或正在静下心来重新思考自己所做过的一切,这个结尾意味深长。读者不禁要问,假如真有来生,白嘉轩该如何给鹿子霖还债补心? 如果他还当族长,他会另外选择一套做人和行事的原则吗? 他对此生的所作所为是满意还是觉得有亏? 而换地产生的愧疚仅仅是单纯的就事论事,还是涉及他整个的人生追求和目标? 假如由此产生了"多米诺骨牌"效应会不会让白嘉轩变成一个完全不同的人物类型? 这个一生为自己的原则和信念执着不渝、百折不挠的人为什么在自己的时代行将结束的时候让人产生如此多的疑问? 这些产生于小说最后的疑问无异于让读者回过头来重新将小说的全部内容再思考一遍,以至一时根本无法形成明确的结论,读完整个小说根本就不是一种结束,而只是一个新的开始。有论者指出:"法国文学评论家罗兰·巴特认为,创作有'可读的文本'和'可写的文本'两种,'可读的'指封闭自足的文本,满足短期的阅读性消费,而'可写的'则指那些具有动态性和开放性的艺术佳构,它召唤着读者和研究者不断进入'重读',并完成思想艺术的再生产、再创造。如果我们以'可写性'亦即'可重读性'来衡量一部作品是否有经典价值,那么《白鹿原》迄今为止的阅读史,或许只是一个开端,换句话说,由读者参与创造的《白鹿原》,还远远没有完成。"[2]上述围绕白嘉轩的那些疑问就充分体现了《白鹿原》作为一部"可写的文本"的开放性,它将白嘉轩及其白嘉轩时代产生的问题捕捉挖掘出来,留给近一个世纪以后的人们来参与思考,而随着参与思考的人的立场和角度的不同,其结论也必将是各自不同,但毋庸置疑,这些问题确实能成为直至今天每一个阅读者切身的现实的问题,而绝非仅仅是一个关于过去的知识性的问题。从某种意义上说,作者通过这些问题,将白鹿原和白嘉轩的历史变成了"当代史",将宗族社会、乡村治理、文化传承和价值选择与读者的当下生活联系起来,并且进入了当下仍在进行当中的有关乡村、文化和价值等问题的思考,这充分体现了《白鹿原》这部作品的艺术生命力。丁帆先生在小说发表二十多年后,主动纠正自己当年对小说思想艺术价值的忽略,认为"像《白鹿原》这样的作品一定是要在共和国文学史上立专章来评析的,因为它的分量远远超越了当代许许多多的作家作品,成了二十世纪末长篇小说的一座里程碑",他郑重提出"重估《白鹿原》的史诗性,应该成为当代文学史,也是百年文学史的一件重要的学术元素问题"[3]。这既是属于《白鹿原》应有的荣誉,也说明它作为一部"开放的文本",其自身的价值是在读者的阅读过程中不断地被发现和释放出来的。"立专章评析""二十世纪末长篇小说的里程碑""重估《白鹿原》的史诗性"等等赞语,体现了丁帆先生对《白鹿原》的新的评价,只要我们重新翻读一下他与许志英先生主编的《中国新时期小说主潮》[4]一书中对《白鹿原》的评价,不难发现他现在这些认识的针对性。丁帆先生的认识是在他多年以后重读《白鹿原》而得到的,也有评论家在一开始就敏锐地感觉到了作品及其人物所具有的艺术魅力,雷达先生就曾指出:"毫无疑问,白嘉轩是个悲剧人物,他的悲剧那么独特,那么深刻,那么富有预言性质,关系到民族精神的长远价值问题,以至写出这个悲剧的作者也未必能清醒地解释这个悲剧。"[5]不仅白嘉轩的悲剧,作者未必能清醒地解释,他的复杂、他最后面对鹿子霖的道歉,还有上面提到的白孝文的最后的表现和命运,作者也许都未必能清醒地解释,但他竟然都鬼使神差地写出来了,对此很值得我们深入地研究,用李建军先生的话来说,陈忠实创作出小说《白鹿原》是"创造了奇迹"[6]。郜元宝先生也有一段评价值得我们注意,他说:"尤可称道者,全书结构首尾贯通,至于卷末而笔力不减。中国名著'莫不有始,鲜克有终',有之,当自《白鹿原》始。"[7]虽然整部小说在白嘉轩向鹿子霖的道歉中结束,但回顾全书,可以发现有诸多情节指向后来的时间。比如白嘉轩因听了姐夫的话而在土改中免于被划成地主;白灵的亲生儿子鹿鸣在农村合作化时认识了白嘉轩,并把他作为顽固落后人物写进他反映当时集体化道路的小说,鹿鸣直到 20 世纪 80 年代终于弄清白灵居然是他的母亲;还有 20 世纪 70 年代"批林批孔"运动中,中学生扒开朱先生的墓穴,惊讶地发现断砖上的刻字,这些跨时间的指向,使小说的故事和意义呈现出并未真正结束的开放态势,让人深感在时间之上传统文化的内在绵延,其中千丝万缕的瓜葛或许正应了中国的一句老话:"天下事了犹未了,何妨以不了了之。"

注释:

[1]费秉勋:《论白嘉轩》,《小说评论》,1993 年第 4 期。

[2]周燕芬:《〈白鹿原〉:文学经典及其"未完成性"》,《西北大学学报(社科版)》,2018 年第 1 期。

[3]丁帆:《〈白鹿原〉评论的自我批判与修正——当代文学史的"史诗性"问题的重释》,《文艺争鸣》,2018 年第 5 期。

[4]丁帆、许志英:《中国新时期小说主潮》(下卷),人民文学出版社,2002 年版。

[5]雷达:《废墟上的精魂——〈白鹿原〉论》,《文学评论》,1993 年第 6 期。

[6]李建军:《当代作家的精神困境与思想局限——以陈忠实为例进行考察》,《当代文坛》,2018 年第 3 期。

[7]郜元宝:《为鲁迅的话下一注脚——〈白鹿原〉重读》,《文学评论》,2015 年第 3 期。

后　记

　　2018 年 1 月，我请辞院系管理工作的申请得到学校的批准，到文学院担任一名普通教师。由于院里给我安排的课时不多，课余时间比较充裕，我就着手把自己多年阅读形成的关于小说《白鹿原》的思考整理成书。到 11 月前后将近 10 个月，我就基本完成了书稿，之后摆了一段时间。2019 年 2 月，国内某位影视演员因为涉嫌抄袭我发表在 2006 年的一篇研究《白鹿原》的文章在网上弄得沸沸扬扬，有知道我在写关于《白鹿原》的书的朋友希望我尽快将书出版，我写书当然希望能早点出来，但也知道出版学术著作还需要有资金支持，于是就只能等待机会。所幸当年安徽省哲学社会科学规划项目申报中，有专门的"后期资助"一类，而我以该书初稿申报竟于年底得以批准立项，于是才有了这本书能跟读者见面。

　　该书写作中，参考引用了诸多研究者关于《白鹿原》的研究成果，此处不能一一列出，对此表示感谢。著名学者、中国电影艺术研究中心研究员陈墨在多个方面对本书写作提出宝贵意见，为此表示感谢。安徽文艺出版社柯谐编辑为此书出版付出了心血，另有赵焰、潘定武、乔根等朋友也为我提供了帮助，此处一并致谢。最后感谢我妻子邹艳萍平时为我的工作创造的条件，让我的写作得以顺利和完成。

黄立华

2022 年 5 月于屯溪珮琅河畔